지은이 아이 리이아
일러스트 니모시

목차

제1장 ♦ 미아가 된 사축

Welcome to
the Special Guild

일러스트: 니모시 Nimoshi 디자인: 베이아 Veia

제2장 ♦ 길드를 알아가자!

Welcome
to the
Special
Guild

제1장 • 미아가 된 사축

1 바위산에서 조난

……나는 누구일까.

아, 아니, 그게 아니고. 딱히 기억상실이라거나 그런 심각한 이야기는 아니다. 아니지, 다른 의미로는 심각하긴 한데.

"햐……."

일단 침착해지기 위해서 크게 숨을 내쉬었다. 긴장감이라고는 한 톨도 없는 한숨인 건 지금은 신경 쓰지 말아 주시라.

우선 나는 일본에서 태어나 일본에서 자란 순수 일본인 여자. 나이는 28살, 곧 서른을 앞둔 독신 여성이고 현재 애인 없음. 얼굴은 딱히 예쁘지도 못생기지도 않았지만, 그럭저럭 무난한 편이다 보니 장벽이 낮다는 점에서 의외로 인기는 있었거든? 하지만 그 뭐냐, 있잖아. 소위 친구로 끝나는 타입. 그게 바로 나, 하세가와 메구. 아침부터 밤까지 내내 일하면서 집에는 잠만 자러 돌아가다시피 하는 흔해 빠진 사축입니다. ……서글퍼라.

자신이 누구인지 알고 있지 않냐고? 그게 아니야, 그런 게 아니랍니다. 나는 지금 나 자신을 잃어버렸어…… 아니, 진짜로. 그게 말이지.

이 새하얗고 작은 손발! 낮은 눈높이! 게다가 굴곡 없는 몸매! ……시끄러워! 예전에는 조금은 나오고 들어갔다고!!

하지만 배가 명백하게 볼록 튀어나와 있는 이유가 단순한 비만이나 임신 같은 게 아니라는 건 바로 알았다. 그냥 이 현실을 인정하고 싶지 않아서 눈을 돌렸던 것뿐.

"……이거 어린애가 된 거자나……."

자신의 입에서 튀어나온 귀여운 어린이의 목소리와 제대로 돌아가지 않는 혀가 그 결론을 진실이라고 들이대는 느낌이 들었다. 무심코 땅바닥에 손을 짚고 좌절했다. 자나가 뭐야……!

하지만 정말로, 왜 이런 사태가 일어난 건지 전혀 알 수 없었다. 문득 처음에 스친 것은 라노벨에 흔히 보이는 전생(轉生)물이나 차원이동물. 그런 거에 휘말렸다고 하면 머릿속이 꽃밭인 걸까? 하지만 그럴싸하긴 하다. 그게 정말 정답이 맞다고 치자. 그렇다고 해도 불가사의하다.

왜냐하면 나에게는 죽은 기억이 없기 때문이다.

그런 거는 전생, 혹은 차원이동할 때 본인이 죽거나 트럭에 치인다거나 그런 클리셰가 있잖아? 아니, 실제로는 난데없이 일어날 수도 있지만 말이야. 무언가 계기는 있을 거란 말이지. 그런데 죽은 기억은커녕 사고를 당한 기억도, 평소와 다른 무언가가 있었던 기억조차 없다.

응. 몇 번을 떠올려 봐도 똑같다. 평소처럼 사축답게 막차를 타고 귀가한 뒤 저녁도 먹는 둥 마는 둥 침대로 달려들었다. 눈을 뜨면 아침이고, 이제 막 일어났는데 벌써 퇴근하고 싶다는 이상한 생각을 하면서 출근 준비를 할 예정이었다.

그런데 이게 대체 무슨 일일까요. 여느 때처럼 눈을 떠보자 주위는 울퉁불퉁한 바위산이고 내 몸은 유아 체형. 누구나 '뭐야, 꿈이냐……' 하고 다시 자려고 하지 않겠어? 그래서 누웠더니 울퉁불퉁한 땅바닥이라 '아야!' 하고 소리쳤다가 '아프잖아……?' 하며 꿈이라는 가능성이 날아가는 바람에 어안이 벙벙해지지 않을까? 말 그대로 '여긴 어디? 나는 누구?'잖아?

거 보라고! 난 이상하지 않아. 나쁘지 않아. 누구에게 말을 거냐는 태클이 들어올 것 같은 느낌으로 머릿속에서 혼자 만담을 하고 있지만 이게 평범한 반응일 것이다. 인간은 자신의 허용량을 초과하는 사태에 직면하면 대체로 이렇게 된다. 아마도.

……세상에는 생각해봐도 알 수 없는 일이 많이 있겠지. 생각하려고 해도 뭘 생각해야 할지도 모르는 거. 몇 가지 패턴은 상상할 수 있지만, 결국 상상의 범주를 넘어서지 못하니 생각해봤자 기력 낭비가 될 것 같다.

딱 하나 아는 것은 이대로 여기에 멍하니 앉아있으면 죽기만 할 뿐이라는 것이다. 주위는 바위산밖에 없어서 먹을 것은 물론 물도 보이지 않는다. 장소를 바꾸지 않으면 비쩍 말라붙어서 죽을 게 뻔하다. 조금 걸어봤자 물이 나오진 않을 테지만…… 그래도 아무것도 안 할 수는 없다. 가만히 있을 때 누군가가 구하러 와 주는 건 그야말로 소설 속 이야기다.

안 우냐고? 울어서 뭐 하게! 울어서 밥 먹여주는 것도 아니고 오히려 체력과 수분 낭비다. 우선 어떻게든 살아야지. 가만히 있으면 체력을 온존할 수 있지만, 도움의 손길이 기다리는 것도 내 선택지는 오직 하나. 군말 말고 걸어야 한다! 하지만 무작정 걷다 보니 역시 머릿속에 이런저런 생각이 떠오른다. 내용은 당연히 아까와 똑같은 의문. 생각하지 않고 싶지만, 자꾸 생각난단 말이지…….

하아. 어쩌면 자는 동안 커다란 재해라도 일어난 걸까? 거기에 휘말려서 나도 모르는 사이에 즉사했다거나? 웃기지도 않고, 재해가 일어났는데 퍼질러 잔 나는 얼마나 행복한 녀석인 거냐……! 무단결근했네. 하지만 재해라면 그걸 따질 때가 아니지.

생각이 점점 아무래도 상관없는 방향으로 흘러간다. 나 피곤하구나. 그렇게 생각하면서 고개를 축 떨구자, 자연스럽게 내 몸으로 추정되는 작은 발이 눈에 들어왔다.

"이 몸의 주인이 있나……?"

나라는 의식이 씐 건지, 내가 죽고 나서 이 몸으로 다시 태어난 건지. 그것도 역시 알 수 없지만, 이런 어린 아이가 아무것도 없는 바위산을 혼자 걷는다는 게 이상하지 않나.

만약 이세계 같은 곳이라면 내 상식도 통하지 않을 가능성이 있지만, 이런 상황을 평범하다고 인식하는 세계는 너무 불안하다.

"으으, 다리 아파……."

그 후로 얼마나 걸었을까. 아무런 생각도 안 나게 되었으니 진짜로 위험하다. 상당히 많이 걸었는데도 이 작은 보폭으로는 그래봤자 얼마 못 왔겠지…….

배도 고프고, 목도 마르다. 몇 번이나 넘어질 뻔했으니 슬슬 쉬어야 한다.

"아……, 저기 좋겠다."

시야에 바위산의 작은 굴이 들어왔다. 저기까지 약 50m 정도? 아마 정말로 작은 굴이겠지만 그러니까 이 몸이라면 들어갈 수 있을 것 같고 설령 외적이 있어도 몸을 지킬 수 있을 것이다. 그런 생각을 하며 마지막 힘을 쥐어짜 한 걸음 내디뎠다. ……마음만.

이 어린 몸은 생각했던 것보다 더 한계였던 모양이다. 오랜 사축 생활로 인해 이 정도라면 아직 괜찮다고 생각한 게 실수였다. 기준을 더 낮게 잡았어야 했다. 어린아이의 몸에는 무리라는 것쯤은 조금만 생각하면 알 수 있었는데. 나는 참 바보다. 아아, 몸이 기울어져…….

"으응……?"

문득 잠에서 깨어나는 걸 느꼈다. 나 뭐 하고 있었더라? 쉬려고 했다가 중간에 힘이 다해 쓰러졌었지? 일단 살아있네, 다행이다…… 라는 생각을 비몽사몽 하다가 벌떡 일어났다. 하지만 덮고 있던 담요가 너무 포근했기 때문에 더 자고 싶은 유혹과 싸우게 되었다. ……응? 담요? 게다가 여기저기 더러워져 있었는데 깨끗해졌잖아?

"……일어났나."

"?!"

예상하지 못했던 다른 사람의 목소리에 나도 모르게 몸이 뻣뻣해졌다. 어? 뭐지? 누구?

눈앞에는 온몸이 시커먼 남자. 작은 모닥불을 사이에 두고 맞은편에 앉아있었다. 목소리로 남자라고 판단하긴 했지만 검은 후드를 푹 눌러쓴 데다 검은 마스크로 얼굴 아래쪽 절반을 가려서 얼굴을 전혀 알 수 없었다. 순화해서 말해도 상당히 수상한 사람이었다.

머릿속이 패닉 상태다. 우선, 설마 여기에 사람이 있을 줄은 몰랐다. 어쩌면 구조된 건가? 아니, 그리 쉽게 사람을 믿으면 안 된다. 딱 보기에도 수상하고……. 하지만 사람을 겉모습만으로 판단하는 건 안 된다.

그럼 믿어도 되는 걸까. 아니지. 어린아이니까 다들 친절하게 대해주리라는 생각은 크나큰 착각이다. 유괴범일지도 모르고……. 하지만 담요를 덮어줬는데……. 아니, 하지만…….

이 사람을 믿어도 되는 걸까, 아닐까. 그래도 누군가가 도와주지 않았다면 늦든 이르든 죽었을 테니 믿을 수밖에 없다는 결론. 어떻게 해야 하는지 생각하면서도 어떻게 할 수가 없는 현실. 몇 초 만에 이런 생각이 스쳐 지나간 결과 내가 취한 행동은.

"흐…… 윽, 흐엉……."

"무슨……, 잠깐……."

오열이었다.

한바탕 울어 젖히는 사이에 많이 침착해진 느낌이 든다. 애초에 이 나이에 불안하다고 펑펑 울어버리다니 너무 쪽팔린다. 아니, 몸의 나이에 정신이 영향을 받은 건지도 모르지. 오히려 그러길 바란다.

냉정하게 생각해 보자……, 상당히 미안해졌다. 내가 우는 동안 시커먼 남자는 한눈에 봐도 허둥지둥거렸다. 아마 우는 아이를 달래는 방법을 모르는, 아니, 아예 어린아이를 상대한 경험도 별로 없으리라는 게 느껴졌다.

그래도 이 이상 내가 무서워하지 않도록 건드리거나 다가오려 하지 않으면서도 어떻게든 울음을 그치게 하려고 수건을 건넬지 망설이는 등 이쪽을 아주 염려해주는 것 같았다. 아직도 손에 들고 있는 수건을 어떻게 해야 하는지 알 수 없어서 계속 붙잡고 있는 모습에 실례지만 귀여움을 느낀 것은 비밀이다.

……거북한 침묵이 흘렀다. 모닥불이 타닥타닥 튀는 소리만이 들렸다. 먼저 입을 연 사람은 시커먼 남자였다. 그는 얼굴 아래쪽을 가리던 마스크를 조용히 벗은 뒤, 시선을 피하면서 들고 있던 수건을 나에게 내밀었다.

"……쓰겠어?"

"……감사함미다……."

무서워하지 않도록 조심스럽게 내민 그것을 살며시 받자 그가 냉큼 손을 거뒀다. 어떡하지, 귀여워 죽겠네……. 미남이 애기(나지만)를 앞에 두고 당황하는 구도라니.

그에게 받은 수건은 살짝 따뜻했다. 뜨거운 물 같은 것에 적셨다가 짠 것 같았다. 울어서 부은 얼굴에 따뜻한 수건을 내고 한숨 돌렸다. 이번에는 그가 차가운 수건을 건네줬다. 퉁퉁 부은 눈에 대자 기분 좋았다. 어설프지만 섬세하게 배려해주는 그에게 감동했다. 멋대로 우쭈쭈해서 미안해요, 형씨.

얼굴을 닦으며 힐끔 남자를 보자 평범한 미남이 아니라 상당한 미남이라는 것이 판명되었다. 그리고 생각했던 것보다 훨씬 젊다. 20대 후반 정도? 나와 동년배로 보이지만 외국인은 일본인의 시각으로 봤을 때보다 더 어리곤 하니까 사실은 더 젊을지도 모른다. 어떡하지. 아직 미성년자면.

분명 내가 무서워하지 않도록 얼굴을 드러낸 거다. 후드 때문에 잘 보이지 않지만 조금 드러난 앞머리는 검은색이었고, 아몬드형 눈매에 살짝 냉철한 이미지를 주는 눈동자도 검은색이다. 일본인인 나에게는 익숙한 배색이지만 이목구비를 보면 도저히 일본인의 얼굴은 아니었다. 미끈한 눈썹에 오뚝한 코. 음, 미남이다. 이것이 바로 안구 정화.

시커먼 옷차림도 그렇고 탄탄한 체형도 그렇고…… 머릿속에 '닌자'라는 단어가 떠올랐다. 그런 느낌의 직업인 걸까. 코스프레는 아니지? 외모로 판단해서 미안하지만, 코스프레를 즐기는 사람으로는 보이지 않는다.

"……마시겠어?"

"! 마실래요!"

은근히 실례되는 생각을 하고 있었더니 살며시 컵을 내미는 닌자 오빠. 뭐가 들었는지 확인도 하지 않고 반사적으로 받아 든 이유는 아무튼 목이 말랐기 때문이다. 당장 마시고 싶은 마음은 있었지만 아주 조금 머뭇거렸더니, 오빠가 컵에 같은 액체를 따라서 단숨에 비웠다.

……안전하다는 뜻인 걸까? 사사건건 신경 쓰게 해서 미안하네, 하고 반성하면서 나도 컵에 입을 댔다. 살짝 달달한 사과 같

은 맛이 나는 물이라는 느낌이었다. 갈증이 난 몸 구석구석으로 번져나갔다. 아주 맛있어서 순식간에 다 마셔버렸다.

그 후에도 오빠는 말수는 적었지만, 미리 만들어두었던 듯한 건더기가 많은 수프를 나에게 먹여주었다. 수프 속 건더기는 작은 크기로 잘려져 있으면서도 부드러워질 때까지 푹 익혔기 때문에 이 어린 몸으로도 무난하게 먹을 수 있는 메뉴였다.

이 몸에는 너무 큰 그릇과 숟가락을 들고 악전고투하고 있었더니, 계속 거리를 두던 오빠가 드디어 가까이 다가와서 도와주기까지 했다.

자신이 다가가도 무서워하지 않는다는 걸 깨달은 건지 오빠는 정성스럽게 돌봐주게 되었다. 참으로 자상한 사람이라는 생각은 들지만……, 아마 나와 동갑이거나 조금 어린 남성에게 온갖 도움을 받는다고 생각하니…… 매우 복잡한 심경이었다.

고독과 피로와 영문을 알 수 없는 이 상황에 힘들었던 나는 친절하게 대하며 음식을 제공해주는 오빠에게 감동하여 또 펑펑 울어버릴 뻔했지만, 이 복잡한 심경 덕분에 참을 수 있었다. 오빠가 또 곤란해지지 않았으니 다행이라고 기뻐해야 하는 상황이지만 참으로 미묘해서 애매모호한 나였다. ……그래도 미남이 돌봐주는 건 나쁘지 않은 것 같다는 생각을 했던 것 같기도 아닌 것 같기도 하다. 나 대체 무슨 소리 하는 거람.

그러는 동안에 배가 찼다. 어린아이의 몸은 솔직하다. 나를 함락시키고자 찾아온 녀석은 결코 저항할 수 없는 강적, 그 이름은 수마. 나도 모르게 꾸벅꾸벅 고개를 떨궜다. 그래도 필사적으로 일어나 있으려고 머리를 붕붕 도리질했다.
"……자도 된다."
"하지만……."
그때 오빠의 감미로운 유혹. 아니, 지금까지 계속 배려를 받은 데다 밥까지 얻어먹고 이대로 잠들 수는 없잖아! 사회인으로서 부끄러운…….
"……푹 자서 체력을 회복시키지 않겠어?"
……그, 그런 거라면 어쩔 수 없지. 무리하는 것보다는 푹 쉬고 다음 날에 척척 일하는 게 효율도 좋으니까! 크, 설득 잘하잖아! ……알고 있다. 전력도 안 되고 오히려 짐짝이라는 것쯤은. 앗, 눈에서 땀이.
"……어린애가 사양하는 거 아니다."
부드러운 목소리와 함께 느낀 부유감. 그 직후에 찾아온 따뜻함과 안심함.
아마 나를 안아 든 모양이다. 부끄럽다거나 사양하는 마음 같은 것도 당연히 느꼈지만, 도저히 이 수마로부터 벗어날 수 없다. 나는 깔끔하게 포기하고 눈을 감았다. ……안녕히 주무세요.

안녕히 주무셨습니까. 현재 저의 시간은 일시적으로 정지했습니다.
눈을 뜨니까 말이지? 바로 코앞에 말이지? 말 그대로 눈이 휘둥그레질 만큼 잘생긴 남자의 자는 얼굴이 있었는데 말이지?
"흐억?!"

"……음."

괴성을 지르는 바람에 오빠도 순식간에 눈을 떠버리고 말았는데요. 놀라긴 했지만 바로 어제 일을 떠올렸으니 일단 아침 인사를 했단 말이죠. 네. 사회인이니까 당연하죠. 인사는 기본입니다.

"아아……, 안녕."

그랬더니 살포시 미소 지은 미남이 마주 인사해줬단 말입니다! 어제부터 표정이 거의 변하지 않았는데! 심지어 미남의! 미소! 코앞에서! 아아…… 아침부터 배가 그득합니다. 일해라 나의 시간!

내가 멍하니 있었더니 오빠는 어디서 가져온 건지 모를 수건을 나에게 내밀었다. 어제도 생각한 건데 어디서 꺼낸 거지? 고개를 갸우뚱하자 오빠도 의아한 듯 물었다.

"세수 안 해도 되나?"

"……? 물이 없어요."

내가 대답하자 오빠는 무언가를 깨달았다는 듯한 표정을 지었다. 이어서 나온 말에 나는 속으로 맹렬하게 동요했다.

"……마법을 쓴 적이 없나?"

와우, 마법이래. 이세계설이 농후해졌다…….

아니, 그런 것 같긴 했어. 갑자기 몸이 어려졌다는 놀라운 상황이었고, 낯선 바위산에 있었으니까 그럴 가능성도 있다고는 생각했는데! 하지만 확신은 없었다. 아직 여기가 외국이라는 가능성도 있었으니까.

"머릿속으로 물을 떠올리는 거야. ……이렇게 물을 만들지."

이세계설이 농후한 걸 넘어서 확정되었다는 소식을 알려드립니다.

오빠는 손바닥을 위로 펼치고는 별것 아니라는 듯 물 덩어리를 만들어냈다. 나에게 잘 보이도록 눈앞에 내밀어줬다. 모처럼 보여준 마법이니 조심조심 만져보기로 했다.

첨벙…….

"우와아아……."

물이다. 틀림없는 물이다. 검지로 찔러도 흐르지 않고 공 모양을 유지하며 떠 있는 물 덩어리가 참으로 신기했다.

"너도 해 봐."

내가 눈을 빛내고 있었더니 오빠가 불쌍한 아이를 보는 듯한 눈으로 나를 쳐다보며 그렇게 말했다. 어? 나도 할 수 있어? 진짜? 다양한 의미에서 불안했지만 일단 시키는 대로 해 보기로 했다.

머릿속에서 물을 떠올렸다. 오빠가 했던 것처럼 손바닥 위에 나오도록…….

문득 몸속 깊은 곳이 희미하게 따뜻해지는 느낌이 드나 싶더니, 내 두 손바닥 위에 작은 물 덩어리가 나타났다.

"나, 나왔다……!"

아빠! 나 마법이라는 걸 쓰고 있어! 습관대로 머릿속에 있는 아빠에게 자랑했다. 내가 내심 크게 기뻐하는 동안 생활 마법은 누구든 쓸 수 있으니까 할 줄 아는 게 당연하다는 설명이 돌아왔다. 아니, 그래도 마법과 연이 없는 생활을 해왔으니 감동한다고! 뭐, 사정을 모르니까 어쩔 수 없지. 지금은 어린아이니까 몰랐다는 느낌으로 이해해줬으면.

흥분하면서 그 물을 손으로 퍼 올려 세수했다. 으음, 개운해라! 하지만 가능하다면 더 일찍 알고 싶었어……. 구체적으로는 목이 말라서 방황하고 있었을 때 말이지!

그 후로 잠깐 손을 씻…… 꽃을 따러 갔다 오자 오빠가 이미 아침 식사 준비를 마쳐놓았다. 아아, 정말 이 사람은 진짜……! 꼭 은혜를 갚아야지. 이 어린 몸으로 내가 할 수 있는 일이 있는지는 모르겠지만, 마음만큼은 절대 잊지 않도록 다짐했다.

"슬슬 서로에 대해 대화하려고 하는데……."

조금 단단한 빵에 치즈와 햄을 끼운 간단한 아침을 먹고 나자 오빠가 그렇게 이야기를 꺼냈다. 음, 그렇겠지. 내가 울고 자고 하느라 타이밍을 놓쳤을 뿐, 사실은 자세한 사정을 말해야 한다.

내가 제대로 안정을 찾을 때까지 기다려준 것이다. 이제 이 사람을 향해 발을 뻗고 자지 못하겠습니다.

아무튼, 진지한 이야기가 될 것 같다. 나는 앉은 자세를 바르게 한 뒤 오빠의 눈을 쳐다보며 대답했다. 사람과 대화할 때는 눈을 마주쳐야지.

"……일단 나부터 말하지. 나는 '오르투스' 소속 첩보 담당, 음, 주로 정보수집을 하는 팀이다. 지금은 의뢰 때문에 여기에 와 있지."

오르투스? 소속이라고 하니까 뭔가 조직인 건가. 그리고 첩보 담당……. 굉장히 수긍이 갔다. 겉모습부터 이미 닌자나 스파이 같았는걸. 하지만 왠지 흉흉한 단어란 말이지……. 이세계 무서워라. 하지만 그런 말을 할 때가 아니다. 정보를 조금이라도 모아야지. 모르는 건 팍팍 물어보자. 그럼 바로.

"오루투스가 뭐에요?"

"모른다고……? 상당히 유명하지만, 어린아이는 몰라도 이상하지 않, 나……? 음, 됐다. '오르투스'는 길드의 이름이다. 다른 나라에서도 모르는 사람이 없다는 말을 듣는 특급 길드로, 나는 그곳의 길드원이지."

길드……, 이세계 같다. 아니, 그게 아니고. 특급 길드? 길드에 등급이 있나? '길드'라는 단어는 소설이나 만화에서 읽은 적이 있지만 내 지식이랄까, 이미지로는 모험가 의뢰 알선소 같은 곳인데……. 모험가 모임인 건가?

하지만 말하는 걸 보면 그 '길드'는 여럿 존재하는 것 같고, 이세계에서 길드가 어떤 조직인지도 잘 모르겠다.

틀렸다. 처음부터 좌절할 것 같아. 시무룩하게 처져 있었더니 오빠가 바로 말을 덧붙였다.

"길드도 모르는 건가? ……신경 쓰지 마. 하지만 나는 설명을 잘 못 하는 편이라……. 음, 일터라고 생각하도록 해. 오르투스에 오는 의뢰를 길드원에게 분배해서 달성하는 거다."

음, 음. 즉 '오르투스'라는 회사의 첩보, 정보를 다루는 부서에 소속된 사람이 이 오빠라는 걸로 이해하면 되려나. 지금은 그렇게 인식해두자. 나는 고개를 끄덕였다.

"……아, 그래. 아직 이름을 안 알려줬지. 나는 기르난디오라고 한다."

"기르냥, 지, 오…… 오빠……."

신나게 발음이 꼬였다. 냥이라니 고양이냐.

"제, 제, 제송해요……."

"……신경 쓰지 않아도 된다. 기르면 충분해."

"기르 씨."

발음이 개판인 게 서러워! 기르난디오 씨가 착해서 다행이지……!

모처럼 멋진 이름인데! 언젠가 똑바로 발음하겠다고 이상한 결심을 하면서 다시 대화를 이어나가기로 했다.

"다음. 네 이름은?"

"어, 어어……."

오빠 이야기를 들었으니 다음은 내 차례지. 말하는 건 어렵지 않지만…… 결과는 아무도 알 수 없다는 게 솔직한 심정이다.

그리고 처음부터 문턱이 높은 질문이다. 내 이름은 하세가와 메구지만 이 몸의 이름을 모른다. 메구라는 이름을 써도 되는지 판단할 수 없는 셈이다.

"……모르는 건가?"

"우……, 네."

끙끙 앓고 있었더니 기르난디오 씨가 도움의 손길을 뻗었다. 아니, 내 이름도 모른다니 뭔데? 어리다고 해도 말도 할 수 있는 나이인데 자기 이름을 말하지 못할 리 없잖아? ……차라리 기억상실이라는 클리셰 설정을 사용해야 하나. 그런 생각을 하고 있었더니 기르난디오 씨의 입에서 놀라운 한마디가 나왔다.

"……'메구'로군."

"어……?"

내 이름을 알아맞혔다는 사실에 충격을 받았다. 너무 몰라서 눈을 부릅뜨고 완전히 정지해버렸다.

어안이 벙벙해 있었더니 기르난디오 씨의 손이 내 귀를 만졌다. 깜짝 놀라 나도 모르게 굳어버렸다.

"아, 미안하다. 이거야. 네 귀에 달린 액세서리. 여기에 '메구'라고 적혀 있다. 아마 이게 네 이름이겠지."

나 귀에 뭘 달고 있었냐? 의아해하며 살며시 귀에 손을 대보자 확실히 뭐가 있다. 정확한 형태까지는 모르겠지만 피어스가 아니라 이어 커프 같았다.

……어라? 그래서 나 지금 내 귀를 만지고 있는데……, 어, 어째 모양이 이상하지 않아? 내가 잘 아는 귀의 모양보다 끝이 뾰족한 느낌이 드는데.

설, 마.

이세계 특유의 그 종족, 인 건 아니, 겠지……?

나도 모르게 두 귀를 꽉 움켜쥐었다. ……음, 진짜네.

"아, 걱정하지 않아도 된다. 믿을 수 있는 보호자가 나타날 때까지 내가 너를 보호할 테니까. 중간에 버리고 가지 않을 거다. 게다가 길드에는 네 동족인 엘프가 있어."

……지금 '네 동족인 엘프'라고 했죠? 기르난디오 씨.

으아악?! 나 아예 인간이 아닌 거야?! 말도 안 돼! 아야야, 귀를 너무 세게 잡았어! 꿈이 아니야! 그리고 진짜 내 귀야아아아아!!

"……마지막으로 하나 더 물어보마. 메구, 널 보호해줄 만한 어른이 있나?"

기르난디오 씨는 혼란스러워하며 울상을 짓고 귀를 붙잡은 나를 연민하는 눈으로 바라보며 물었다. 조, 좋아. 일단 나중에 생각하기로 하고 대답부터 해야지.

"없, 어여…… 아마."

아마 없겠지? 정신을 차려보니 혼자 여기에 있었으니까. 게다가 만약 있다고 해도 나는 모른다.

생각해 보면 정말 아슬아슬한 상태였다. 말 그대로 아무것도 모르는 채 낯선 이세계에 나 혼자. 전부 다 낯설고 모르는 일투성이라 불안하기 그지없었다. 몸이 원래 그대로 성인이었다고 해도 위험한 상황이었다. 누군가가 도와줄 것이라는 희망을 품지 않으려고 마음을 다잡곤 했지만.

사실은 누군가에게 매달리고 싶었다. 누군가가 도와주길 바랐다.

눈에 눈물이 고였다. 시야가 흐릿해졌다.

머리를 토닥토닥 쓰다듬는 커다란 손에 인내심이 끊어진 나는 큰 소리로 엉엉 울고 말았다.

"그럼 이만 갈까."

흐느끼는 나에게 수건을 주고 코를 풀라고 하고 안아서 달래주는 일련의 행동을 마친 뒤, 내가 울음을 그치자 기르난디오 씨가 그렇게 말했다. ……정말 신세 많이 집니다. 에구구.

"간다니…… 어디요?"

"당연히 길드에 가야지."

"하지만…… 일은?"

"……일은 끝냈다. 돌아가는 길이었으니 문제없어."

그가 자상한 미소를 지으며 머리를 쓰다듬었다. ……잠깐 사이에 표정이, 아니, 분위기가 많이 부드러워진 느낌이다. 머리를 쓰다듬어주는 게 기분 좋네……. 얼마 만이지. 애인이 안 쓰다듬어줬냐고? 나는 친구로 끝나는 타입이었거든요. 쳇.

"메구. 너도 길드에 데려가려고 한다. 여기 남고 싶다면 강요는 안 하지만……."

"꼭 데려가 주세요! 부탁함미다!"

기르난디오 씨의 말에 달려들 기세로 대답하자 그는 쿡쿡 소리 내어 웃었다. ……노, 놀리는 거야?!

"길드에 있는 길드원은 대체로 믿을 수 있는 녀석들이다. 애초에 그렇지 않으면 길드원이 되지도 못하지만. 그중에서도 특히 신뢰할 수 있는 녀석에게 네 문제를 상담해보마. ……만에 하나 길드에 넣지 못한다고 해도 내가 돌봐줄게."

어? 길드에 넣으려고? 특급이라고 할 정도니 들어가기 어렵지 않을까……? 게다가 길드에 못 들어가면 기르난디오 씨가 직접 돌봐준다니. 그렇게 어리광을 부려도 괜찮은 걸까.

"……너 지금 그렇게 의지해도 괜찮은 건지 걱정했지?"

"으으……, 그치만……."

내가 침묵하자 기르난디오 씨는 검지로 내 이마를 가볍게 찌르며 정곡을 찔렀다. 그렇게 얼굴에 다 드러나나. 그건 그렇고 은근히 아파서 두 손으로 이마를 눌렀다.

"잘 들어, 넌 어린애다. 혼자서 다양한 일을 할 수 있고 생각도 또렷한 모양이지만, 그것과 이것은 사정이 달라. 몸도 어리고, 체력도 마력도 별로 없어 보여. 하지만 지금의 너는 그게 자연스러운 거다."

가차 없는 정론에 눈썹이 팔자로 씰그러졌다. 알아요, 압니다!

"……그러니까 더 의지해라."

'부탁한다' 하고 난처한 듯 웃으며 손을 내미는 기르난디오 씨. 뜻밖의 말에 나도 모르게 입을 떡 벌리고 말았다.

의지한다라……. 생각해 보면 나는 누군가에게 의지하는 일이 거의 없었다.

부녀가정에서 자랐기 때문에 집안일은 내가 해야 한다는 사명감이 머릿속 어딘가에 있었던 것 같기도 하다. 아빠가 사라진 뒤에는 혼자서 뭐든 해야 했고, 어떻게든 해냈으니까.

직장에서도 시키는 일을 이해하고 그 이상을 수행하기 위해 필사적으로 노력했더니 다양한 방면에서 나를 의지하게 되었다. 그게 조금 기뻐서 괜히 더 노력하는 바람에 훌륭한 사축이 되어버렸지만.

다른 사람에게 의지하는 건 어렵고, 쑥스럽고…… 하지만 따뜻하다.

어리광을 부려도 괜찮은 걸까. 이 따스한 손을 잡아도 용서될까.

나는 떨리는 손으로 기르난디오 씨의 손 위에 내 작은 손을 올려놓았다.

"네. ……잘 부탁드림미다……."

"그래……, 맡겨둬."

조금 거칠게 내 머리를 쓰다듬은 그 손은 손길도 온도도 기분 좋았다.

모처럼 이 손을 잡았으니 기대도록 하자. 하지만 너무 의지만 하는 건 역시 싫어! 길드에 도착하면 나도 할 수 있는 일이 없는지 찾아봐야지. 그리고 내 입으로, 제대로 부탁해야지.

조금 전까지 침울했던 마음이 둥실둥실 떠올랐다. 노력하자는 결의를 품은 그 순간, 나는 이 세계에 와서 처음으로 안도의 미소를 지었다.

"좋아, 메구. 가자."

"헤!"

바람 빠지는 소리가 났어……. 너무 의욕이 넘치면 혀가 꼬이는구나, 이 언니 하나 배웠다……. 그러니까 그런 미적지근한 눈빛으로 바라보지 말아 주오.

나는 내 다리로 걸을 생각이 넘쳐났지만, 그렇게 되면 많이 늦어지는 데다 거기에 맞춰서 이동하는 게 더 피곤하다는 이유로 얌전히 기르 씨의 품에 안겨 이동하기로 했습니다. 어? 호칭? 머릿속이라고는 해도 기니까 그냥 말할 때랑 똑같이 통일했습죠.

그러고 보면 너무 충격적인 정보가 많이 들어오는 바람에 잠시 머릿속에서 누락되었는데……. 이름, 메구면 되는 거였구나. 이어 커프에 적혀있다고 했으니 역시 그게 이 몸의 이름인 거겠지.

엄청난 우연이라고 봐야 하나, 필연이라고 봐야 하나. 내 눈으로 직접 확인하고 싶었지만 이 이어 커프는 아무리 애를 써도 빠지지 않았다. 기르 씨 말로는 나를 구해주는 마법과 함께 빠지지 않도록 하는 마법도 걸려있다나. 언젠가 내 힘으로도 뺄 수 있게 될 테지만 전문분야가 아니라 무슨 마법이 걸린 건지 자세한 건 모른다고 했다.

나쁜 건 아니고, 오히려 좋은 것이라는 건 확실하다는 보장을 해줬으니 그건 괜찮은데……. 그 구해주는 마법이라는 건 언제 발동하는 걸까. 내가 갓 눈을 떴을 때의 상태 정도는 위험 축에 들어가지 않는 걸까. 수수께끼다.

기르 씨는 걷는 속도가 빠르다. 아마 이 몸이었다면 전력 질주를 해도 간신히 따라잡을 수 있을지 말지 모르는 속도였다. 덕분에 순식간에 목적지에 도착했다. 하지만 체감으로는 30분 정도? 내가 걸었다면 그 두 배 이상 걸렸겠지…….

"……문?"

그랬다. 눈앞에 문이 있다. 바위산에 문? 너무 부자연스러운 광경에 계속 고개를 갸우뚱했다.

기르 씨는 내 의문에는 대답하지 않고 주저 없이 그 문을 열었다. 그리고 그 문 너머에는…….

"힉……!"

뭐, 뭐, 뭐, 뭔가가 있어!! 널따란 바위로 둘러싸인 방 안에! 뭔가 이상한 게 있어!!

이 생물을 표현하자면 으음, 사자! 근데 커! 4, 5m는 되지 않을까……. 몸이 작아서 커 보이는 것뿐일지도 모르지만 그렇다고 해도 너무 크다.

그리고 내가 아는 사자는 머리가 하나고 입에서 불을 뿜지도 않는다. 꼬리도 하나고 뱀 같은 얼굴도 없다. 잠시 현실 도피해도 괜찮을까요…….

"괜찮아, 금방 끝난다. 여기서 기다려."

그런 내 머리를 가볍게 토닥인 뒤 나를 바닥에 내려놓은 기르 씨는 무언가 마법을 써서 내 주위에 막 같은 걸 만들었다. 결, 결계나 뭐 그런 건가. ……아니, 그게 아니고!

"기르 씨?! 위험해요!"

나도 모르게 손을 뻗었지만 보이지 않는 막에 가로막혀 기르 씨에게 손이 닿지 않는다. 그런 내 당황한 모습을 보고 입꼬리를 살짝 끌어올려 쿨하게 웃은 기르 씨는 바로 앞을 보고는 사자를 향해 달려갔다.

사자가 커다란 입을 벌리고 불을 뿜으려 한다! 기르 씨 위험해! 하고 소리치려고 했는데.

"어……?"

기르 씨가 사라졌다 싶더니, 다음 순간 사자의 머리와 몸이 작별했다. 불을 뿜기 직전이라서 그런가, 몸뚱이에서 분리되었는데도 사자 머리가 구석을 향해 불을 뿜었다. 그것도 점점 기세가 약해져서 마침내 움직이지 않게 되었다. 그리고 어떤 원리인지 그렇게 컸던 사자가 순식간에 흔적도 없이 반짝반짝 사라졌다. 상처에서 흐른 피 역시 증발했다.

……아마 기르 씨가 사자를 쓰러뜨린 거겠지. 미안, 내 실황 능력으로는 기르 씨가 달려갔다, 사자가 불을 뿜으려 했다, 사자가 당했다, 정도밖엔 모른다고! 하지만 이것만큼은 단언할 수 있다. 기르 씨 강해!

"이 층의 보스는 쓰러뜨렸으니 바로 밖으로 나갈 수 있어. 던전은 아직 남아있지만 공략할 마음은 없지?"

또다시 터무니없는 질문을 들은 느낌이 드는데. 으음, 던전이라고? 이세계 월드의 클리셰가 등장하셨습니다. 어? 여기 던전이었어? 평범한 바위산이 아니었구나……. 하지만 던전은 마물 같은 게 나오고 그런 거 아니야? 보스를 쓰러뜨렸다고 했으니 없는 건 아닌가 보지?

새삼 소름이 돋았다. 나 진짜 위험한 장소에 있었구나……. 이 몸으로는, 아니, 원래의 몸으로도 가장 약한 마물과 마주쳤을 때 순식간에 당해버릴 자신이 있다. 당연히 공략할 마음도 없으니 나는 고개를 붕붕 끄덕였다.

"그럼 돌아갈까……. 잠시 은폐 마법을 걸도록 하지."

"응페……?"

"그래. 이대로 널 데리고 던전에서 나오면 이래저래 성가셔질 것 같으니까."

혼자 던전에 들어간 검은 오빠가 던전에서 나왔을 때는 어린 아이를 안고 있다. ……응, 있지도 않은 의혹이 생겨날 것 같은 시추에이션이다. 나도 생명의 은인에게 변태 낙인이 찍히는 건 달갑지 않다. 동의하는 뜻을 담아 고개를 한 번 끄덕였다.

내가 고개를 끄덕인 걸 본 기르 씨의 손이 허공에서 원을 그리듯 움직였다. 부드럽고 따뜻한 바람 같은 걸 느꼈다. 아무래도 무사히 은폐 마법이라는 게 걸린 모양이다.

"나가기 전에 얼굴을 가리도록 하지. 평소엔 누구에게도 맨얼굴을 보이지 않고 있거든. 무서울지도 모르지만 참아줘."

아앗, 내가 펑펑 울어버리는 바람에 보여주고 싶지 않은 얼굴을 드러낸 거구나……. 면목 없어라. 하지만 이렇게 잘생겼는데 숨기는 것도 아깝다는 생각이 잠깐 들었다. 그래도 여기선 제대로 사과하자.

"제송해요, 기르 씨……."

"……다들 너 같다면 나도 굳이 맨얼굴을 숨길 필요가 없는데 말이지……."

내 사과를 듣고 그런 의미심장한 말을 하며 아득한 눈빛을 하는 기르 씨. ……음, 뭐. 다양한 사정이 있는 법이지. 깊게 물어보진 말자. 언젠가 알게 될 때가 올지도 모르고.

"내가 이 수정을 만지면 순식간에 밖으로 나간다. 말하면 안 돼. 목소리가 나오면 은폐 마법이 풀리니까."

"알겠씁미다!"

크, 중요한 장면에서 혀가 꼬이니까 개그가 되잖아! 끄으응,

하고 억울해하고 있었더니 작게 쿡 웃는 소리와 함께 기르 씨가 내 머리를 쓰다듬었다.

……어린이 최고다. 내가 지닌 무기는 어린아이의 귀여움밖에 없으니 조금은 어리광을 부려도 괜찮, 겠지? 정신력은 팍팍 까이지만 말이야!

"가자."

그렇게 말한 기르 씨는 오른손으로 마스크를 눈 아래까지 올린 다음, 후드를 깊이 고쳐 쓰고 수정에 손을 댔다. 눈 부신 빛이 흘러나오는 바람에 나는 눈을 감고 기르 씨의 옷에 꼭 매달렸다.

Welcome
to the
Special
Guild

2 그 남자, 기르난디오

【기르난디오】

서쪽 이웃 나라에 있는 던전에 마물이 나타나지 않는다는 이야기가 길드에 들어와, 마침 손이 비어있던 내가 조사하러 가게 되었다.

그 정도의 조사라면 현지의 적당한 길드에게 맡겨도 된다며 아무도 신경 쓰지 않았지만, 사우라의 감으로 나에게 넘어왔다.

……그 녀석의 감은 얕볼 수 없다. 오르투스에 소속된 자라면 당연히 무언가가 있을 거라며 의심도 하지 않을 정도다.

바로 이웃 나라에 달려가 문제의 던전에 대한 정보를 모았다. 조사에 시간은 많이 걸리지 않았다. 아는 것이 극단적으로 적기 때문이다.

당연히 근처의 길드에도 의뢰가 들어가 몇 명이 조사하러 갔다고 했다. 그리하여 알아낸 것은 두 가지. 3층까지 마물이 전혀 출현하지 않고, 함정 종류도 발동하지 않았다는 것. 그리고 또 하나는 3층의 보스방에 가려고 해도 도착하지 못하고 정신을 차리니 밖에 나와 있었다는 것.

던전은 항상 마물을 만들어낸다. 성장하는 의지를 지닌, 마력 밀도가 짙은 공간이 던전이기 때문이다. 던전에 대해서는 다양한 설이 있지만 소위 마물은 미끼고, 인간을 끌어들이고 있는 게 아니냐는 게 통설이다. 왜 인간을 끌어들이는지는 지금도 전문가 사이에서 의견이 분분하다는 듯했다.

그렇다 보니 마물이 출현하지 않는다는 건 명백한 이상 사태다. 2, 3일 전까지는 평범하게 나타났다고 하니 그쯤에 무슨 일이 일어났을 것이다. 하지만 조사하려고 해도 앞으로 갈 수 없다. 조사는 난항 중인 모양이었다. 흐음, 오길 잘한 건지도 모른다.

탐문 조사가 끝나면 다음은 현장이다. 결국 자신의 발로 가서 자신의 눈으로 보지 않으면 아무런 말도 할 수 없다. 던전 입구에서 이름을 밝히고 조사한다는 취지를 보고한 뒤 안으로 들어갔다.

한 걸음 내디딘 시점에서 위화감을 느꼈다. 말도 안 될 정도로 조용하기 때문이다. 평소에도 조용하긴 하지만, 생물이 서식하는 이상 완전한 무음이 되진 않는다. 그런데 여기에선 자신의 숨소리나 심장 소리 말고는 무음이라고 해도 될 정도였다.

좀 긴장하면서 가야겠는데. 늘 쓰고 있는 마스크를 조금 올렸다. 자연스럽게 눈초리가 날카로워졌다.

2층을 걷고 있었더니 갑자기 공기가 흔들렸다. ……무언가가 일어난 것 같지만 그게 뭔지는 알 수 없다. 여태까지보다 더 신중하게 걸음을 옮겼으나 조금 전과 마찬가지로 마물은커녕 함정도 발동하지 않았다. 다만 여태까지 무음이었던 던전 안에 마물의 기척이 감돌기 시작한 것은 알았다. 소문 속의 3층으로 서두르는 게 좋을 것 같다. 보스방에 도착할 수 있을지 서둘러 확인해야겠다.

3층 계단을 내려가기 직전, 다시 공기가 흔들렸다. 또다시 처음 발을 내디뎠을 때처럼 무음이 찾아왔다. 대체 뭘까. 전혀 짐작이 가지 않았다. 다만 이 앞에 대답이 있는 것 같은, 그런 예감이 들었다. 걷는 속도를 조금 높였다.

3층, 보스방까지 앞으로 조금만 남은 지점에서 이변을 깨달았다. 무언가 강한 마력을 느꼈다. 동시에 교묘하게 숨겨진 마력. 나는 이런 종류의 마법에 소양이 있고, 그쪽 분야가 특기이기 때문에 알아차린 이변이었다. 대부분 이걸 알아채지 못하고 이대로 지나가 버렸을 것이다. 아마 자기도 모르는 사이에 주인이 없는 보스방에 도착해 밖으로 통하는 수정 앞으로 나가버린 것이다. 수수께끼 중 하나가 풀렸다.

그럼 그 이변의 원인을 파헤치도록 할까. 교묘하게 숨겨진 마력의 근원. 그것이 대체 무엇인지. 내 마력을 상당히 소모할 것 같지만 어쩔 수 없다. 그 존재가 강적이라면 나라도 고전할지도 모르지만, 신기하게도 위험한 자는 아니라고 육감이 말했다. 사우라처럼 백발백중은 아니어도 확신 같은 것을 느꼈다.

은폐를 푸는 방법은 여러 가지가 있지만, 이번에는 마력을 쭉 들이붓는 게 가장 빠른 길이다. 마력의 근원을 향해 자신의 마력을 쏟아부었다. 3분의 2 정도 주입했을 때 쨍, 하고 유리가 깨지듯 은폐가 풀렸다. 뭐가 나올지 일단 대비하고 있었더니 예상을 뛰어넘은 존재가 그곳에 누워 있었다.

"……어린애?! 심지어…… 엘프……?!"

경악했지만 바로 정신을 차렸다. 왜냐하면 은폐가 풀린 순간 근처에 마물의 기척이 감돌기 시작했기 때문이다. 아마도 이전처럼 던전이 기능하기 시작한 모양이다. 감각으로 느꼈다.

여기에 급히 결계를 쳤다. 나 혼자라면 전혀 문제가 없으나, 어린아이를 지켜야만 하기 때문이었다. 아이에 대해 조사한다고 해도 침착하게 진행하기 위해서는 이 근방의 마물을 제거해야 한다. 눈을 떴을 때 마물이 가득하면 아이도 겁을 먹을 것이다. 그렇게 생각한 나는 우선 아이를 결계 안에 남기고 이 층에 있는 마물을 한 마리도 남김없이 제거하며 돌아다녔다.

아이 곁으로 돌아오기까지 그리 긴 시간은 걸리지 않았다. 출발했을 때와 변함없이 아이가 눈을 뜰 기색이 없다. 지금 간단히 조사해두자.

"마력의 근원은…… 이것이었나."

엘프 특유의 뾰족한 귀에 달린 이어 커프. 엘프족은 아이에게 수호의 마법을 담은 특수한 이어 커프를 달아주는 풍습이 있다. 길드에 있는 엘프인 슈리에에게 들은 이야기다. 그 이어 커프는 평생 소중히 아끼며 귀에서 거의 빼지도 않는다고 한다. 슈리에도 심플하면서도 강력한 마법이 담긴 이어 커프를 달고 있었던 걸 떠올렸다.

이 아이의 이어 커프는 아름다운 세공이 들어가 있으며 작고 섬세한 꽃 모양 장식이 무척 아름다웠다. 걸려있는 마법도 아주 강력했다. 부모, 혹은 이 아이에게 이어 커프를 선물한 사람이 이 아이를 무척 소중히 여긴다는 게 잘 보였다.

"음……, '메구'라. 이 아이의 이름이군."

이어 커프 뒷면에는 이름으로 추정되는 글자가 새겨져 있다. 이것도 다들 그런 건 아니지만 많이 새긴다고 들었다. 아이가 눈을 뜨면 확인해봐야겠군.

그 외에도 마법을 사용해서 조사해봤지만, 아이에게 걸린 마법의 종류는 알아볼 수 없었다. 잘 아는 것은 아니지만 내가 발견하지 못할 만한 마법은 아닐 텐데. 자랑은 아니지만 이런 분야에 관해서는 내가 전 세계 톱레벨임을 자부하고 있다.

그럼 아이가 눈을 뜨기 전에 간단히 먹을 수 있는 걸 준비해야겠다. 게다가 여기저기가 더럽다. 아이에게 세정 마법을 걸어주자 귀여운 얼굴이 한층 두드러졌다. 마물은 내일 오전까진 나타나지 않을 테고, 다행히 그 시간까진 이 던전에 아무도 들어오지 못하게 입구에서 계약해 놓았다. 의뢰수행 중에 자신의 비장의 수단을 다른 사람에게 들키지 않도록 조치해달라고 요청할 수 있다. 뭐, 어느 정도 등급이 높지 않으면 떨어지지 않는 허가이긴 하지만.

이렇게 아이가 눈을 뜰 때까지, 나는 저녁 준비를 하면서 상당히 소모한 마력도 회복할 겸 여유로운 시간을 보냈다.

"으응……."

얼마나 시간이 지났을까. 밤도 깊어졌을 무렵 아이가 눈을 뜬 모양이다. 놀라지 않도록 최대한 조용히 말을 걸어보았다.

"……일어났나."

"?!"

내 목소리에 몸을 흠칫 떠는 어린아이. 쭈뼛쭈뼛 이쪽으로 천천히 얼굴을 돌렸다.

자는 얼굴을 봤을 때도 귀엽다고 생각했지만, 눈을 뜨자 훨씬 더 귀여웠다. 툭 치면 굴러떨어질 것 같은 커다란 감색 눈동자는 얼핏 보기에 차가운 인상을 주기 쉬우나 고운 곡선을 그리는 눈썹 덕분에 부드러운 인상을 주었다.

아이를 관찰하고 있었더니 갑자기 아이가 부들부들 떨기 시작했다. 음? 이, 이건…….

"흐…… 윽, 흐엉……."

"무슨……, 잠깐……."

아니나 다를까, 아이가 울음을 터트렸다. 이런, 겁을 먹었나. 잘 생각해 보니 나는 머리부터 발끝까지 전부 까맣고 얼굴도 후드와 마스크 때문에 거의 보이지 않는다. 무서워할 만도 하다며 자신의 실수를 깨달았다.

하지만 어떻게 해야 하나. 생각해 보면 아이와 교류한 경험이 없다. 우는 아이를 달래는 법은커녕 어떻게 대해야 하는지도 모른다. 공간 마법을 사용해 안에 넣어둔 새 수건을 꺼냈다. 바로 아이에게 건네주려고 했지만 줄 타이밍을 잡지 못했다. 괜히 더 울리게 될지도 모른다며 나답지 않게 무서웠기 때문이다. ……뜻밖의 상황에서 내가 무엇을 두려워하는지 알게 되었다.

한동안 계속 우는 아이를 앞에 두고 어떻게 하지도 못한 채 안절부절못하고 있었더니, 아이가 자연스럽게 울음을 그쳤다. 왠지 모를 침묵이 흘렀다. 슬슬 말을 걸어도 괜찮은 걸까. ……아니, 그 전에 마스크 정도는 벗을까. 오랜만에 오르투스 길드원이 아닌 사람 앞에서 맨얼굴을 드러내는 것이다 보니 조금 주저했으나, 상대는 어린아이이다. 게다가 또 울리는 것보다는 낫다. 신기하게도 맨얼굴을 보이는 데 불쾌감은 없었다.

"……쓰겠어?"

"……감사함미다……."

한마디 말을 걸자, 아이가 귀엽고 작은 분홍색 입을 움직여 낭랑한 목소리로 인사했다. 그 목소리를 듣기만 했는데 충격을 받았다.

뭐지, 이건……. 무심코 아이가 매료 마법이라도 사용한 건지 살피자, 그런 기색은 전혀 없었다. 순수하게 귀여움 하나만으로 이 정도로 파괴력을 낼 수 있는 건가. 두려워서 손이 떨렸다. 어린아이는 다 이런가……?

아니, 지금은 그럴 때가 아니다. 또 울리지 않도록 수건을 건넨 뒤 바로 손을 치웠다. ……참으로 우스꽝스럽다.

모처럼 귀여운 얼굴이 부어버리면 왠지 아까울 것 같아 따뜻한 수건과 차가운 수건을 아이에게 주었다. 아이는 무서워하지 않고 그걸 받아들더니 번갈아 얼굴에 댔다. ……이따금 이쪽을 힐끔힐끔 살펴보는 모습이 토끼나 강아지 같아서 귀여웠다. 하지만 아마 내 얼굴을 보고 있는 거겠지.

자신이 잘생겼다는 건 자각하고 있다. 신물이 날 정도로. 어디에 가도 여자가 모여드는 게 더없이 귀찮았다. 물론 다들 그런 건 아니라는 것도 안다. 길드의 동료는 이 외모를 놀리기는 해도 추파를 던지진 않고, 이용하려고 해도 어디까지나 의뢰 상의 작전용으로만 사용한다.

하지만 그 외의 사람들은 달려드는 것도 사실이다. 여자는 잘생긴 남자가 옆에 있다는 걸 과시하고 싶어 하는 사람이 많은 것 같다. 사람을 액세서리랑 똑같이 취급하지 말라고 외치고 싶다. 그런 상황에 엉뚱한 질투를 하는 남자는 긴말 할 것 없이 때려도 되지 않을까.

정보수집을 할 때 이 외모는 인상에 남기 쉽다. 그렇기 때문에 일상적으로 얼굴을 가리게 되었다. 어차피 수상한 녀석으로 인상에 남긴 하지만, 그게 더 여러모로 유리했다. 임무를 수행할 때 필요하다면 환술로 외모를 가리니까 문제없다. 길을 걷기만 해도 불쾌한 일을 당하는 것보다는 수상한 녀석이라며 경원시 당하는 게 훨씬 나았다.

참나……. 남의 외모를 이용하려 하는 녀석이 많은 게 문제다. 가벼운 인간 불신에 걸렸다.

그렇기 때문에 멍하니 이쪽을 바라보는 이 아이도 마찬가지냐며 순간 실망할 뻔한 것도 자연스러운 반응일 것이다. 하지만 계속 보니 아무래도 아닌 모양이었다.

아이의 눈동자에는 아름다운 풍경을 봤을 때와 같은 빛만이 느껴졌다. 순수하게 내 외모를 멋지다고 생각한 것뿐이며 그렇다고 해서 태도를 바꾸지도, 하물며 이용하려 하지도 않는 것처럼 보였다. 실제로 태도가 바뀌지 않은 것이 증명해주었다.

잘생겼다는 걸 이해한 상태로 호의만을 보내는 건가. 음, 아이니까 그런 걸지도 모르지만 나쁜 기분은 아니었다. 오히려 기분 좋았다. ……이제는 이 경계심을 없애고 싶다는 욕구가 생겨났다. 경계하는 것도 당연하고, 그 점에 관해서는 칭찬해줘야 하겠지만.

그 후 아이에게 애프리수와 미리 준비해둔 야채수프를 먹였다. 손이 작아서 무척 위태로웠기 때문에 나도 모르게 도와주고 말았다. 그때 두려워하는 기색을 조금도 보이지 않았으니 잘 됐다며 이래저래 돌봐주었다.

묘하게 사양하는 모습을 보면 스스로 어느 정도는 할 줄 아는 모양이다. 하지만 상황이 상황이다. 더 어리광을 부려도 괜찮다는 걸 알리기 위해서도 철저하게 돌봤다. ……의외로 즐겁다.

배가 불러서 그런지 아이가 꾸벅꾸벅 졸기 시작했다. 자도 괜찮다고 했는데 참으려 하길래, 사양하지 않고 잘 수 있도록 표현을 바꾸자 순식간에 잠들었다.

……뭘까, 이 감정은. 난생처음 느끼는 감정. 이런 게 아이를 지닌 부모의 마음인 걸까. 판단할 수 없지만 나쁘지 않다. 한차례 뒷정리를 마친 뒤 만약을 위해 결계를 단단히 친 다음 나도 잠들었다.

"흐억?!"

어린아이의 괴상한 목소리에 눈을 떴다. 밤중에 몇 번 일어나 경계하면서 토막잠을 잤는데, 아이에게 자는 얼굴을 보여주는 실태를 저지르고 말았다. 아이의 따뜻한 체온에 편안함을 느끼고 늦잠을 자버린 모양이었다.

정신을 다잡고 아침 몸단장을 재촉하자 예상 밖의 문제에 직면했다. 아이는 마법을 쓰는 법을 모르는 모양이었다. 이 정도로 야무진 아이라면 간단한 생활 마법 정도는 숨 쉬듯이 사용할 텐데. 기억상실에라도 걸리지 않은 이상은.

설마……, 하고 의심하면서도 그 가능성이 크다는 걸 염두에 두고 대했다. 마법을 쓰는 법을 몰라도 이상한 건 아니라고 생각하도록. 기억을 자극해서 혼란에 빠지지 않도록.

이 정도로 타인을 배려해본 적은 없었다. 가벼운 아침 식사를 마친 뒤 간단한 자기소개를 한 후, 빠르게 던전에서 떠나기로 계획을 세웠다.

의심한 확신으로 변해갔다. 아이는 자신의 이름도 모르는 모습을 보였기 때문이다. 내 이름을 제대로 발음하지 못하는 귀여운 모습에 풀어진 마음을 조금 다잡았다.

최대한 부자연스럽지 않도록 아이의 이름을 알려주었다. '메구'라고 불리는 것에 위화감은 없어 보여 가슴을 쓸어내렸으나, 이어 커프 이야기를 하자 귀를 꽉 붙잡고 창백해진 아이를 보고 조금 당황했다. 엘프의 특징이라고도 할 수 있는 뾰족한 귀. 그걸 보이는 바람에 겁을 먹은 듯한 반응이었다. 그럴 만도 했다.

엘프는 그 아름다운 외모 때문에 자주 노려지는 종족이다. 강력한 마법과 특수체질을 지니고 태어나기도 한다는 축복받은 종족이기 때문에, 역겹게도 인간들이 사는 대륙에선 고가에 매매된다. 게다가 메구는 제대로 저항도 할 수 없을 어린아이. 기억이 사라졌다고 해도 이전에 무언가 사건이 있었을지도 모르고, 몸에 새겨진 공포를 느꼈다는 가능성도 있었다.

그런 것들을 상상하자 어찌할 수 없는 분노와 동시에 아이를 지켜야 한다는 강렬한 보호 본능이 솟아났다. 보호자가 있냐는 질문에 없다고 대답하며 울먹이는 메구를 보고 무슨 일이 일어나도 지키고 싶다고 다짐했다.

메구가 진정한 것을 보고 슬슬 가자고 말을 걸었다. 곧 던전의 마물도 다시 나타날 무렵이고, 던전에 다른 사람이 들어올 시간이기도 했다. 너무 여유를 부린 것 같기도 하지만 메구의 마음이 먼저다. 보스전은 피할 수 없겠지만 어쩔 수 없다.

확인하기 위해서도 메구에게 같이 길드에 오겠냐고 물었다. 길드는 반드시 메구를 보호할 것이다. 만에 하나라도 거절하지 않으리라 확신했다.

……확인하길 잘했다. 이렇게 어린 주제에 사양했다. 반대로 내가 보호하지 않으면 혼자서 어떻게 할 생각인 거냐고 구구절절 타이르고 싶을 정도였다.

……다른 사람에게 의지할 수 있는 환경이 아니었던 건지도 모른다. 이쯤 되자 안쓰러워서, 부탁이니 의지해달라고 청했다. 분명 메구는 이렇게까지 하지 않으면 받아들이지 않을 것이다. 그래서 잘 부탁한다고 말할 때 보인, 무척 안심해서 짓는 미소가 마음을 뒤흔드는 걸 느꼈다.

메구를 왼팔에 안고 보스방을 향했다. 던전에서 나가기 위해선 왔던 길을 돌아가기보다는 이쪽이 더 빠르다. 실력에 자신이 없다면 돌아가는 게 안전하고 확실하나, 이 층의 보스 정도는 내 적이 아니다.

보스방의 문 앞에 오자 메구는 신기하다는 듯 문을 쳐다봤다. 여기가 던전이라는 것도 모르는 것 같았다. ……정말이지, 메구를 여기에 버려둔 녀석에게 살의가 치밀었다. 강력한 보호 마법이 걸렸다고 해도 내가 오지 않았다면 아사했어도 이상하지 않았다. 하다못해 설명이라도…… 아니, 모르는 게 행복일지도 모르지. 어차피 용서할 마음은 없지만.

아무튼 여기 서 있어도 무의미하다. 냉큼 던전에서 나가기 위해 문을 열었다.

"힉……!"

품속에 있는 메구가 작은 비명을 질렀다. 이 방의 보스는…… 음, 키메라 레오거인가. 어린아이는 보기만 해도 무서워할 만한 마물이긴 하다. 하지만 이 녀석은 화력은 강해도 공격만 피한다면 중급 클래스의 파티라면 어렵지 않게 쓰러뜨릴 수 있는 마물이다. 메구가 무서워하는 시간을 최단 시간으로 줄이기 위해 순식간에 처리해야지.

보기 드문 핑크골드의 머리카락을 살며시 쓰다듬어서 메구를 달래준 뒤 강한 결계를 펼쳤다. 만에 하나라도 여기까지 공격이 오진 않겠지만, 메구가 안심하기 위해서라도 불안 요소는 제거해두는 게 좋다.

"괜찮아, 금방 끝난다. 여기서 기다려."

"기르 씨?! 위험해요!"

걱정하는 목소리가 귀여워서 웃음이 번졌다. 실력을 드러낸 적도 없었으니 이쯤에서 한방 화려하게 처치해 안심하게 해주자. 발에 힘을 줘서 단숨에 레오거에게 달려가는 것과 동시에 검에 손을 올렸다. 레오거가 불을 뿜는 예비 동작에 들어갔지만 늦었다.

발도 후 일격. 검집으로 되돌리기.

등 뒤에서 머리만 남은 레오거의 처음이자 마지막 공격이 구석을 향해 뻗어나갔다가 바로 잦아들었다. 동시에 머리를 잃은 거구도 쓰러져서, 던전의 마물답게 흔적도 없이 사라지는 걸 지켜보았다.

힐끔 메구에게 시선을 보내자 눈이 휘둥그레져서 이 광경을 보고 있었다. 귀여운 모습에 작게 웃었다. 감탄하는 눈빛이 날아오는 게 조금 간질간질했지만 기쁘기도 했다.

레오거가 떨군 전리품을 자연스럽게 회수한 뒤 메구에게 돌아갔다. 무섭다고 느끼기 전에 쓰러뜨려서 공포보다 놀라움을 더 크게 느끼게 만든다는 작전은 잘 성공한 모양이었다.

겸사겸사 조금 놀려주자 그걸 깨달은 메구의 뺨이 살짝 부풀었다. ……하나도 안 무섭다.

"그럼 돌아갈까……. 잠시 은폐 마법을 걸도록 하지."

"응페……?"

"그래. 이대로 널 데리고 던전에서 나오면 이래저래 성가셔질 것 같으니까."

보스를 쓰러뜨렸으니 이제 여기에 볼일은 없다. 의뢰도 동시에 수행했으니 던전 접수처에서 보고한 다음 바로 길드로 돌아가야 한다. 그때 다른 사람이 메구를 목격하게 둘 수는 없었다. 시간도 빼앗기고, 메구를 버리고 간 누군가가 근처에 있을 가능성이 크기 때문이다. 어쩔 수 없는 사정이 있다고 해도 메구에게 악감정을 느끼는 존재가 있다는 건 분명하다.

메구의 이어 커프에 걸린 마법은 솔직히 힘이 너무 강하게 담겨있다. 어지간히 소중히 키운 공주님이라고 할 수도 있겠지만, 메구의 야윈 몸이나 소박한 옷차림을 보면 그 가정도 힘을 잃는다. 그런데도 이렇게까지 강력한 보호 마법이 필요하다? 그렇다면 자연스럽게 답이 보인다.

누군가가 메구를 노리고 있다.

어떤 상황인 건지, 메구가 어떤 존재인 건지. 본래대로라면 한동안 이 마을에 머무르며 조사해야 한다. 메구가 방치된 게 며칠 전이라면 단서가 사라지기 전에 조사하는 게 상식이다.

하지만 메구를 데리고 조사하는 건 한계가 있다. 이 아이를 위험에 끌어들이는 게 내키지 않고, 무엇보다 빨리 안심할 수 있는 장소에서 쉬게 해주고 싶었다. 익숙한 단독행동을 이번만큼은 후회했다.

반성회는 나중에. 지금 내 임무는 메구를 무사히 길드에 데려가고, 가능한 한 여기에서 얻을 수 있는 정보를 모으는 것. 마법을 쓰면 어느 정도는 모일 것이다.

내가 던전 의뢰를 해결했으니 메구가 있는 장소는 바로 들킨다고 생각하는 게 좋다. 따라서 그 전에 조금이라도 선수를 치고 싶다. 그러니 아슬아슬할 때까지 장소가 특정되지 않도록 해야지. 조사 도중에 신원이 들키는 일이 있어선 안 된다.

여타 의뢰라면 오르투스의 기르난디오라는 이름만으로도 상대방에게 압력을 가할 수 있으니 오히려 들키도록 움직일 수 있었으나, 이번은 그렇지 않다. 신중하게 진행할 필요가 있다.

……손이 근질근질하군.

누군가의 의뢰를 받은 것도 아니고, 내가 나에게 준 의뢰다. 이 업계에서 몇 년을 굴렀는데. 반드시 좋은 성과를 내 주마. 설령 메구가 우리에게 좋지 않은 존재라고 해도, 그렇다는 확신을 얻을 때까지 이 아이를 지키겠다. 그게 어리석은 짓이라고 해도 나는 내가 믿는 대로 움직일 것이다.

굳게 각오한 나는 은폐 마법을 건 메구를 안고 던전 밖으로 나왔다.

【메구】

빛이 사라지고 슬쩍 눈을 뜨자 밝은 바깥 풍경이 눈에 들어왔다. 아까 있었던 바위산도 밖이라고 생각했으니, 던전에서 나왔는데도 오랜만에 보는 바깥 풍경! 이라는 느낌은 별로 없다.

눈만 이리저리 굴리면서 주위를 둘러보자 조금 떨어진 곳에서 남자가 달려오는 게 보였다. 기르 씨의 옷을 붙잡은 손에 아주 조금 힘이 들어갔다.

“기르난디오 씨, 늦으셨군요! 수고하셨습니다! 저기, 혹시…….”
“……그래. 던전은 원래대로 돌아갔다.”
“역시 그랬군요! 어젯밤부터 돌아온 것 같긴 했지만, 기르난디오 씨가 돌아올 때까지 대기했습니다. 저기…… 피곤하신 와중에 죄송하지만 바로 보고를 부탁드리고 싶은데요…….”
“상관없다.”
“감사합니다! 그럼 이쪽으로.”
남자는 이쪽을 일절 보지 않는다. 정말로 주위에선 내가 안 보이는구나……. 마법 대단한데. 그래도 나는 여기에 실제로 존재하니까 가슴이 쿵쾅거리고 조마조마하지만.
이 사람의 말하는 걸 들어 보니 기르 씨는 무언가 대단한 지위인 것 같은 느낌이 들었다. 특급 길드 소속이라고 하니 역시 사실은 대단한 사람인 건지도. 사자도 순식간에 쓱싹했고!
기르 씨가 남자의 안내를 받아 던전 입구로 추정되는 장소에서 조금 떨어진 간이 건물 안으로 들어갔다. 접수처 같은 곳인지도 모른다. 이른 아침일 텐데도 이미 줄이 만들어져 있었다. ……다들 그렇게 던전을 좋아하는 건가? 그럴 리 없지. 무언가 이유가 있을 거야. 돈이 잘 벌린다거나?
뭐, 나와는 별로 관련이 없는 세계겠지만. 이런 꼬맹이가 왜 던전에 가야 하는데! 지금까지 그 던전에 있었다는 점은 무시하기로 한다.
“그럼 죄송하지만, 이쪽 수정에 손을 올려주십시오.”
간소한 책상과 의자가 놓인 작은 방. 남자와 기르 씨가 마주

보듯 의자에 앉자, 남자는 책상 위에 놓인 수정을 가리키며 그렇게 말했다. ……아까 던전 보스방에 있던 것과는 다른 건가?

"진위의 수정인가."

"네. 기르난디오 씨가 거짓말을 하실 리 없다는 건 알지만, 규칙이라서……."

내 의문을 미약한 몸동작으로 알아차린 모양이었다. 자연스럽게 답을 알려주는 기르 씨, 유능한 남자로다.

하지만…… 진위의 수정이라. 즉 거짓말을 하면 들킨다는 거겠지? 마법 참 대단하네. 근데 어? 이거 괜찮은가? 적어도 나라는 미아를 숨기고 있잖아…….

내가 걱정하거나 말거나 기르 씨는 전혀 동요하는 기색을 보이지 않고 당당했다. 역시 유능한 남자, 어게인.

"그럼 던전 내 마물 소실 사건에 대한 의뢰보고를 부탁드립니다."

"그래. ……던전 3층 안쪽에 보호 결계를 발견. 지나치게 강한 힘이었기 때문에 근처의 마물이 출현하는 것 자체를 막아버렸던 것으로 추정된다. 결계를 파괴하자 던전의 기능이 수복되었다. ……이상."

오오. 기르 씨의 의뢰는 그런 신기한 현상을 조사하는 거였구나……. 그런 일이 있었다는 것도 전혀 몰랐다. 어쩌면 그 결계 덕분에 내가 그 바위산에서 마물을 만나지 않고 지나간 건가? 우와, 운도 좋지! 아니, 불행 중 다행인가. 애초에 갑자기 영문을 알 수 없는 이세계 전생? 을 해버린 게 불행 그 자체인걸.

아무튼 지금 내 목숨이 붙어있는 건 던전 안에 있었다는 그 결계 덕분이다. 어디의 누구인지는 모르지만 감사합니다. 땡큐…….

"그렇군요……. 그럼 몇 가지 질문을 하겠습니다. 그 보호 결계는 왜 찾아내지 못했던 거죠? 지금까지 올라온 보고에는 그런 건 아무것도 없었다고 들었습니다."

"음, 교묘한 은폐 마법이 중첩되어 있더군. 나와 동등한 수준의 기량이 없으면 알아보지도 못했을 거다."

"기르난디오 씨와 동등한 수준……, 그야 찾지 못할 만도 하군요……. 혹시 보스방에도……?"

"그래. 보스가 있던 기척이 없었다. 다들 자기도 모르는 사이에 귀환 수정을 만졌던 거겠지. 내가 나올 때는 이미 보스가 부활했었지만."

으아! 조금만 더 일찍 나왔다면 보스전 안 했어도 되는구나! 내가 괜히 우는 바람에……. 진짜 신나게 발목을 잡아대서 죄송합니다. 기르 씨라면 보스가 있어도 없어도 별문제는 아니었을 것 같지만, 그거랑 이거는 별개니까. 반성.

"그렇군요. 그럼 그 보호 결계 안에서는 대체 무슨 일이? 그렇게까지 강력한 결계가 있었다면 어지간한 게 있었던 것 아닙니까? 아, 물론 던전 안에서 얻은 것은 찾아낸 사람의 소유가 되니 대답하실 수 있는 범위 안에서 말씀해주시면 됩니다."

대답할 수 있는 범위로만 대답해도 되는 거구나. 그건가? 대단한 보물이거나 하면 좋지 않은 사람들이 노리니까? 기르 씨라면 반격해서 때려눕힐 것 같긴 한데.

"……아니, 특별한 **물건**은 딱히 없었다. 왜 그 장소에 보호 결계가 쳐져 있었는지, 그 경위에 대해서는 조사하지 않았다. 던전이니까."

물건은 없었다라. 확실히 나는 '물건'은 아니다. 기르 씨 대단한데.

"참 신기하군요……. 던전 안에서는 기묘한 일이 일어나기도 하니 던전이라 그렇다고 해도 그런 것 같긴 하지만요……."

"신경 쓰이는 사태이긴 했지. 하지만 나는 볼일이 있어 이만 길드로 돌아가야 한다. 또 바로 조사하러 돌아오겠지만, 만약 그때까지 뭔가 알아낸 게 있다면 알려줄 수 없을까?"

"그건 그렇겠군요. 알겠습니다. 저희 측에서도 조사 결과를 오르투스에 보내도록 하겠습니다."

그건 그렇고 눈을 뜬 뒤로 계속 그 던전에 있었는데도 모르는 곳에서 그런 이상한 일이 일어났었구나……. 하지만 덕분에 기르 씨의 보호를 받게 되었으니 결과적으로는 잘 된 건가?

하지만 기르 씨에겐 소화불량 같은 의뢰란 느낌이었겠지. 원인은 제대로 알아내지 못했지만 던전의 문제는 해결된 셈이다. 그런데도 이렇다 할 전리품도 없고. 나였다면 이게 뭐야! 했을 거다. 아니, 사건이나 피해가 없는 건 좋은 일이지만 그래도!

그런 일도 있다고 넘어갈 일인가……? 던전이란 마물과 동시에 이상한 현상도 만들어내는 건지도?

"그 외에 별다른 건 없었습니까?"

"……아니, 그 외에 보고**하고 싶은** 일은 없다."

"……네, 확인했습니다. 허위 발언으로 걸린 것은 없군요. 협력해주셔서 감사합니다! 그럼 며칠간 던전이 통상적으로 기능하는지 경과를 지켜본 후, 문제가 없다면 추가보수를 드리겠습니다. 그 서류는 길드 쪽에 보내도 괜찮을까요……?"

추가보수? 어떤 건지 의문을 느끼는 나를 두고 대화가 진행되었다.

"상관없다. 잘 부탁하지."

"알겠습니다. 그럼 기르난디오 씨, 수고하셨습니다."

오, 무사히 끝난 모양이다. 기르 씨가 뒤도 안 돌아보고 칼같이 방에서 나갔다.

그건 그렇고 거짓말 없이 내 존재를 숨겨버리다니, 기르 씨는 재주도 좋지. 나였다면 입이 미끄러졌을 자신이 있다. 믿음직한 미남…… 이 사람, 분명 인기 있을 거야.

나? 물론 두근거리거나 구경하거나 하지만 그게 끝이다. 사랑이란 귀찮은 법이라고. 연애는 자신의 추악함을 절감하는 의식 같은 거니까. ……과거에 무슨 일이 있었는지는 생략하기로 합시다.

아무튼 멋진 신사, 숙녀는 구경이 최고다. 어떻게 좀 친해지기까지 한다면 그것만으로도 행복합니다.

은근히 긴장했던 건지, 나는 그런 실없는 생각을 하며 안도의 한숨을 내쉬었다.

3 특급 길드의 유쾌한 동료들

방에서 나온 기르 씨는 그길로 마을 방면으로 향했다. 작은 목소리로 조금만 더 참아달라고 하길래, 알았다는 뜻을 담아 고개를 끄덕였다.

긴 다리로 성큼성큼 걸어가는 기르 씨. 스쳐 지나가는 사람들이 힐끔 돌아보고는 수상해하는 표정을 지었다. 뭐……, 얼굴도 잘 보이지 않는 데다 머리부터 발끝까지 새까마니 그럴 만도 하지.

하지만 그 중에선 기르 씨를 아는 사람도 있는 모양이었다.

"저 검은 옷은…… 오르투스의……!"

"사람이 많은 장소에는 거의 나타나지 않는다고 들었는데……?"

"오오……. 우리 상당히 귀중한 체험을 하는 거잖아. 근데 왜 얼굴을 가리는 거지? 토 나오게 못생겼나?"

"야, 하지 마, 캐려고 들면 안 돼. ……제거당한다고."

어쩐지 흉흉한 단어가 들린 것 같은 느낌도 들지만, 음. 착각이겠지. 나는 아무것도 안 들려요.

그런 주위 반응이 귀에 안 들어오는 것도 아닐 텐데, 기르 씨는 개의치 않고 주저 없이 거리를 걸어갔다. 아마 자주 있는 일이었겠지. 기르 씨의 대응에서 익숙함이 느껴지는걸. 이런 상황에 맨 얼굴을 드러냈다간 더 소문이 시끌시끌해지겠지. 기르 씨는 끝내주는 미남이니까 특히 여자들이 내버려 둘 리가 없다.

……아, 혹시 얼굴을 가리는 이유가 그래서인가? 분명 기르

씨는 자신의 얼굴이 이목을 끈다는 자각이 있는 거야. 그렇구나, 그럼 얼굴을 가릴 만도 해. 특히 기르 씨의 직업은 스파이 비슷한 부분이 있을 테니 주위에서 얼굴을 기억하면 곤란하겠지.

하지만 상황에 따라서는 그 미형을 이용해서 정보를 모을 때도 있을지도 모른다. 그 얼굴이 코앞에서 속살거린다면 괜한 말까지 나불나불 털어놓을 것 같다. ……이런, 망상이 끝없이 뻗어 나가네. 은폐 마법으로 모습이 보이지 않으니 그 핑계로 성대하게 실실거렸다.

내가 망상 속 세계에서 노는 동안 기르 씨는 잡화점으로 추정되는 가게에서 무언가 커다란 천과 커다란 바구니를 샀다. 어디에 쓰는 거지? ……파고들지 말자. 지나가던 아저씨들도 그렇게 말했으니까!

빠르게 결제를 끝낸 뒤 또 주저 없이 당당한 발걸음으로 마을 밖으로 나가는 기르 씨. 나를 안고 있다는 게 전혀 느껴지지 않는 발놀림. 은근히 대단한 기술이다. 힘이 센가 봐!

"좋아, 여기까지 오면 괜찮겠지. ……계속 얌전히 기다리다니 대단하구나, 메구."

마을을 나와 한동안 걸은 뒤 숲 입구가 보이기 시작할 무렵에야 기르 씨가 그렇게 입을 열면서 내 머리를 쓰다듬었다. 혹시 내가 참고 있는 줄 알고 서두른 건가?

"……좀 더 천천히 걸어도 갠차나요. 기르 씨, 힘들게따……."

내가 그렇게 말하자 기르 씨는 지금까지 봤던 것 중에 가장 부드러운 미소를 지었다. 미남은 비겁하다. 감사합니다.

"원래 사람이 많은 곳은 좋아하지 않으니까 괜찮아. 고맙다."

그렇구나. 무리한 게 아니라면 다행인데. 휴, 하고 가볍게 숨을 돌린 다음 조금 신경 쓰였던 게 떠올라 물어보기로 했다.

"그러고 보면 기르 씨. 아까 추가보수라고 드렸는데요……. 왜 추가인 거예요? 일반보수가 아니라?"

"아아……, 본래 의뢰는 던전의 기능이 정지한 이유를 조사하는 거였는데 그걸 어쩌다 보니 해결했기 때문이야. 그런 경우엔 추가로 보수를 주겠다고 처음부터 의뢰서에 적혀 있었거든."

그렇구나……. 별로 중요한 문제는 아니라고 생각했었지만 그래도 궁금해서 물어본 거였는데, 덕분에 개운해졌다.

길드라는 건 꽤 여러 개가 있고 아마도 등급이 매겨지는 모양이었다. 대화 흐름을 듣고 추정컨대 이번에는 다른 길드에도 의뢰가 갔던 것 같으니, 같은 의뢰를 여기저기에 보내는 건가? 그렇다면 의뢰는 빨리 성공하는 사람이 임자? 세세한 규칙은 어떤 식인 걸까? 게다가 이 길드에 꼭 부탁하고 싶어! 하고 지명하는 사람도 있을 것 같다.

아니, 애초에 길드라는 게 어떤 것인지도 아직 잘 모른다. 앞으로 신세 지게 될 예정이니까 조금씩 공부하고 싶은데.

왜냐하면 하세가와 메구로 돌아갈 수 있을지도, 그 전에 원래 세계로 돌아갈 수 있을지도 알 수 없으니까. 비관만 하고 있을 때가 아니다. 살기 위해 일단 이 세계에서 어떻게든 일자리를 찾아야지. 이런 어린아이의 모습이라고 해도!

대화하는 동안 기르 씨는 점점 숲속 깊은 곳으로 걸어갔다. 어둑어둑한데 괜찮은가……? 하고 불안해져서 기르 씨의 옷을 꼭 붙잡았다. 그걸 알아차린 건지는 모르겠지만, 기르 씨가 '이 근방이면 되겠지.' 하고 드디어 걸음을 멈춘 뒤 나를 살며시 내려놓았다. 오랜만에 땅에 발을 딛는다.

"지금부터 길드에 돌아갈 거다. 오르투스의 건물은 이 나라의 이웃 나라에 있거든."

기르 씨는 조금 전에 산 천과 바구니를 내려놓으며 그렇게 말했다. 어? 이웃 나라?! 그럼 무지하게 멀지 않나……? 하는 생각에 물어보자 탈것을 써서 국경을 넘어가기까지 5일 정도면 된다고 했다. 현대일본에서 자란 내 기준으로는 '5일 정도'가 아니라 '5일씩이나'다.

"보통은 그렇다는 거다. 물론 우리는 **보통**이 아닌 방법으로 갈 거고."

"보통이 아닌 방법……?"

왠지 불안해지는 표현이다. 기르 씨의 입꼬리에만 걸린 자신만만한 미소가 한층 불길한 예감을 증폭시켰다.

"바로 가고 싶지만, 그 전에 나에 대해 좀 더 설명해둘 필요가 있어. 내 종족에 대한 거다."

종족? 어? 인간이 아니었나? ……그래, 여기는 이세계지. 상식이라는 필터를 빼지 않으면 너무 놀라서 턱이 바닥에 떨어지겠다. 작게 고개를 끄덕여 다음 말을 재촉했다.

"나는 그림자독수리 아인이다. 그림자독수리는 들어 본 적이 있나?"

기르 씨의 말에 고개를 도리도리 저었다. '그림자독수리'만이 아니라 아인이 뭔지도 설명해주셨으면 하는데요. 독수리라니 새인 건가? 평범한 인간으로 보이는데.

"그림자독수리는 내 지금 키의 3배 정도 더 크고 색이 검은 새를 말해. 이름대로 그림자를 이용한 마법이 특기지. 그림자를 통해 아공간과 오갈 수 있다. 다양하게 이용할 수 있지만, 간단한 예시를 들자면 짐을 그림자에 수납해서 얼마든지 꺼낼 수 있는 식이지."

와우, 이세계 오브 이세계라는 느낌이네요! 마법은 너무 심오해서 전부 다 이해하지 못할 자신이 있습니다! 뭔가 대단한 걸 할 수 있고 아주 편리하다는 인식으로 충분할까요.. ……나 정말 괜찮을까.

"그림자를 사용해서 본래의 실력을 발휘할 수 있는 셈이지만 그건 됐고. 지금은 인간형이지만 잠시 후 나는 그림자독수리의 모습이 될 거다. 하늘을 날아서 길드로 돌아가려는 거야."

설마 했던 유 캔 플라이. 음, 그렇겠지. 독수리니까. 그야 날 수 있겠지. 인간의 모습이 될 수 있는 신기하고 검고 큰 독수리가 그림자독수리다 이거지. 안 놀랄 거야……!

어라? 하지만 나는? 나는 날 줄 모르는데 어떻게 할 거지? 그런 의문을 느낀 순한 눈앞에 있는 바구니와 천이 시야에 들어왔다. 설마 저거…….

"메구는 바구니에 타. 그걸 천으로 감싼 뒤 내가 잡고 날 거다."

역시!! 흐억, 하늘을 나는 거야?! 바구니와 천을 이용한 원시

적이자 황새 같은 방법으로?! 무서워! 죽도록 무서워!!

"……하늘을 날아본 적이 없는 녀석은 대체로 그런 반응이더군."

잔뜩 겁을 집어먹은 내 모습을 본 기르 씨가 쓴웃음을 지으며 그렇게 말했다. 알고 있으면 어떻게든 안 될까요? 기대를 담아 쳐다봤지만…….

"참고로 바구니에 타지 않을 거면 내 등에 탈 수밖에 없는데……, 길드에 도착할 때까지 손과 다리에 계속 힘을 주고 버틸 수 있겠어?"

"못 버팀미다!!"

상상해봤는데 순식간에 경련이 오더라! 울상이 되어 소리치자 기르 씨는 쿡쿡 웃었다. 웃을 일이 아니거든!

결국 날아서 가지 않으면 나라는 존재도 있는 관계로 길드에 도착할 때까지 보름이 걸린다는 점고, 절대 떨어뜨리지 않고 바람의 영향을 받지 않는 마법도 걸어주겠다는 조건 하에 울며 겨자 먹기로 승낙했다. 이리하여 나는 결사의 각오로 올라탔다. ……바구니에!

"우와아……!"

바구니에 쏙 들어가자 기르 씨는 천 위에 내가 들어간 바구니를 올린 다음 천의 네 귀퉁이를 단단히 묶었다. 그 후 나에게 한마디 신호를 보낸 다음 눈 깜짝할 사이에 커다란 새로 모습을 바꾸었다.

사전에 듣지 않았다면 너무 놀라서 굳어버렸겠는데. 어마어마하게 크니까. 하지만 검은 날개가 무척 예뻤다. 날카로운 안광이나 당당한 자태, 그리고 부리만 황금색이라서 왕의 품격이 느껴졌다.

"머시써……! 저기, 저기, 쓰다듬어 봐도 대요?"

얼핏 보면 만난 그 순간에 죽음을 각오했을 커다란 그림자독수리도 기르 씨라는 걸 알고 있으니 전혀 무섭지 않았다. 아니, 기르 씨라는 걸 몰라도 분위기에 적의가 전혀 없다는 게 느껴지니 의외로 태연했을지도 모른다.

아무튼, 이렇게 크고 만질 맛이 날 것 같은 깃털이라니……. 만지지 말라는 게 잔인한 짓이다.

내 한마디에 조금 이상해하는 표정을 지었다는 게 대충 전해졌지만, 기르 씨는 얌전히 머리를 아래로 숙여주었다. 날개는 펼쳤다간 너무 커서 위험하기 때문일 것이다. 배려가 전해져서 가슴이 따뜻해졌다.

"와…… 부드러워……."

기르 씨의 머리를 살며시 쓰다듬었다. 그 후에 목, 가슴, 날개 뿌리 등 여기저기 주문하는 내 부탁을 순순히 들어주며 쓰다듬게 해주는 기르 씨. 최고. 깃털 만세. 이 위에서 자고 싶다. 처음에는 쓰다듬기만 했는데 너무 기분 좋아서 나도 모르게 꼭 끌어안았다. 행복해…….

『……이제 만족했나?』

"흐억?!"

갑자기 머릿속에서 울리는 목소리에 놀라 고개를 들었다. 반사적으로 주위를 두리번두리번 둘러봤지만 지금 들린 목소리는 기르 씨의 목소리다. 기르 씨가 말을 건 거냐는 의미를 담아 그를 쳐다보면서 고개를 갸웃거렸다.

『……텔레파시다. 이 모습일 때는 말을 하지 못하니까. 슬슬 출발할 테니 바구니 안에 들어가.』

왠지 쑥스러워하는 듯한 목소리로 기르 씨가 말했다. 생각해 보면 나는 기르 씨의 머리나 이런저런 부위를 만져대고 부비부비한 셈인 거잖아. ……실수했나?

음. 나는 어린이니까 괜찮아. 그리고 이렇게 폭신폭신한 게 나빠! 나는 뻔뻔한 마인드로 정당화한 뒤 바로 바구니 속으로 들어갔다. 얼굴이 뜨거운 건 착각이겠지. 크흑…… 쪽팔려!!

『음, 탔군. 그럼 간다. 위험하니까 밖으로 몸을 내밀진 마.』

"네! 잘 부탁드림미다!"

쪽팔림을 잊기 위해서도 손을 척 들어서 답장하자 기르 씨가 날개를 펼쳤다. 그때 일어나는 바람으로 내 머리카락이 흩날렸다. ……오, 지금 이 모습은 머리카락이 핑크골드구나, 하는 태평한 생각을 했다. 특이한 색이지만 이젠 안 놀라거든요!

천의 틈새로 기르 씨가 날개를 펼친 모습이 보였다. 조금 전보다 더 아름다워서 나도 모르게 넋을 잃고 쳐다봤다. 바로 위를 쳐다보는 각도이니 배경으로 녹색 나무들과 맑게 갠 푸른 하늘이 깔린 게 또 절묘했다. 기르 씨는 둥실 떠오르더니 이쪽으로 순간 시선을 힐끔 보낸 다음 천으로 감싼 바구니를 발로 단단히 움켜쥐었다. 입을 떡 벌리고 위를 쳐다보던 나는 허둥지둥 바구니의 가장자리를 잡았다.

불현듯 느껴지는 부유감. 처음에는 천천히, 그리고 조금씩 빠르게 상승한다. 이것이야말로 역 자유낙하!! 그래도 내가 무서워하지 않도록 염려하는 건지 적당한 속도를 유지하며 올라가는 듯했다. 고속 엘리베이터에 타고 있는 것 같은 그 감각. 그런데 산들바람 수준의 바람만 느껴지는 것도 마법 덕분일 것이다. 하지만 아마도 기르 씨 혼자였다면 이미 하늘 높이 날아올랐겠지……. 신세 많이 집니다.

이리하여 하늘 여행이 시작되었다. 하지만 천에 싸여 있으니까 하늘밖에 안 보인단 말이지. 그렇다고 천이 없으면 그건 그거대로 무서우니까 사양하고 싶지만.

기르 씨의 비행은 안정, 또 안정이었다. 흔들리지도 않고 갑자기 속도가 바뀌지도 않았다. 안전 운전 아닌 안전 비행. 살랑살랑 불어오는 바람이 기분 좋았다. 바구니 안에서 하늘을 향해 벌렁 누웠다. 좁으니까 머리는 바구니의 가장자리를 베고, 무릎을 조금 굽혀야 했지만.

파란 하늘에 커다란 새의 실루엣. 그림 죽이네. 너른 하늘을 자유롭게 날아다닌다는 건 어떤 기분일까. 무섭지는 않겠지. 독수리니까. 좋겠다…….

그런 생각을 하면서 멍하니 바라보고 있었더니 졸음이 쏟아졌다. 할 일도 없으니 자도 괜찮을까? 자동차 조수석에서 잠드는 것 같은 죄책감이 좀 느껴지는데.

『졸리면 자도 된다. 그러면 속도도 낼 수 있으니까.』

어, 어째서 졸린 걸 들킨 거지?! 하지만 그렇구나. 깨어 있을 때는 날 배려해서 천천히 가는 거지. 잠들면 아무리 빨라도 거칠게 나는 게 아닌 이상 모를 테고. 그렇다면 사양하지 않고 자도록 하겠습니다. 안녕히 주무세요!

"풉……! 진짜냐 기르! 숨겨둔 자식?! 아니지, 어느 집으로 배달하는 거야? 푸하하하!!"

"……으응?"

커다란 목소리와 웃음소리에 문득 눈을 떴다. 왠지 무척 즐거워 보였다.

눈을 쓱쓱 문지르고 바구니 안에서 상반신을 일으킨 나는 주위를 두리번두리번 둘러보며 목소리가 어디서 나는 건지 찾았다. 기르 씨와는 다른 밝은 목소리였던 것 같은데……. 그러자 별안간 '윽!' 하는 신음이 귀에 들어오고, 이어서 으스스한 목소리가 들렸다.

"쥬마……. 잠든 아이 앞에서 큰 목소리를 내다니, 대체 어떻게 교육을 받은 거죠……?"

"아프잖아……, 나에게 고통을 가하다니 무슨 위력, 윽, 아야야야야! 알았어! 미안하다고!"

인간형으로 돌아와 팔짱을 끼고 언짢은 듯 노려보는 기르 씨가 시야에 들어왔다. 그리고 기르 씨가 보고 있는 방향에는 사람이 둘 있었다.

어깨에서 찰랑찰랑한 은발이 흔들리고 파란 눈동자가 예

뿐……, 아마 목소리로 추정하건대 남자가 새빨갛고 삐죽삐죽한 머리카락에 금색 눈을 지닌 키가 작은 청년의 귀를 꼬집고 있었다. 굉장히 아파 보였다.

정황상 아까 낮은 목소리로 위협한 사람이 은발이다. 이렇게 아름다운 사람의 입에서 그런 목소리가 나오다니. 그리고 행동이 은근히 흉악하다. 빨간 머리카락의 청년은 큰 목소리로 웃던 사람이겠지. 확실히 그 목소리에 눈을 뜨긴 했지만 그렇게까지 안 해도 괜찮아. 이쯤에서 놔줘라…….

어, 어라? 은발이 이쪽을 돌아봤다. 그리고 머리카락 사이로 보이는 귀가 뾰족하다. 혹시…….

"안녕하세요, 귀여운 아가씨. 저는 슈리엘레치노. 당신과 같은 엘프랍니다."

미인 오빠가 생긋 웃으며 인사해주셨습니다. 녹아버릴 것 같네요. 역시 엘프, 기대를 저버리지 않는 그 미모! 하지만 빨간 머리 오빠의 귀는 좋지 않는구나. 꽤 크게 난동을 부리고 있는데 손을 놓지 않는다니 오히려 대단해!

"그리고 특급 길드 '오르투스'에 어서 오세요."

하지만 그러거나 말거나 마이웨이로 말을 이어나간 오빠. 오, 특급 길드? 벌써 도착한 거야?

그제야 그 사람들 뒤로 커다란 건물이 있다는 걸 깨달았다. 모르는 사이에 목적지에 도착했던 모양입니다.

헉! 이러면 안 되지! 모처럼 인사해줬는데 멍때리다니! 인사를 받았으면 똑바로 마주 인사해야지. 사실은 내가 먼저 해야 했지

만 잠에서 막 깨어난 거니까 용서해주시길. 끙차끙차 바구니에서 내려와 고개를 꾸벅 숙였다.

"아, 안녕하세요. 메구입니다. 어……, 슈리에…… 레띠노……."

크, 이름이 길어! 처음부터 제대로 발음할 수 있을 것 같진 않았지만, 그래도 천천히 말하면 가능할 줄 알았는데!

바닥에선 귀를 잡힌 오빠가 '으하하! 레띠노! 레띠노래! 으하하, 아파! 아야야야야, 그만, 그만!!' 하고 웃다가 아파하다가 혼자서 아주 야단법석이었다. 슈리엘레치노 씨는 여전히 생글거리는 표정에서 변하지 않았는데 말이지. 그래서 더 무서워…….

"아직 어린아이니까 제대로 발음하지 못하는 건 어쩔 수 없죠. 슈리에라고 불러주세요. 다들 그렇게 부른답니다."

"슈리에 씨. 제송해요, 감사함미다……."

행동과는 반대로 다정한 말을 건네는 슈리에 씨. 감사합니다……! 영업용 스마일이었던 게 조금 누그러들었으니 진심에서 한 말이었을 것이다.

아마 가면 같은 미소 뒤에서 무슨 생각을 하는 건지 알 수 없는 타입일 거다. 하지만 그걸 알면서도 속아 넘어갈 것 같은 파괴력이다. 요컨대 너무 예뻐! 목소리도 좀 낮은 편이니 틀림없는 남자일 테지만.

"자, 이런 입구에서 대화하는 것도 통행에 방해가 되니 건물 안으로 들어가세요. 기르, 저는 이 얼간이를 따끔하게 혼내야 하니 먼저 안내해주세요."

"그래. ……나중에 대화 좀 해줘."

"물론입니다. 메구, 그럼 이따가 봐요."

진하게 웃으면서 그렇게 말한 슈리에 씨는 빨간 머리 오빠를 질질 끌면서, 하지만 유유히 그 자리를 떠나갔다. 계속 귀를 꼬집어서 혼냈는데도 아직 남은 거였냐. 얼굴은 예쁘지만 무섭다. 저 사람만큼은 화나게 하지 않도록 조심해야겠다고 머릿속에 똑똑히 새겨놓았다. ……뜯겨나갈 기세로 꼬집혔는데도 아우성 좀 치고 끝내는 빨간 머리 오빠의 맷집도 무시무시했지만!

"들어가자."

"네!"

내가 눈치채지 못하는 사이에 바구니와 천을 정리한 기르 씨의 목소리에 힘차게 대답했다. 외모가 어린아이니까 조금은 아이처럼 굴어야겠지. 에구구.

"아, 어서 와, 기르! 어땠어? 내 감이 맞았, 지……?"

기르 씨가 건물 문을 열자 딸랑, 하는 맑은 소리가 울렸다. 그 소리에 안에 있던 사람들이 이쪽을 주목했다. 사람 수는 그리 많지 않지만, 놀란 눈으로 이쪽을 보는 바람에 좀 당황했다. 반사적으로 기르 씨의 다리에 매달리고 말았다.

그런 가운데 안쪽에 있는 카운터에서 활기찬 목소리가 날아왔다. 말이 중간부터 흐지부지하게 흩어진 이유는 내 존재를 알아차렸기 때문일 것이다. 잘 모르겠지만 죄송합니다.

시간이 멈춰버린 것처럼 고요해졌다. 카운터 안의 언니는 나를 계속 응시하고 있다. 미, 민망해……. 그러다가 조금 전 활기찬 목소리로 인사했던 언니의 괴상한 발언을 계기로 다시 시간이 움직이기 시작했다.

"페, 펫 신청할래……?"

사람으로도 보지 않다니!

후드와 마스크를 벗으면서 기운이 쭉 빠진 듯 '무슨 소리야……' 하고 태클을 거는 기르 씨. 여기에 와서 기르 씨의 전체 외모가 만천하에 드러났다! 빨려 들어갈 것 같은 칠흑의 머리카락과 눈동자. 역시 미스테리어스 계통의 미남……! 이렇게 긴장을 푼다는 것은 여기가 기르 씨의 집 같은 곳이기 때문인지도 모른다.

그런 기르 씨의 발언 덕분에 정신을 차린 듯한 언니가 건물 안에서 난리를 치는 사람들에게 낭랑한 목소리로 '나중에 설명할게!' 하고 선언했다. 그 후 카운터에서 나와 이쪽으로 빠르게 다가왔다.

예쁜 에메랄드그린의 긴 머리카락. 포니테일로 묶은 그 머리가 달릴 때마다 이리저리 흔들렸다. ……동시에 파렴치할 정도로 풍성한 두 개의 언덕도 흔들린다. ……저, 전혀 안 부럽거든!

허리는 잘록하고 엉덩이는 쫙 올라붙은 발군의 몸매. 제법 노출이 많은 연두색 드레스는 튤립 스커트라서 하얀 허벅지가 보이는 바람에 눈 둘 곳이 난감했다. 그런데도 머리카락과 같은 녹색 눈동자가 또렷하고, 발랄한 이목구비도 어우러져 에로틱하다기보다도 상쾌하고 스포티한 이미지를 받았다. 아마도 밝은 성격이 묻어나오는 건지도 모른다. 그런 쭉쭉빵빵한 언니는…….

"안녕! 나는 소인족인 사우라디테야. 사우라라고 불러!"

어린아이라서 기르 씨의 허리에도 못 미칠 만큼 작은 나와 키

차이가 거의 나지 않는 사이즈였습니다! 작아!

뭐냐, 이걸 뭐라고 해야 하죠? 과장 쏙 빼고 말해도 너무 귀엽다고 해야 하는 걸까요……! 하지만 어른인 나는 흥분한 마음을 속에 잘 담아두고 내 이름을 밝힌 뒤 고개를 꾸벅 숙였다.

"메구구나! 으음! 그나저나 귀엽다! 껴안아도 되니?"

다이너마이트 보디의 미니멈 미녀를 앞에 두고 눈이 휘둥그레져 있었더니, 그 사람이 갑자기 나를 끌어안았다. 아직 안아도 된다고 대답한 적 없는데?! 게다가 언니가 훨씬 귀엽거든요!

……하지만 나쁘지 않다. 거유라는 점에서 좀 그런 게 있지만, 그 거유에 얼굴을 파묻는 것도 흔치 않은 기회다. 아주 조금 숨이 막히긴 하지만!

"사우라, 메구가 넋을 놓았는데."

"아차, 미안해. 하지만 이런 식으로 딱 좋은 사이즈로 껴안을 수 있는 사람은 동족이나 어린애 정도인걸. 즉 최근에는 도통 만난 적이 없단 말이야! 게다가 메구는 끝내주게 귀여워! 그래서 처음엔 그만 혼란에 빠지는 바람에 이상한 소리를 하고 말았지 뭐야……."

기르 씨의 도움을 받아 거유로 인한 압박사는 면했으나, 이번에는 언니가 내 뺨을 자기 뺨을 마구 비벼댔다. 그래, 이해해. 어린아이의 피부는 보들보들하고 좋지……. 하지만 기르 씨, 넋을 놓았다는 표현이 너무 정확해서 웃음을 참는 게 곤욕이었어!

"앗. 미안해, 메구. 그렇게 떨다니. 안 잡아먹으니까 걱정하지 마! 케이도 아니고."

"케이 씨?"

웃음을 참느라 떠는 거였는데 착각했나 보네. 왠지 죄송합니다. 개인적으로는 미녀와의 스킨십에 행복했습니다.

그리고 새로운 이름이 튀어나오자 반사적으로 되물었다. 길드는 회사 같은 곳이라는 정도로 인식하고 있었는데, 그렇다면 사람이 많이 있어도 이상하지 않겠지. 실제로 건물 안에 들어왔을 때도 여러 명 있었고. 이름…… 열심히 외우자. 신입은 선배들의 이름을 외우고 인사하면서 커뮤니케이션을 하는 거야!!

"길드 최고의 미남이야. 근데 귀여운 여자를 좋아해. 메구의 위기야……, 기르!"

"당연하지. 사수하자."

귀기 어린 태도로 기르 씨에게 확인하는 사우라 씨. 비슷하게 진지한 눈빛으로 즉답하는 기르 씨. 아니, 그거 단순히 플레이보이인 거 아니야? 여자를 밝히는 미남…… 울린 여자가 한 트럭이다 뭐 이런 거? 아니, 그렇다면 역시 어린이인 나는 오히려 안전한 거 아닐까. 그리고 제일 마음에 걸리는 건 이거다. 길드 넘버원, 이라니…….

"기르 씨도 슈리에 씨도 빨간 머리 오빠도 다들 미남인데요? 사우라 씨도 미녀고……."

그래, 바로 이거야. 만나는 사람마다 다 눈이 부신 미모라서 큰일이라고! 뭔데? 특급 길드쯤 되면 외모도 어느 정도 받쳐주지 않으면 안 되는 거야? 그럼 나는 탈락 아니야?!

내가 의아해하고 있었더니 사우라 씨가 '착하구나' 하고 내 머리를 쓰다듬으면서 '하지만 그게 아니란 말이지……' 하고 길게, 그리고 무거운 한숨을 쉬었다.

"그야 우리 길드는 미남미녀가 꽤 많고 케이도 상당한 미형이긴 해. 아, 근데 안타깝게도 외모가 험상궂은 사람도 있어!"

안타깝게도, 라니. 사우라 씨, 표현 좀……. 하고 살짝 얼굴 근육이 경련했다. 아주 직설적으로 말하는 사람이구나. 하지만 내가 지금까지 미형만 만난 건 상당히 운이 좋았다는 거구나. 먼 산을 보고 있었더니 내가 그런 줄도 모르는 사우라 씨가 말을 이었다.

"케이를 미남이라고 하는 건 외모만 보고 하는 말이 아니야! 오히려 그 언동과 사상이야말로 미남이라고! 본인은 단순히 귀여운 걸 소중히 아끼고 사랑하는 것뿐인데, 그게 더 질이 나빠서……!!"

사우라 씨가 본인의 몸을 끌어안으며 부르르 떨었다. 무자각 둔감 타입 미남인 거냐. 들어 보니 넘어간 여자를 동정하게 되는 사람이었다. 만나고 싶진 않지만, 몹시 궁금하다. 같은 길드에 있으니 언젠가는 만나게 될 테고……. 음, 그때 가서 생각하자.

셋이서 잠시 아득한 눈빛을 하고 있었더니 길드의 문이 열리며 딸랑, 하는 소리가 들렸다. 셋이 나란히 입구로 시선을 돌리자 상큼한 미소를 지은 슈리에 씨와 안색이 파리해지고 축 처진 빨간 머리 오빠가 이쪽을 향해 걸어왔다. ……귀가 머리색과 똑같아졌네요.

"기다리셨습니다. 그런데, 사우라? 언제까지 어린 손님을 세워놓고 있을 거죠? 이미 한참 전에 응접실로 안내했을 줄 알았는데요.”

“앗, 에헤헤! 깜빡했어! 어쩔 수 없잖아. 메구가 너무 귀여워서 그만.”

웃는 얼굴로 나무라는 슈리에 씨 앞에서 굴하지도 주눅 들지도 않은 사우라 씨가 혀를 살짝 내밀었다. 이 무서운 미소에 대항할 수 있다니, 사우라 씨도 은근히 강자라고 마음속 메모장에 추가했다. 그리고 장난기 어린 모습도 대단히 귀엽습니다.

“미안하다니까! 내가 잘못했어. 그렇게 노려보지 마, 슈리에!”

“하아……. 사과할 상대는 제가 아닙니다.”

“그건 그렇네. 미안해, 메구. 피곤할 텐데……. 지금 당장 안내할게! 비장의 디저트도 줄게.”

“진짜?!”

“……왜 같이 올 생각인 거야, 쥬마.”

이 사람들의 대화를 듣고 있으면 참 즐겁다. 아마 일상적으로 이런 개그 같은 대화를 하는 거겠지. 진지해 보이는 슈리에 씨에겐 골칫거리일 테지만…… 수고 많으십니다.

결국 나와 기르 씨, 사우라 씨에 슈리에 씨, 빨간 머리 오빠도 포함한 다섯 명이 응접실로 이동하게 되었다. 무슨 디저트가 나올까?

“먼저 기르부터. 메구를 어디에서 데려왔는지 설명해줘.”

응접실에 도착해 푹신한 소파에 앉자 사우라 씨가 그렇게 말문을 텄다. 사우라 씨의 맞은편에 기르 씨와 내가 앉았고, 슈리에 씨는 우아하게 차를 타고 있다. 빨간 머리 오빠는 창가에 기대어 서 있었다.

"그래. 슈리에와 쥬마에게는 조금 전에 간단히 설명했지만…… 한 번 더 제대로 설명하지."

슈리에 씨가 타준 홍차는 내 것에만 우유가 들어가 있어서 그 배려에 감동했다. 한 모금 마시고 후우, 하며 숨을 돌리자 슈리에 씨가 이리 오라고 손짓했다.

"응?"

"음? ……아아. 우리 이야기는 지루하겠지. 저쪽에서 과자라도 먹고 있어."

"후후후, 메구. 저 과자는 내가 좋아하는 가게의 기간 한정 과자야! 통 오랑 젤리인데 차갑게 해서 먹으면 아주 맛있어!"

오랑? 오랑이 뭐지. 하지만 차가운 젤리라는 건 알았다. 사우라 씨가 이렇게까지 칭찬하니 분명 맛있을 것이다.

"제가 먹어도 대요……?"

하지만 그렇게 좋아하는 디저트를 내가 먹어도 괜찮은 건가? 왠지 미안해져서 그렇게 묻자 사우라 씨가 환한 미소를 지었다.

"아이참. 메구는 귀여운 데다 정말 착한 아이구나! 괜찮아! 그 대신 맛있게 먹어."

크으, 사우라 씨. 그럼 반해버리잖아! 윙크하면서 그런 말을 하면 고개를 위아래로 끄덕끄덕 흔들 수밖에 없다고!

그런 나를 보고 쿡쿡 웃은 슈리에 씨가 빨간 머리 오빠가 있는 창가에 놓인 탁자로 안내해주었다. 윽, 부끄러워…….

"잘 먹겠습니다!"

"쥬마. 넌 돈 내."

"왜 나만! 구두쇠!"

그런 만담을 들으며 나는 설레는 마음으로 탁자 앞에 앉았다.

……하지만.

"……안 닿아."

이 몸이 너무 작아서 의자에 앉으니 탁자가 딱 내 눈이 튀어나오는 정도의 높이가 되었다. 서럽다……. 우울해하고 있었더니 몸이 쑥 들려 올라갔다. 누군가가 들어준 건가?

"우와, 가벼워! 야, 꼬맹이. 너 제대로 먹고 다니는 거야?"

머리 위에서 그런 목소리가 들렸다. 아무래도 빨간 머리 오빠가 자기 무릎 위에 앉혀준 모양이다. 덕분에 간신히 딱 좋은 높이가 되었다. 꽤 요란하고 거친 이미지였는데 자상한 면도 있구나. 으음, 이름이…….

"쥬마, 오빠?"

"어, 그래. 자기소개 안 했었지. 형님이라고 불러도 돼!"

씩 웃으면서 내 머리를 마구 쓰다듬었다. 웃으면 조금 뾰족한 송곳니가 보여서 제법 장난기 많은 오빠란 느낌이 들었다. 머리카락이 엉망이 되었지만, 그 손놀림은 부드러웠다. 흐음, 형님이라……. 그렇다면.

"메구임미다. 잘 부탁드림미다. 으음……, 쥬마 오빠?"

무릎 위에 앉아있었기 때문에 고개를 직각으로 꺾어 위를 보면서 이게 맞냐고 물어봤다. 그러자 쥬마가 눈을 동그랗게 뜨더니 움직임을 딱 멈췄다. 어라? 틀렸나?

"어, 아니. 그렇게, 부르면 돼. 응, 잘 부탁한다. 메구."

쥬마가 횡설수설하면서 그렇게 말했다. 뭐야, 맞았잖아. 안도하며 가슴을 쓸어내렸다.

"쥬마……. 귀여움의 위력을 처음으로 깨달았군요……."

작게 뭐라고 중얼거리면서 내 앞에 물과 젤리를 내려놓는 슈리에 씨. 하지만 아쉽게도 제대로 듣지 못했다. 뭐 됐다! 젤리다! 젤리!

"하지만 말이야, 이 꼬맹이가 어떻게 여기에 왔는지 봤잖아? 커다란 천으로 싸서 그림자독수리 기르에게 잡힌 채 날아왔다고. 완전히 스토클이 아기를 데려오는 것 같았단 말이야. 웃기지 않아?"

젤리는 새콤달콤한 귤맛이었다. 오랑이란 게 아무래도 귤을 말하는 모양이다. 과즙이 많고 단맛이 진해서 맛있다. 그런 젤리를 먹으면서 대화하는 내용은 내가 눈을 떴을 때 폭소했던 이유에 대한 것이었다.

"스토쿠?"

낯선 단어에 고개를 갸웃거리자 쿡쿡 웃은 슈리에 씨가 설명해주었다.

"스토클은 새 이름입니다. 들어본 적 없나요? 아기는 스토클이 포에 싸서 데려다준다는 이야기요."

아하, 황새를 말하는 거구나. 이 세계에도 비슷한 이야기가 있나 보다. 재미있는 공통점이다. 감탄하고 있었더니 머리 위에서 쥬마가 가벼운 말투로 입을 열었다.

“뭐, 아기란 사실 스토클이 데려다주는 게 아니라 남자와 여자가 뒹굴…… 으읍!”

끝까지 말을 마치지 못한 채 무언가로 입이 가로막힌 쥬마. 아마도 슈리에 씨인가. 그때 아무래도 이쪽 이야기가 들렸던 건지 사우라 씨의 일갈이 날아왔다.

“어린아이가 있는데 무슨 말을 하는 거야! 이 생각 없는 멍청이가!”

“어째서! 성교육은 똑바로 알려줘야 하는 거잖아!”

“그렇다고 해도 너무 일러! 상식부터 다시 배워! 어릴 때, 아니 아기……, 아니, 엄마 배 속에서부터 다시 시작해!!”

머리 위와 소파 사이에 설전이 펼쳐졌다. 뭐, 나는 알맹이는 20대 후반의 어른이기 때문에 그런 분야도 자세히 알고 있지만, 이렇게 어린아이에게 들려줄 만한 이야기는 아니지. 응.

일단 이 이상 아수라장이 되는 걸 막기 위해서라도 온 힘을 다해 못 들은 척, 모르는 척을 하며 이 맛있는 젤리를 먹기로 하자. 으으음, 맛있어!

“으으, 진짜. 떽떽 시끄럽다고, 꼬마 아줌마 같으니…….”

마지막 젤리를 입에 넣은 그때 터무니없는 발언이 들렸다. 순식간에 실내가 툰드라 지대로 변신! 히이익! 쥬마, 그건 말하면 안 되는 금구 아니야……?! 사우라 씨가 몇 살인지는 모르지만 여자에게 나이 이야기를, 심지어 그런 모욕을 입에 담다니. 목숨 아까운 줄 모르는 건가?!

작은 목소리로 중얼거린 쥬마의 그 한마디가 유독 선명히 메아리치다가 사라졌다.

쿠구구궁…… 하는 소리와 함께 실내인데도 암운이 끼기 시작…… 하는 것처럼 갑작스러운 분위기 변화가. 내 본능이 '위험해. 위험 레벨 맥스!' 하고 경종을 울리고 있다!

별안간 내 몸이 허공에 뜨더니 어느새 슈리에 씨의 품속으로 이동해 있었다. 무슨 일이지? 하며 올려다보자 생긋 웃은 슈리에 씨와 눈이 마주쳤다. 아하, 오케이. 긴급피난인 거지? 이해 완료!

"쥬마? 꼬마, 는 뭐 괜찮아……. 하지만 아줌마라고? 누구 이야기를 하는 거지……?"

"어, 아니, 그게. 본심이 아니고……."

"후후후후! 아, 그래. 마침 기르와 대화도 끝났거든? 내 신작을 시험해도 될까? 아, 괜찮아. 오니족인 너라면 죽진 않을 거야. 아니, 무사할 수 있는 건 너 정도일 거야. ……협력해줄 거지?"

"어, 어어……."

스스로도 실언이었다고 느끼는 바가 있는 모양이다. 쥬마는 저항하지 않고 사우라 씨의 협력 요청을 **흔쾌히** 받아들였다. 사우라 씨의 신작이라는 것도 쥬마가 오니족이라는 것도 궁금하지만 지금은 건드리지 않는 게 좋을 것 같다…….

"……쥬마의 대단한 점은 저나 사우라에게 몇 번을 혼나도 바로 잊어버리고 변하질 않는다는 점이죠. 조금 전에 말조심하라고 단단히 일러두었는데……. 조금도 존경할 수는 없지만, 저

튼튼한 맷집과 강철 같은 정신은 칭찬할만한 수준인지도 모르겠습니다."

사우라 씨에게 끌려가듯 방에서 떠난 쥬마. 갑자기 조용해진 실내에 슈리에 씨가 기가 막혀 하는 목소리가 울렸다. ……확실히 학습 능력이 없어 보였다.

"……저 녀석, 죽었군."

작게 중얼거리는 기르 씨의 목소리가 유난히 귀에 남았다. 히, 힘내! 쥬마!

특급 길드의 길드원은 아무래도 알맹이도 (다양한 의미에서) 특급인 모양입니다.

Welcome
to the
Special
Guild

4 어린이 달래기

【사우라디테】

그 아이를 본 순간 내 시간은 일시 정지했다. 그래서 깜빡 이상한 소리를 지껄이고 말았다. 이런 실수를 하다니! 하지만 어쩔 수 없지! 귀여우니까! 여자는 원래 귀여운 걸 사랑하는 생물이라고. 종족 불문 대부분 그럴걸. 그렇지 않은 사람도 있겠지만…… 나는 '귀여움은 정의'라는 말에 동의하는 사람이 다수파라고 믿는다.

우리 소인족이나 아인은 인간에 비해 극단적으로 출생률이 낮다. 그건 우리가 오래 살기 때문이다. 인간의 피가 섞여 있다면 그럭저럭 출생률이 올라가지만, 그러면 수명도 짧아진다. 간단하게 말해서 오래 살고 강한 생물은 아이가 잘 생기지 않고, 짧게 살고 약한 생물일수록 아이가 많이 태어난다. 요컨대 자연의 섭리인 셈이지.

그리고 우리 소인족은 그중에서도 특히 장생하는 종족으로 분류된다. 그 외엔 드워프, 엘프, 그리고 희소종인 아인도 그렇지. 기르 같은 그림자독수리도 오래 산다. 나이? ……여자는 자신의 나이를 밝히지 않는 법. 알아서 착각하시라!

크흠, 이야기를 되돌려서. 드워프, 엘프, 소인, 거인. 이러한 종족은 피가 진하기로 유명하다. 그래서 다른 희소아인보다 아이가 잘 태어나지 않는다. 피가 진하다는 게 무슨 뜻이냐면 다른 종족과 결합해서 아이가 생겼을 때 한쪽이 드워프라면 태어나는 아이도 반드시 드워프라는 느낌이다.

그렇다면 드워프와 엘프 사이에선 어떻냐고? 그때는 반반 아닐까? 그런 경우는 들어본 적이 없고, 다른 종족 사이에 아이가 생기는 확률 자체도 2층에서 1층의 바늘구멍에 실을 꿰는 수준의 확률이니까. 나도 궁금하다고!

참고로 다른 아인은 한 나라에 10년에 5, 6명 정도는 아이가 태어나긴 하지만 어떤 종족이 태어나는지 모르는 게 일반적이다.

먼 옛날의 유전자가 영향을 준다거나, 모체가 받은 마력이나 환경이 영향을 준다고도 하지만 원인은 명확하게 밝혀지지 않은 모양이다. 그래서 용과 인어 사이에 그림자독수리가 태어나는, 기르 같은 케이스도 발생하는 거지.

이야기가 엇나갔는데, 즉 무슨 말을 하고 싶냐면 어린아이 자체가 아주 귀중하고 오랜만에 보는 존재라는 뜻이다!! 당연하다면 당연하지만. 전에 본 게 언제였더라……. 50년은 더 된 것 같은데. 이 마을은 희소아인이 우글우글해서 출생률이 특히 낮기 때문이다.

뭐, 그런 건 제쳐놓고 봐도 이 아이는 특히 귀엽다. 아니, 이렇게 귀여운 아이는 본 적이 없어! 머리카락 끝이 안쪽으로 부드럽게 휘어진 찰랑찰랑 살랑살랑한 고운 머리카락. 캐틀의 눈처럼 커다란 눈동자에 작은 입. 피부가 뽀얗고 뺨이 살짝 분홍색인 데다 말랑말랑……, 아아……! 그래서 그만 정신이 가출해버렸다. 그래, 변명 맞는데. 불만 있냐?

그래서 기르에게 메구를 처음 만났을 때에 대해 들었을 때는 어디로 향하면 될지 알 수 없는 분노와 슬픔으로 가슴이 미어졌다. 보호자가 없는 상황이라는 게 일단 언어도단. 거듭 말하지만, 엘프 아기는 특히 잘 태어나지 않으니까 소중히 보호받는 게 일반적이다. 나중에 슈리에에게 들은 이야기로는 몇백 년 만에 보는 아이라고 했으니 더욱더 그러하다.

그런데 던전에다 방치했다고? 아무리 이어 커프에 보호 마법을 걸어놨다고 해도 너무 위험하다. 애초에 준비하지 않으면 먹고 마실 수도 없는 던전에, 심지어 바위산 에어리어에다 방치하다니. 마물의 공격을 받지 않아도 굶어 죽을 거라고.

하지만 어쩔 수 없는 사정이 있었을 것이다. 은근슬쩍 메구의 이어 커프를 봤는데, 보호 마법은 이미 사라졌었기 때문이다. 엘프의 이어 커프는 특별해서 한 번 마법을 걸면 몇 번이나 보호해줄 텐데. ……시전자가 살아있기만 한다면.

즉……, 이 아이를 지키려고 한 존재는 이미…….

대체 무슨 일이 있었던 걸까. 소중한 아이를 이런 위험에 빠뜨려야만 하는 상황. 바로 짐작 가는 건 없었다. 하지만 메구가 너무 마른 것과 검소한 복장인 걸 보면 아마 던전에 보내기 전부터 그리 좋은 생활을 보내진 못하지 않았을까. ……메구의 이어 커프에 보호 마법을 담은 사람은 분명 무언가로부터 메구를 도망 보내려고 한 거겠지. 지금은 여기까지가 상상의 한계다.

사실은 메구에게 물어보는 게 좋지만……, 기르의 이야기에 따르면 메구는 자신의 이름이나 생활 마법을 쓰는 법조차 몰랐던 기억상실이라고 한다. ……마음의 문제인 건지, 머리를 부딪친 건지는 모르지만 어쨌거나 안타까운 상황이라는 건 변함없다.

억지로 물어봐서 자극하고 싶지도 않고, 애초에 이렇게 어린 아이가 사정을 알고 있을 것 같지도 않다. 이건 특급 길드 '오르투스'의 이름을 걸고 어떻게든 사건의 전모를 밝혀야 하는 안건이었다.

오르투스가 진심 모드로 의뢰를 받는 건 길드원의 마음이 움직였을 때. 오르투스의 총괄인 나, 사우라디테의 마음을 움직인 이 사건. 반드시 해결하겠어! 아마 기르가!!

그러기 위해서도 메구는 이 길드에 둬야 한다. 이건 메구의 안전을 위해서도 가장 좋은 방법이다. 이 길드는 세상에서 제일 안전한 장소라는 말을 듣고 있으니까. 뭐, 정확하게는 더 안전한 장소도 있긴 하겠지만.

그렇게 정해졌으니 메구가 쓸 방, 입을 옷, 메구 옆에 있어 줄 사람 등을 정해야 한다. 늘 같은 사람이 전담할 수는 없으니까 교대제로! 메구 돌보미라는 행복한 역할이니 지원자는 넘쳐나겠는데…….

그보다 먼저 옷! 옷이 필요해! 이렇게 귀여운데 검소한 옷은 아깝잖아! 귀여운 아이는 예쁘게 꾸며줘야지! 후후후, 어떤 옷을 입힐까?

아차. 동시에 기르에겐 바로 던전으로 돌아가 조사하게 시켜야겠다. 돌아오자마자 바로 보내는 건 미안하지만 시간이 지나면 온갖 흔적과 중요한 정보가 사라진다. 한시라도 빨리 다녀와 주실까.

그런 이야기를 기르에게 하려고 한 순간, 터무니없는 말이 멍청이 쥬마의 입에서 튀어나오는 바람에 그 녀석을 상대해야만 했다.

"뭐, 아기란 사실 스토클이 데려다주는 게 아니라 남자와 여자가 뒹굴…… 으읍!"

나이스, 슈리에. 잘 막았다. 정말 멍청한 소리만 한다니까 이 빨간 머리! 심각한 사태에 속이 부글부글 끓던 차였기 때문에 쥬마에게 확 쏟아부었다. 그랬더니 뭐? 아줌마……? 이 울트라 미녀를 두고 아줌마라고……? 꼬마는 괜찮다. 작다는 건 소인족에게는 칭찬이니까. 하지만 아줌마는 용서 못 해! 나는 아직 팔팔한 200대라고!

쌓이고 쌓은 분노를 발산하기 위해 쥬마의 목덜미를 잡고 마도구의 힘을 빌려 질질 끌고 나갔다. 신작 함정의 위력을 아직 실험하지 않았었지. 너무 위험해서. 하지만 쥬마는 유난히 튼튼한 게 장점인 천상귀(天翔鬼)니까 죽진 않을 거다.

딱 좋은 실험동물을 잘 써먹을 구실을 얻은 덕분에 조금 전까지 무례한 태도에 느꼈던 불쾌함이 날아가고 기분 좋게 훈련장으로 향했다. 후후후, 기대된다!

【메구】

사우라 씨와 쥬마가 나간 뒤, 나는 슈리에 씨에게 엘프에 대해 들었다. 내 종족이니까. 제대로 알아두고 싶었다.

내 종족인데도 남에게 듣는다는 게 부자연스럽긴 하지만, 지금 알아두지 않으면 계속 모르게 될 것이다. 그건 그거대로 아주 곤란하잖아!

하지만 실제는 맥이 빠질 정도로 바로 대답해주었다. 자기 종족에 대해 새삼 설명한다는 건 어느 종족이라고 해도 별로 없는 건지, 어린아이 특유의 순수한 질문으로 받아들이고 문제없이 부탁을 들어준 것이다. 비바, 어린이!

확실히 어린아이에게 인간이 뭐예요? 라는 질문을 들어도 이상하지는 않, 나? 개가 뭐야? 고양이가 뭐야? 인간이 뭐야? ……응, 이런 식이라면 완전 괜찮다.

"먼저 엘프의 특징이라 할 수 있는 것은 빛나는 머리카락과 파란색 계통의 눈동자, 다른 사람보다 귀가 뾰족하다는 점일까요. 저 같은 머리카락 색과 눈 색이 제일 많을지도 모르겠습니다. 메구는 머리카락도 눈동자도 조금 특이한 색이지만, 틀림없는 엘프의 특징이라고 할 수 있죠."

그렇구나……. 나는 아직 귀와 머리카락 색 말고는 실감이 없다. 아직 내 얼굴을 본 적이 없기 때문이다. 뭐, 조만간 거울 정도는 볼 기회가 있겠지.

"그리고 엘프는 본래 자연과 함께 살아가는 종족. 따라서 자연 마법이 특기입니다. 평범한 생활 마법은 잘 쓰지 못하기도 하죠."

"그런가? 몰랐군."

"별로 알려지지 않은 사실이니까요. 게다가 어떤 마법을 써도 마법의 효과는 크게 달라지지 않으니 알려지지 않아도 문제는 없습니다."

기르 씨가 놀란 듯이 끼어들었다. 잘 쓰지 못하는 것뿐이지 생활 마법의 사용법으로도 발동은 하는 모양이다. 세세한 제어를 못 하거나 위력이 안 나오는 식이라나. 마법이라는 것도 종류가 다양하구나.

"그리고 다른 아인처럼 우리를 엘프 아인이라고 부르지는 않습니다."

아무래도 인간, 아인, 엘프, 드워프 같은 식으로 하나의 종족으로 존재하는 모양이다. 엘프 말고는 드워프, 사우라 씨의 동족인 소인, 그리고 거인도 아인과는 별개로 취급한다고 한다.

"간단하게 말하자면 아인이라는 건 혼혈입니다. 인간형이 될 수 있으며 일정 수준 이상의 지혜와 이성을 지닌 마물을 마족이라 부르고, 마족은 다른 종족의 마족을 상대로도 아이를 만들 수 있습니다. 그러니 아인이라 부르기는 하지만 이름이 다를 뿐 아인도 마족과 똑같은 존재죠."

"다만 마족이라 부르는 존재는 일반적으로 마왕 휘하에 있다는 인식이 강하다. 마왕지상주의인 마왕의 부하는 마족이라 불리는 것에 긍지를 지니고 있으니 아인과 똑같다고 하면 불쾌해하지."

"반대로 아인 쪽도 마왕의 부하와 구별하고 싶어 해서 자신들을 아인이라고 부르게 되었답니다."

지금 자연스럽게 엄청난 말을 들었는데. 마왕이라고? 이, 있구나……. 마왕이라고 할 정도니 역시 위협적인 존재인 걸까? 그렇게 생각하며 어린아이답게 '마왕?' 하고 물어봤다.

"마족 중에서 압도적인 힘을 지닌 자가 마왕이다. 그래도 지금은 그저 한 나라의 왕일 뿐이지만."

"지금은……?"

"네. 아직 그렇게 된 지 역사가 짧지만요. 약 200년 전엔 마왕이 다른 인류를 침략하는 등 위협적인 존재였습니다."

역사가 짧다니…… 200년이? 아마 이건 인간의 가치관이겠지만.

"침략한 이유도 있기는 했지. 하지만 침략당한 쪽은 완전히 민폐일 뿐이야."

그건 그렇다. 정의라는 것도 관점에 따라 모습을 바꾸는 법이다. 모든 사람의 관점에서 수긍할 수 있는 정의란 존재하지 않는다.

"아무튼 아주 험악하던 격동의 시대였죠……. 그 시절엔 그날 먹을 것을 확보하는 것도 버거운 나날이 계속 이어졌고요."

"하지만 그런 시대를 바꾼 인물이 있다."

마치 전쟁이다. 아니, 그냥 전쟁 맞았겠지. 평화에 절어있는 나는 상상도 가지 않는다. 말하는 걸 들어보니 슈리에 씨나 기르 씨는 그 시대 속에서 살아남은 모양이다. ……너무 상상이 안 가니까 무슨 말을 해도 얄팍한 말이 될 것 같다.

하지만 그런 어마어마한 시대를 바꾼 인물이 있다고 한다. 분명 어떤 세계든 위인이라 불리는 사람이 있는 법이겠지. 시대의 단락의 열쇠가 되는 인물이라…… 얼마나 대단한 사람일까.

"그 사람의 이름은 유진. 이 길드의 창시자이자 우리의 두목입니다."

으어어어어?! 엄청 가까운 존재였잖아!! 게다가 아무래도 지금도 살아있는 사람 같은데! 우, 우와, 나 엄청난 곳에 온 거 아니야?!

"……반응이 대단하군."

"그러게요. 눈이 반짝반짝 빛나는 게 참으로 귀엽군요."

누구든 이런 이야기를 처음 들으면 이렇게 된다고! 나만 그런 게 아니거든? 아마도.

"두목도 이렇게 귀여운 신인이 왔다는 걸 알면 기뻐하겠죠."

"그럴 테지. 게다가 메구는 아직 어린데도 똑똑해."

"그러게요. 우리의 이야기를 거의 이해했으니까요. 나이는 아마 20이나 30 정도로 추측되지만, 어느 정도 어른의 이야기를 이해하다니……. 이렇게 똑똑하면 신동이라고 부를 수 있겠어요."

오오. 뜻밖의 내 평가를 듣고 말았잖아. 나이가 대충 비슷하다는 점에서 기분이 묘하지만. 그래도 확실히 내 이해력은 어린아이답지 않았던 건지도 모른다. 더 순수한 어린아이를 연기했어야 했나?

하지만 나는 옛날부터 거짓말을 하면 금방 들키는 타입이었다. 거짓말을 해서 수상하게 보일 바에야 자연스럽게 가자. 거짓말은 안 하지만 전부 말하지는 않게. 그런 스탠스로 가는 거야. 무척 친절한 사람들이지만, 내가 다른 세계에서 왔고 심지어 이 몸도 내 것이 아니라는 이야기는……, 아무리 마법이 자연스러운 세계라고 해도 수상하기 그지없고 말이지. 모처럼 믿을 수 있을 법한 사람들을 만났는데. ……그걸 잃는 건 무섭다.

조금 마음이 가라앉은 그때, 가벼운 노크 소리와 함께 사우라 씨의 기운 넘치는 목소리가 들렸다. ……벌주기 끝났나? 개운한 미소를 지으며 들어오는 걸 보고, 그 밝은 목소리와 미소에 우울함이 가셨다. 사우라 씨 땡큐, 하고 마음속으로 인사했다.

하지만 왜 그렇게 성취감으로 가득한 미소를 짓고 있는 건가요. 모습이 안 보이는 쥬마의 행방이나 미소의 이유……. 좀 궁금하지만 물어보지 않는 게 좋겠다!

"나도 참, 너무 즐거운 나머지 중요한 걸 말하는 걸 깜빡했더라."

실내로 들어와 인사하자마자 사우라 씨는 표정을 진지하게 바꾸고 그렇게 말했다. 목소리 톤도 조금 진지해졌기 때문에 그걸 알아차린 기르 씨와 슈리에 씨를 따라 나도 등을 꼿꼿하게 폈다.

"기르, 그래서 조사는 어떻게 되었어?"

"그림자에 분신을 몇 마리 심어놓고 왔다. 현재 눈에 띄는 정보는 없지만 바로 출발하고 싶어."

"알았어."

어……? 바로 출발하고 싶다고 했지? 기르 씨, 어디 다른 곳에 가는 건가……?

“정보는 시간이 생명이니까. 돌아오자마자 바로 시키는 게 미안하지만 오르투스의 총괄로서 지령을 내릴게. 기르난디오. 지금 당장 출발해서 정보를 최대한 모아와. 기본은 조사만 해도 되지만 파고들 필요가 있다고 판단하면 마음대로 해도 좋아.”

“알았어.”

아, 일이구나. 하긴 여기는 일하는 곳, 말하자면 회사다. 그리고 기르 씨는 정보수집 전문가. 길드에 있는 시간이 더 적을 것이다. 알지. 그야 알고 있지만!

눈물이 그렁그렁 고이고 코가 매웠다. 왜 이렇게 불안해지는 걸까. 아마 정신이 어린아이의 몸에 끌려간 상태니 구해주고 지켜준 존재가 사라지는 게 무서운 거다.

“?! 메구?!”

“불안하겠지. 메구에게 기르는 생명의 은인인걸.”

동요한 기르 씨의 목소리와, 다정하게 달래주는 사우라 씨의 목소리. 으으으, 폐를 끼치면 안 돼! 제대로 잘 다녀오라고 배웅해야 해!

“메구. 기르가 돌아올 때까지 이것저것 배우도록 해요. 이야기했죠? 엘프만 쓸 수 있는 자연 마법 말이에요. 많이 배워서 기르가 돌아왔을 때 깜짝 놀라게 해 줍시다. 네?”

“후후, 그거 좋은데. 슈리에, 한동안 부탁할 수 있을까?”

“네, 기꺼이.”

사람들의 말이 다정함을 꼭꼭 들어차서 다른 의미로 눈물이 흐를 것 같았다. 다들 너무 친절하잖아.

"그렇게 되었으니 기르. 신중과 확실은 당연하고. 여기에 신속과 안전이 추가되었는데. 괜찮겠어?"

사우라 씨가 도발하듯 기르 씨에게 말하자, 기르 씨는 날카롭게 표정을 가다듬은 다음 이어서 입꼬리를 씩 끌어올려 자신만만하게 웃었다.

"어리석은 질문이군."

"후후. 그렇게 정해졌으면 후딱 가서 후딱 돌아와!"

"그래."

그렇게 사우라 씨의 발랄한 인사를 받은 기르 씨는 방에서 떠나기 전에 내 앞으로 와 부드럽게 머리를 쓰다듬어주었다. 그 후 몸을 숙여서 시선을 맞추더니 자상하게 말했다.

"착하게 기다려라."

"네! 다녀오세요, 기르 씨! 다치지 안케 조심하시고요."

사람들의 따뜻한 배려가 헛수고가 되지 않도록, 울어서 엉망이 된 얼굴을 억지로 웃은 뒤 최대한 씩씩하게 대답했다. 기르 씨가 그림자에서 꺼낸 수건으로 얼굴을 닦아주었다. 수건을 거뒀을 때 보인 기르 씨는 웃고 있었다.

벗었던 마스크와 후드를 다시 꼼꼼히 착용해서 여느 때의 새카만 스타일이 된 기르 씨는 잰걸음으로 방에서 나갔다.

"그래, 착하지. 정말 기특하구나, 메구. 잘 참았어."

그리고 지금, 나는 사우라 씨의 토닥임을 받고 있었다.

기르 씨의 모습이 보이지 않게 되자마자 눈물샘이 무너졌기 때문이다. 흐어어어엉! 하고 큰 소리를 내며 울어버린 나에게 사우라 씨와 슈리에 씨가 허둥지둥 달려왔다.

허허, 면목 없어라. 나 너무 많이 우는 거 아닌가? 아무리 어린아이가 되었다고 해도 말이지. 소리 내어 운 지도 오래되었기 때문에 더욱 그렇게 느꼈다. 아마 아빠가 사라졌을 때 이후 처음 아닌가. 그래도 그때는 거의 어른이었기 때문에 이 정도로 크게 울지는 않았다. 어린아이는 본능에 충실하다. 아무리 이성이 있어도 저항할 수 없는 무언가가 있다는 걸 깨달았다.

"정말 무척 기특하고 착한 아이군요. 길드원을 총동원해서 지켜야겠어요."

"물론 그 정도의 마음가짐은 가지고 있지! 메구는 오르투스의 딸이야! 두목에게도 바로 연락해야겠어. ……그 사람, 지금 어디에 있을까."

훌쩍훌쩍 우는 내 머리 위에서 그런 대화를 나누는 두 사람. 두목이라. 어째 호칭이 묘하네. 아니, 그게 아니고. 들어보니 그 사람은 나에게는 구름 위의 존재라는 인상이다. 여기 있는 걸 허락해줄까? 불안한데.

"그런 이야기도 좋지만, 슬슬 점심을 먹지 않겠어요? 메구도 배고프죠?"

확실히 슬슬 점심 먹을 때인가? 아침은 기르 씨에게 받은 샌드위치로 나에게는 양이 많았지만, 많은 일이 있었고 펑펑 울기도 해서 슬슬 배가 출출했다. 그런 생각을 해서 그런지 솔직한 배가 꼬르륵 울었다. 차, 창피해!

"후후, 그러게. 메구를 든든히 먹이고 푹 쉬게 해줘야지. 나는 조금 쌓인 일을 처리해야 하니까 슈리에에게 부탁해도 돼? 먹고 난 뒤엔 의무실에 데려가. 건강해 보이지만 몸에 무슨 이상이 있으면 큰일이잖아."

"그렇게 할게요. 메구와 데이트라니, 영광이군요."

흐억?! 어째 슈리에 씨와 런치 데이트를 하게 되었다! 으으으, 아름다운 슈리에 씨와 단둘이라니 긴장되잖아! 아니, 그 이상으로 대박! 슈리에 씨는 정말 넋을 잃을 만큼 성스러운 생김새니까 선망의 시선을 모을지도 모르지만, 모처럼 얻은 기회이니 의기양양하게 즐기도록 하자.

뭐, 즐거운 시간이 지나고 나면 의사 선생님이라는 시련이 기다리고 있지만! 아, 안 무서워! 어른이니까! 킁.

"그럼 갑시다, 메구. 손을 주시겠어요? 공주님."

아아아아 하느님 감사합니다, 땡큐 베리 마치!! 코피를 흘리며 쓰러지지 않은 나를 칭찬해주고 싶다! 귀족 플레이가 어울리시네요, 슈리에 씨! 누나는 그런 기습에 약하단다! 원더풀!

룰루랄라 신난 기분을 숨길 마음도 없이 신이 나서 슈리에 씨의 손에 내 손을 올리자, 두 사람이 쿡쿡 웃는 웃음소리가 들렸다. 흐흥, 웃어도 괜찮아! 기회는 전력을 다해 즐기는 스타일이니까!

Welcome
to the
Special
Guild

5 엘프 스승

그렇게 슈리에 씨의 손을 잡고 길드에서 나온 우리들. 지금 막 무시무시한 수준의 주목을 받으며 길을 걷고 있습니다. 어째서 이렇게 된 거지.

아니, 어느 정도는 예상했거든? 슈리에 씨의 미모는 진짜배기고, 이 마을에서도 유명한 건 이해한다. 하지만 이 정도로 대사건! 하는 수준으로 놀랄 줄은 상상도 못 했다고! 지나가는 사람이 반드시 한 번 더 쳐다보고는 그대로 굳어버린다. 경직이 풀린 사람에게서 이야기를 들은 것으로 추정되는 사람들이 모여들었다가 똑같은 상태가 되고, 다시 부활한 사람들이 수군수군. 와와 크게 떠들거나 직접 말을 거는 사람이 있는 건 아니지만, 조용한 야단법석이라는 모순이 성립된 상태다. 슈리에 씨…… 이게 무슨 아이돌입니까.

"사실은 길드 안에도 맛있는 음식을 먹을 수 있지만, 그건 앞으로 얼마든지 먹을 수 있으니까요. 모처럼 메구와 단둘이 식사하는 거니 제가 자주 가는 가게에 안내할게요. 다른 사람을 데려가는 건 처음이랍니다."

주위 반응은 깔끔하게 무시하기로 한 듯한 슈리에 씨는 아주 태연하게, 그리고 웃는 얼굴로 그런 말을 했다. 아까 케이 씨라는 사람이 제일 미남이라고 그랬는데 슈리에 씨보다 더 미남이라고 생각하니 왠지 무서워졌다. 그 정도로 슈리에 씨의 에스코트는 깔끔했다.

슈리에 씨는 어린아이, 그것도 아마 상당히 귀중한 동족 어린이에게 느끼는 보호 본능이라고 해야 하나, 보호자가 느끼는 애정밖에 없을 테니 플레이보이나 로리콘 같은 위기는 전혀 느껴지지 않는다. 오히려 특별대우를 받는 것 같아서 기뻐! 하고 순순히 기댈 수 있는 무언가가 느껴진다. 이 몸이 동족 오빠를 환영하고 있는 것 같았다.

"헤헤헤, 기대대요!"

"네, 기대해주세요."

서로 얼굴을 마주 보며 생글생글 대화했다. 이따금 들리는 '크흑……!'이나 '크억……!' 하는 비명은 아마 슈리에 씨의 미소에 당해버린 흔적일 것이다. 부럽지? 부럽지? 하지만 이 동생 포지션은 양보하지 않겠다! 모처럼 이렇게 된 거 저도 주위 반응은 신경 쓰지 않으려고 합니다!

"어서 오세요. 오오, 슈리에 씨. 늘 앉으시는 자리로 안내하면 되겠습니까?"

도보로 약 20분. 내 보폭에 맞췄기 때문에 시간이 걸린 거지, 사실은 10분 정도면 도착했을 것이다. 발이 느려서 죄송하다고 사과하자 오는 길도 즐거우니 괜찮다면서 천사 같은 대답이 돌아왔습니다. 그렇게 도착한 예쁜 외관의 가게. 슈리에 씨가 익숙한 듯 가게 안으로 발을 들여놓자 바로 점원의 목소리가 들렸다.

"네. 다만 오늘은 일행이 있습니다. 이 아이가 앉을 수 있도록 조금 높은 의자를 준비해주세요."

슈리에 씨가 그렇게 대답하자 점원은 나에게 시선을 향하더니 눈이 살짝 휘둥그레졌다. 그래도 역시 프로. 바로 눈꼬리를 내리고 가볍게 고개를 끄덕여 인사한 다음 나를 향해 인사했다.

"이거 실례했군요, 귀여운 아가씨. 부디 편안한 시간 되시길 바랍니다."

"가, 감사함미다……."

정중한 대응에 콩닥거리면서 대답하자 흐뭇하게 웃는 점원과 슈리에 씨. 그, 그렇지만 이런 고급스러운 가게는 낯설다고! 750엔이면 먹을 수 있는 가성비 좋은 정식집이나 라멘집의 단골이었으니까!

"그럼 이쪽으로."

점원의 안내를 받아 따라가자 창가 쪽이라서 햇빛이 잘 들어오는 자리에는 이미 어린이용 의자가 놓여 있었다. 빠르다!

슈리에 씨가 부드러운 손길로 나를 의자에 앉혀주었다. 다리가 긴 의자에 기어오르는 것보다는 낫다고 생각하고 얌전히 받아들였다. 큥.

그 후 슈리에 씨도 자리에 앉자 점원이 잔에 물을 따라주었다.

"주문이 정해지시면 불러주세요."

슈리에 씨처럼 유명한 사람이 어린아이를 데리고 나타났는데도 이러쿵저러쿵 물어보지 않고 깔끔하게 떠나가는 점원. 대단하다.

물을 한 모금 마시자 상큼한 레몬 향기가 코를 간질였다.

"리모네수이로군요. 안 좋아하시나요?"

"아뇨! 맹물이 아니라서 깜딱 놀랐어요. 상큼하고 맛있어요!"
슈리에 씨가 다행이라며 웃었다. 그렇구나, 레몬이 리모네인 거군. 귤도 그랬는데 명칭이 좀 다르네. 조금씩 외워야겠다.
"그럼 뭘 먹을까요. 메구는 싫어하는 음식이 있으세요?"
"따키 없어요. 아, 하지만 매운 건 좀……."
메뉴를 이쪽을 향해 펼쳐주는 슈리에 씨. 신사다! 취향을 물어보는 것 같아서 일단 매운 건 못 먹는다고 말해 놨다. 어린이 입맛이라 죄송합니다. 하지만 지금은 진짜 어린이니까 문제없지!
메뉴를 바라보았지만…… 글자가 일본어가 아니다. 뭐, 그건 당연한 거지만. 그래도 신기한 게 제대로 읽을 수 있단 말이지. 이세계 전생 보정인 건지, 이 몸의 기억인 건지는 모르겠지만. 읽을 수 있으니까 뭐든 상관없고! 가슴을 쓸어내리면서도 손가락을 들어 버섯 리소토를 지목했다.
"버섯 리소토군요. 이건 저도 좋아하는 메뉴입니다. 안목이 제법 높은데요? 메구."
정말 이 사람은 말을 기분 좋게 잘한다니까! 미안해요, 상대가 성숙한 미녀가 아니라 이런 꼬꼬마라…….
슈리에 씨는 녹색 채소 샐러드와 미네스트로네 수프, 그리고 비프 스튜와 빵을 고른 뒤 점원을 불러서 멋지게 주문했다. 샐러드와 수프는 내 것도 시킨 모양이었다. 채소도 많이 먹자며 엄마 같은 말을 들은 게 좀 웃겼습니다.
식사가 나온 뒤에도 샐러드를 나눠주고, 수프를 식혀주고, 리소토를 다른 접시에 나눠 담아 먹기 좋도록 준비해주는 등 정성스럽게 돌봐주었다. 기르 씨도 그랬는데 남 돌보는 거 좋아하나? 오랜만에 보는 어린아이라서 기쁜 건지, 이런 꼬맹이가 제대로 먹을 수 있을지 걱정인 건지. 아마 둘 다인 것 같다. 누가 식사 시중을 들어주는 건 아주 부끄럽고, 속은 어른인 만큼 몸 둘 바를 모르게 되지만 그래도 기뻤다. 아마 순순히 받아들이는 게 이 사람들도 기뻐할 테니 고분고분 받았다. 물론 고맙다는 인사는 하지!

하지만 남이 해주는 걸 받아먹는 편안함에 맛을 들이게 될 것 같다. 응석 부릴 때는 응석 부리고, 일할 때는 착실히 일하는 식으로 강약조절을 잘하도록 조심해야지. 이렇게 슈리에 씨와의 즐거운 런치 타임을 실컷 즐겼습니다.

점심은 아주 맛있게 잘 먹었지만, 아무튼 양이 많았다. 어린아이의 위장에는 너무 많다고! 하지만 먹다 남긴 건 전부 슈리에 씨가 싹싹 먹어 치웠다. 무리한 거 아닐까? 하고 걱정이 되었으나 '조금 더 시켜도 되었겠네요'라는 말을 했으니 괜찮은 것 같았다.

저렇게 말랐는데 잘 먹는구나. 외모에 자꾸 현혹되곤 하지만 슈리에 씨도 남자라는 건가.

"식후 디저트를 먹고 싶은데, 메구는 아마 배가 가득 차서 들어가지 않겠네요."

"으으, 네……."

크윽, 디저트! 먹고 싶은 마음은 굴뚝같고 밥 배와 디저트 배는 따로 있다고 주장하고 싶지만 아무래도 무리다. 이 배를 보시라! 빵빵하잖아. 힝.

“그럼 낮잠 후에 간식으로 먹도록 할까요. 그 후에 자연 마법을 공부합시다.”

“낮잠……?”

듣고 보니 상당히 졸리다. 참을 수 있긴 할 테지만 이건 오후부터 회의에 들어갈 때 눈을 뜬 채로 정신을 놓아버리는 패턴이다. 즉 상당히 많이 졸립다는 뜻이다. 사축을 얕보지 말라고……. 나는 들키지 않도록 잠들었다가 누가 말을 시킨 순간에 각성해서 적절히 얼버무린다는 스킬을 갖고 있단 말이야.

하지만 이 몸은 성인 하세가와 메구의 것이 아니다. 무리하면 앞으로 성장에 영향이 갈지도 모른다. 지난 생에서 얻지 못했던 ‘섹시 보디’를 손에 넣을 가능성이 남아있으니, 그러기 위해서도 무리는 금물!

“네. 많이 먹고 푹 자고 실컷 노는 것. 이게 메구가 할 일입니다. 공부는 먹고 자고 노는 사이사이에 조금씩만 하면 충분해요. 시간은 많이 있으니까요.”

그 말이 맞다. 그게 어린아이의 올바른 생활양식이다. 게다가 지금의 나는 엘프고, 앞으로의 인생은 아주, 아주아주아주 길다. 조급해할 필요는 없다.

하지만 몸에 박힌 사축정신이 금방 나을까? 아하하, 의식적으로 조급해하지 말라고 타이르지 않으면 안 될 것 같은데. 설마 여유로운 휴식에 고전할 줄이야. 그렇게 쉬고 싶다, 더 자고 싶다고 생각했는데도 막상 그럴 수 있는 환경에 놓이자 반대로 안

절부절못한다니, 일본인의 근성은 참으로 성가시다.
"그럼 슬슬 돌아갈까요. 후후, 졸려 보이네요. 돌아가는 길에는 제가 안고 가도 괜찮을까요?"
머릿속으로 이런저런 생각을 해도 몸은 솔직하다. 어제처럼 꾸벅꾸벅 조는 나.
"점심도 사주셨는데……."
그래, 그래. 설마 이런 고급 가게에 데려올 줄은 상상도 못 했고 말이야. 정말 황송하다. 하지만 얻어먹을 수밖에 없기도 하다. 왜냐하면 나는 지금 직업도 돈도 체력도 없으니까……. 아아, 한심해라.
"정말이지……. 기르의 말대로군요. 당신은 좀 더 어른을 의지해야 한답니다."
난처하다는 듯 쓴웃음을 지으며 나를 다정하게 안아 드는 슈리에 씨. 기르 씨의 팔보다는 말랐지만, 안정감이 발군이다. 옷을 입으면 티가 잘 안 나는 근육질인 걸까.
게다가 무척 좋은 냄새가 난다. 무슨 허브 같은 건가? 오오오…… 릴랙스 효과가. 수마여, 이번에도 네게 승리를 양보하겠노라. 안녕히 주무세요.

의식이 조금씩 맑아지는 걸 느꼈다. 꿈에서 깨는 건가? 좋은 꿈이었는데.
아빠에게 처음으로 계란말이를 만들어줬을 때의 꿈. 초등학교 2학년 때 아빠가 매일 녹초가 되어 돌아오니까, 일찍 일어나서 아침밥을 차리려고 했던 것 같다. 갓 지은 밥과 인스턴트 된장국과…… 처참하게 일그러진 계란말이. 울면서 사과했었지. 모처럼 아빠가 기운 낼 수 있도록 노력했는데 몇 번을 만들어도 계란말이의 잔해만 만들어져서.

……그 후에 어떻게 되었더라.

벌떡 일어났다. 아무래도 침대에서 자고 있었던 모양이다. 그래서인지 어떤 건지 상당히 잘 잔 느낌이다. 두 팔을 만세하고 기지개를 켰다. 으음, 숙면이었습니다!

주위를 두리번두리번 둘러봐도 인기척이 없다. 방이라는 건 알겠지만, 아마 길드 안이겠지? 이랬는데 다른 곳이면 어쩌지. 그때 가서 생각하자.

조용히 침대에서 빠져나와 바닥에 가지런히 놓여 있던 신발을 신었다. 오후엔 슈리에 씨와 자연 마법을 배우기로 했었을 텐데. 방 밖으로 나가면 있을까? 그렇게 생각하며 어째서인지 소리를 내지 않도록 조심하면서 살며시 방에서 나왔다. 아니, 소리를 내도 문제는 없었겠지만, 왠지 주위가 하도 조용해서 나도 모르게 그만.

내가 자고 있던 장소는 건물 2층이었던 것 같다. 그리고 내부 구조를 보아하니 여기는 길드다. 길드일 거라고 예상은 했지만 확신이 들자 안심했다.

아장아장 계단을 내려갔다. 하지만 어린아이의 몸에는 계단의 높이가 좀 버거웠다. 난간을 잡고 천천히 내려가자 아래층에 슈리에 씨와 쥬마를 발견했다. 그 모습에 다시 안도의 숨을 뱉었다.

"오, 꼬맹이 일어났냐!"
"네, 안녕하세……?!"
이쪽을 알아본 쥬마의 가벼운 인사에 나도 대답하던 도중, 끝까지 말을 마치기 전에 발을 헛디디는 모양이었다.
"으아……!"
"메구!!"
두 사람의 당황한 목소리가 멋지게 하나로 합쳐져 들렸다. 그럴 때가 아닌데도 이렇게 이상한 걸 알아차리는 까닭은 소위 슬로모션 현상인가?
눈을 질끈 감고 충격을 대비하고 있었더니 바람의 기척을 느꼈다. 그 직후 느껴진 따뜻하고 넓고 다단한 가슴과 팔의 감촉. 얼레?
"참나……, 간 떨어지는 줄 알았네! 하하하! 메구, 네 덕분에 나 오랜만에 초조하다는 감각을 맛봤어!"
"동감입니다……. 이렇게 가슴이 철렁한 게 얼마 만인지."
머리 위에서 쥬마의 목소리가, 그리고 눈앞에는 슈리에 씨의 한숨 섞인 목소리가 들렸다. 반응은 둘이 서로 달랐지만, 걱정을 끼친 모양이었다.
"제, 제송함미다……! 가, 감사해요."
허둥지둥 사과와 감사의 인사를 했다. 익숙한 감각으로 움직이면 안 되겠지. 몸이 감각에 따라가지 못하니 지금의 나는 '평균보다 더 넘어지기 쉬운 어린아이'다. 일단 조심하긴 했으나 다른 것에 정신이 팔리면 방심하게 된다. 솔직히 완전히 민폐다.

반성해야지. 시무룩하게 고개를 떨궜다.

“아니, 내가 중간에 말을 건 게 잘못이지. 사과할 사람은 나야.”

“그것도 그렇지만 애초에 2층에 재운 게 잘못이었네요. 눈을 떴을 때 옆에 없었던 것도 실수였고요. 메구, 죄송합니다.”

그, 그그그그그렇지 않습니다! 완전히 내 부주의가 초래한 결과다. 당황하는 내 귀에 ‘짝짝’ 하고 건조한 소리가 들렸다. 그쪽을 돌아보자 사우라 씨가 난처한 듯 웃으면서 손뼉을 치고 있었다.

“다들 반성할 점이 있었단 거지! 앞으로는 조심하자. 슈리에, 쥬마. 메구가 어쩔 줄 몰라 하잖아.”

“그래, 미안하다 꼬맹아! 다음부터는 조심하자!”

“이런, 메구는 정말 착하군요. 서로 앞으로는 조심합시다.”

아아, 친절해라……. 이런 상사를 갖고 싶었다. 나는 기운차게 네! 하고 웃으면서 대답했다.

그렇게 눈을 뜬 뒤로 이래저래 정신이 없었지만, 지금은 슈리에 씨와 함께 의무실로 향하고 있습니다. ……품에 안겨서.

“또 넘어지면 큰일이니까요.”

슈리에 씨, 과보호 아닌가요. 뭐 슈리에 씨가 안아주는 건 기분 좋으니까 나태한 나는 기쁘게 받아들이고 있습니다만.

기르 씨도 그렇고 안정감이 탁월한 기술이 대단하다. 기르 씨는 단단히 감싸이는 듯한 안심감이 느껴졌는데 슈리에 씨는 부드러운 솜으로 둘러싼 것처럼 정중하게 대한다는 느낌이 든다. 나 이대로 길드에 계속 있으면 ‘안기기 마이스터’라는 칭호를 얻게 될 것 같다.

슈리에 씨가 안고 이동한 덕분에 순식간에 목적지에 도착했다. 정말 다리가 길다. 내 짜리몽땅한 체형을 내려다보고 한숨을 쉬었다. 아니, 성장 가능성은 충분하잖아. 포기하지 말자.

자신의 성장에 은근한 기대를 품고 있는 동안 슈리에 씨는 의무실 문을 노크했다. 안에서 들어오라는 남자의 목소리가 들렸다. 부드러운 음색이라 왠지 안심했다. 험상궂게 생긴 의사 선생님은 그것만으로도 이미 무서울 것 같잖아.

"안녕하세요, 루드. 실례합니다."

"아, 안녕하세요."

슈리에 씨의 인사에 편승하듯 나도 인사했다. 그러자 진한 갈색 머리카락을 깔끔하게 짧게 친 온화해 보이는 아저씨가 이쪽을 보았다. 짙은 파란색 눈동자가 처음에는 슈리에 씨를, 이어서 바로 나를 향했다. 나를 보고 조금 눈을 크게 떴지만, 그것도 잠깐. 바로 싱긋 웃은 뒤 어서 오라며 인사했다. 이 사람은 분명 친절한 사람일 거야!

"자세한 이야기는 나중에 사우라 쪽에서 이야기가 갈 겁니다. 그러니 지금은 의사로서 먼저 이 아이를 진찰해 주시겠어요?"

"흠, 그래. 그럼 아가씨, 이 의자에 앉아주겠니?"

"네."

이래저래 의문으로 가득할 텐데도 그런 건 일절 드러내지 않는 아저씨는 생각을 전환한 모양이었다. 오오, 프로다.

내가 끙차끙차 의자에 앉는 걸 본 다음 아저씨는 나에게 부드럽게 말을 걸었다. 안심하게 되는 사람이구나. 뭐라고 해야 하나, 힐링 아우라가 뿜어져 나온다.

"안녕. 나는 이 오르투스의 의료 담당인 루드비크란다. 네 이름을 알려주겠어?"

"네! 으음, 이름은 메구임미다! 안녕하세요, 루드비…… 쿠……."

"아하, 발음이 어려운가 보군. 루드라고 불러."

"루드 선생님!"

의사 선생님이니까 선생님이라고 불러야지! 신이 나서 그렇게 부르자 루드 선생님도 슈리에 씨도 미적지근한 눈빛으로 웃어주었다. 하고 싶은 말이 있으면 말해주시죠.

"말을 잘하는구나. 그럼 나이는 몇 살이지?"

"어, 그게, 제송해요. 모르겠어요……."

"……모른다고?"

어떻게 된 거냐며 루드 선생님이 슈리에 씨에게 시선을 보냈다. 그러자 슈리에 씨는 간단히 내가 길드에 오게 된 경위를 설명해주었다. 이웃 나라의 던전에서 쓰러져있는 걸 기르 씨가 보호한 것, 주위에 보호자를 확인하지 못했다는 것. 기르 씨가 어린아이를 두고 갈 수도 없고, 이웃 나라에 맡길 바에야 여기에 두는 게 안전하다고 판단한 것.

그렇구나. 기르 씨는 그런 식으로 생각한 거구나. 무엇보다 내 안전을 생각해준 거였다니. 몇 번을 감사해도 모자라. 지금쯤 일하러 이동 중이겠지. 벌써 보고 싶어졌다. 우우, 기르 씨!

"그 외에 아는 건……."

"그래, 알았어. ……그렇군. 상당히 마른 모양이니 건강진단을 할까."
"네, 그럴 생각으로 찾아왔습니다."
"맡겨둬."
기르 씨를 그리워하는 사이에 대화가 끝난 건지 진찰이 시작되었다. 키와 몸무게 측정으로 시작된 건강진단은 어영부영 끌려가는 사이에 착착 진행되었다. 옷을 벗겨졌을 때는 수치심 운운보다도 그 깔끔하고 빠른 손동작에 감동했다. 시, 신경 안 쓰거든요. 어린아이의 몸이니까 딱히 부끄럽거나 그렇지 않거든! ……큥.
그래도 소변검사를 도와주려고 할 때는 온 힘을 다해 거부했다. 숙너에게 실레에요! 라는 꼬인 발음이 튀어 나가는 바람에 키득키득 웃어댔지만, 그렇게 웃는 게 소변검사를 도와주는 것보다 훨씬 낫다!
그 후에도 이런저런 검사를 받는 나. 역시 이세계, 마법으로도 진찰을 받았다. 마지막으로 혈액검사를 하기 위해 피를 뽑을 때는 눈물이 맺혔지만 건강진단이 무사히 끝난 모양이었다. 왠지 정신적으로 피곤하다…….
"그러고 보면 오늘은 그가 없는 모양이군요."
"아, 레키 말이지? 그 녀석은 오늘은 쉬는 날이야."
"그랬나요……."
"슬슬 첫 번째 시험도 생각하고 있어. 역시 필기식으로 할까……."
진찰을 마치고 축 늘어져 있었더니 슈리에 씨가 문득 생각났다는 듯 루드 선생님에게 물어봤다. 그 레키라는 사람이 없다고 듣고 왠지 안심한 것처럼 보이는데, 어째서지? 고개를 갸웃거리고 있었더니 루드 선생님이 알려주었다.

"아아, 레키는 최근에 의료 담당이 된 수습 간호사야. 이제 막 성인이 되었는데 좀 솔직하지 못한 성격이라서. 메구에게도 괜히 트집을 잡을지도 몰라. 좀 곤란한 녀석이라니까. 나쁜 사람은 아닌데."

그렇구나. 이제 막 성인이 되었다고 하면 아직 외모도 어린 걸까. 이 세계의 성인이 몇 살인지 모르는 데다 장생하는 종족이면 기준을 완전히 알 수 없지만, 이세계의 성인이라고 하면 원래 세계로 15세 정도라는 이미지다. 어디까지나 내가 마음대로 상상한 이미지지만.

즉 한창 질풍노도의 나이일 가능성이 있다는 거지. 즉 사춘기! 누구나 지나가는 길이니까 누나는 따뜻한 눈으로 지켜봐 줄게. 억측으로 미리 이렇다고 결론을 내려버렸으니 지금은 그런 사람이 있다는 것만 머리에 입력해놓자. 선입견은 좋지 않다.

"일단 진찰은 끝났는데. 딱 보기에는 문제없어 보여. 지금은 든든하게 먹고 푹 쉬는 게 최고의 치료인 셈이지. 몸에 피곤이 쌓여있을 테니 한동안 무리하지 않는 생활을 명심하도록. 혈액 검사 결과는 내일쯤에 보고할게."

잘 먹고 잘 자는 게 일이라. 아까 슈리에 씨도 비슷한 말을 했었다. 뭔가 조금이라도 할 일을 주세요! 하고 초조해지지만, 건강이 작살나서 폐를 끼치면 말짱 도루묵이니까. 할 수 있는 일부터 차근차근 해야지!

"그런가요, 안심이네요. 이후 훈련장에서 조금 할 일이 있었는데…… 괜찮을까요?"

"훈련장? 뭘 할지는 모르지만 과격한 운동이나 마법 구사는 안 하는 걸 추천해."

"그건 괜찮습니다. 마법은 저만 쓸 거니까요. 엘프로서 중요한 것을 메구에게 알려주는 것뿐입니다."

"흐음. 그 정도라면 괜찮겠지. 하지만 일찍 끝내도록 해. 아무튼 이 아이는 오늘 하루만으로도 많은 일을 겪었으니까. 부담은 적은 게 좋아. 사실은 훈련장도 내일이 좋지만……, 그럴 수는 없는 거지?"

"네. 지금도 늦은 편이니까요. 이 아이는 엘프로서 필요한 것을 아직 하지 않았어요. 몸을 보호하기 위해서도 중요한 일이니까요."

"그렇다면 어쩔 수 없지. 너니까 맡겨도 괜찮겠지만 아무쪼록 조심하도록."

"알겠습니다."

무리하지 않으면 괜찮은 거구나. 다행이다. 자연 마법에 대해서는 빨리 알고 싶었으니까 안 된다고 하면 시무룩해질 뻔했다.

하는 것으로 정해졌으니 기대된다! 내가 할 수 있는 일의 첫 걸음이다. 게다가 엘프로서 필요한 일이라고 하는걸. 정신 바짝 차리고 임해야지.

"그럼 루드, 감사합니다."

"감사함미다!"

"조심해서 가. 무슨 일이 생기면 바로 말하고."

똑바로 인사한 뒤 슈리에 씨와 함께 의무실에서 나왔다. 드디어 마법 공부다!

이런저런 일들이 있었지만 드디어 공부 시간입니다! 지금은 내가 할 수 있는 일이 정말 아무것도 없으니까, 조금이라도 할 수 있는 일이 늘어날 기회가 기쁘다.

예전에 기르 씨에게 체력도 마력도 없다는 말을 들었으니 자연 마법도 썩 대단한 걸 하지는 못할지도 모르지만. 그래도 이 나이라면 그 정도가 당연하다고 했고, 성장의 여지도 있다는 거지. 그렇다면 노력할 수밖에 없다. 게다가 마법을 쓰는 게 설레기도 하고!

그런 고로, 나는 슈리에 씨의 손을 잡고 길드 건물 안에 있는 훈련장에 와 있었다. 지금부터 하는 일에는 훈련장이 적합하다나. 운동하거나 몸을 쓰는 건 아니라고 했지만…… 뭘 하는 거지? 두근두근.

훈련장은 아무튼 넓었다. 학교 교정이 생각났다. 근데……, 외관에 비해 뭔가 면적이 이상하지 않아? 건물이 이렇게 넓진 않았던 것 같은데? 그런 의문이 들었지만 여기는 이세계라는 걸 떠올리고 원래 다 그런 거라며 생각을 포기했다. 물건을 잔뜩 집어넣을 수 있는 기르 씨의 마법 같은 거 아닐까? 대충 갖다 붙인 거지만 썩 틀리지도 않은 느낌이다.

"그럼 우선은 간식을 먹도록 하죠. 그 가게에서 간단히 먹을 수 있는 디저트를 포장해왔습니다."

광장 주위를 둥글게 반원으로 감싸듯 지붕이 달린 휴식공간이 있는데, 슈리에 씨는 그 한구석에 있는 2인용 자리 앞으로 나를 안내해 주었다. 온갖 곳에 '쓰레기는 가지고 돌아갈 것!', '깨끗하게 사용할 것!'이라는 종이가 붙어 있는 게 뭔가…… 고향이 생각났다. 이상한 공통점도 있구나. 깨끗하게 쓰는 건 좋은 일이지만.

내가 의자에 앉아도 탁자에 손이 닿지 않을 것을 고려해 이번에는 두껍고 단단한 쿠션이 의자 위에 놓여 있었다. 어, 어느새 가져다 놓은 거지? 준비가 철저하네요, 슈리에 씨. 앗, 안아서 앉혀주기까지 하시는 건가요. 정말 여러모로 감사합니다.

"이건 슈크렘이라는 과자입니다. 부드러운 피 안에 크림이 듬뿍 들어있죠. 시원한 애프리수와 함께 드세요."

내 맞은편 자리에 앉은 슈리에 씨는 어디서 꺼낸 건지 과자와 음료를 착착 늘어놓았다. 기르 씨의 그림자 수납 같은 마법이라도 쓴 걸까?

하지만 그걸 궁금해하고 있을 때가 아니다. 나는 지금 아주 놀랐다. 나도 모르는 사이에 이세계에 와 있질 않나, 기르 씨가 그림자독수리이질 않나, 최근엔 충격이 끊이지 않는 시간을 보냈지만 그중에서도 상위에 들어가는 충격이었다.

이, 이, 이건! 슈크림이잖아! 우와, 우와, 나 슈크림 짱 좋아하는데! 설마 이세계에 와서도 먹을 수 있다니! 만약 원래 세계로 돌아가지 못해도 열심히 살 수 있을 것 같아! 앗, 눈물이.

"으음! 맛있어요!"

"후후. 정말 맛있게 드시네요. 마음에 들었다니 다행입니다."

신나게 달려든 어린이의 입 주위가 크림으로 범벅…… 되지 않지! 나는 속은 어른이니까! 그래도 역시 영 몸이 안 따라주는 구석은 있었기 때문에 슈리에 씨가 생글생글 웃으며 뺨을 닦아 주었습니다. 엄마 같다…… 남자지만.

먹고 난 뒤에는 사과 맛이 나는 물을 마셨다. 아, 애프리수라고 했지. 기르 씨에게 받았을 때도 생각한 건데 사과 주스와는 달리 단맛이 남지 않고 입 안이 개운해서 주스보다 이쪽이 더 마음에 든다. 꿀꺽꿀꺽 다 마시고 나자 슈리에 씨가 '식후의 휴식도 겸해서 설명부터 할까요' 하고 말하기 시작했다.

선생님! 잘 부탁드립니다!

"그럼 먼저 자연 마법과 평범한 마법…… 일반 마법이라고도 불립니다. 이 두 가지의 차이를 간단히 설명할게요."

일반 마법은 자신의 마력을 변환하여 온갖 효과를 구현화하는 마법이고, 자연 마법은 자신의 마력을 대가로 정령에게 마법을 쓰게 하는 마법이라고 한다. 각각 장단점이 있을 것 같다.

우선 일반 마법은 자신의 마력을 변환하는 것이니 정밀도가 뛰어나게 구현할 수 있다. 이렇게 하고 싶다고 머리로 생각한 것을 그대로 구현화할 수 있기 때문이다. 마력을 담으면 담은 만큼 위력도 내구력도 올라가며 언제든 어디서든 발동 가능. 자유자재, 그것이 일반 마법.

단 익숙해질 때까지 고생한다는 단점이 있다. 습득하는 데 시간이 걸리기 때문이다. 쓰기만 하는 거라면 어린아이도 할 수 있지만 거기서 응용하려고 하면 상당한 수련과 타고난 재능에 좌우된다. 참고로 그냥 쓰기만 하는 것이 생활 마법이라 불리는 부류라고 한다. 대부분 생활 마법 수준에서 끝난다나. 그리고 당연하지만, 자신의 마력이 고갈되면 마법을 쓸 수 없다.

다음으로 드디어 자연 마법. 이건 종족 한정으로 사용할 수 있는 특별한 마법인 모양이다. 엘프, 드워프, 요정이 주로 쓴다고 했다. 자연 마법은 자신의 마력을 다양한 정령에게 나눠줘서 계약이 성립된다. 같은 마법을 사용했을 때 일반 마법에서 필요한 마력보다 적은 양으로 같은 위력을 낼 수 있는 가성비가 뛰어난 마법이다.

또 마력의 선불, 후불이 다 가능하기 때문에 먼저 마력을 넣어두고 나중에 마법을 쓰게 하거나, 정령과 신뢰 관계가 구축되어 있다면 나중에 마력을 주겠다고 하고 힘을 빌릴 수도 있다고 한다. 참고로 분할납부도 가능하다. 정령은 융통성이 있구나…….

그리고 단점은 섬세한 조작이 어렵다는 점이다. 못하는 건 아니지만 본인이 상상한 이미지를 정령에게 잘 전달할 수 없기 때문이다. 생각해 보시라. 자신의 망상을 어린아이처럼 천진난만하다는 정령에게 얼마나 상세히 전할 수 있을까. 이런 마법을 쓰고 싶다는 걸 정령에게도 외우게 만들어야 한다. 그리고 장소에 따라서 위력에 차이가 나고, 심지어 아예 못 쓰기도 한다. 반대로 말하자면 장소에 따라서는 무식하게 센 위력을 끌어낼 수 있으니, 단순히 단점이라고 단언할 수 없을지도 모르지.

"이 정도일까요. 시간을 들여서 마법 실력을 갈고닦는다는 점은 양쪽 다 마찬가지입니다. 다만 자연 마법은 정령과 친해지는 게 가장 효과적인 연습이라고 할 수 있을지도 모르죠. 여기까지는 이해하셨어요? 상당한 양이었으니 메구의 나이를 생각하면 조금 어려웠을 것 같긴 하지만……."

완전히 이해하려면 실제로 써 봐야 할 테지만, 일단 원리? 같은 건 알았으니 어린아이처럼 간단하게 복습해봤다.

"으음……. 일반 마버븐 자유! 연습 열심히! 그리고, 자연 마버븐 저연비! 정령님이랑 친해지자!"

"……참 훌륭하게 간결하면서도 정확한 설명이군요. 문제없겠어요."

슈리에 씨는 칭찬해줬지만, 시선에 어이없다는 기색이 섞여 있는 건 내 착각일까……. 하지만 간단하게 말하자면 이런 거 아닌가. 그런 시선에는 지지 않을 거야! 킁.

"그럼 다음은 드디어 정령과의 계약에 대해 설명하겠습니다. 실제로 계약하는 건 조금 더 지난 뒤가 될 테지만, 설명은 미리 할게요."

"네! 잘 부탁드림미다!"

정신을 다잡고 공부 재개! 나는 두 주먹을 불끈 쥐고 재차 기합을 넣었다.

【슈리엘레치노】

메구와의 공부가 계속됩니다. 다음은 자연 마법을 사용하려면 피할 수 없는 의식에 대해서입니다. 의식이라고 해도 절차는 단순합니다. 마음에 든 정령에게 말을 걸고 계약 이야기를 꺼내는 겁니다.

당연히 정령에게도 선택할 권리가 있으니 거절당하기도 합니다. 하지만 정령은 그야말로 별보다 더 많으며, 반드시 계약해 주는 정령이 있을 터. 메구는 영혼이 참 예쁘니까 오히려 정령들이 자기가 하겠다며 싸울 것 같네요. 무심코 쓴웃음이 흘렀습니다.

자연 마법을 다루는 자는 대략적이지만 인간의 영혼을 느낄 수 있습니다. 그 사람의 기운과 접촉하며 함께 있으면 편안한 사람, 함께 있으면 불편한 사람을 알게 되는 정도의 애매모호한 수준이죠. 하지만 극단적으로 영혼이 더러워져 있으면 바로 알 수 있고, 반대로 영혼이 아름다운 것도 바로 알 수 있습니다.

기르가 이 아이를 데리고 돌아왔을 때, 저는 길드 안에 있었지만 유난히 가슴이 술렁거려서 밖으로 나왔습니다. 그리고 그 원인이 하늘에서 오고 있다는 걸 깨닫고 도착을 기다렸죠.

원인은 기르가 들고 온 바구니 안에 있었습니다. 우연히 입구 근처에서 마주친 쥬마와 함께 바구니 안을 들여다보자, 사랑스러운 어린아이가 잠들어있는 모습에 무심코 시선을 빼앗겼습니다.

아아……. 이 아이는 어쩜 이렇게 맑은 영혼을 지니고 있는 걸까요. 이 아이와 만나게 해주신 정령신께 진심으로 감사를 바쳤습니다.

그 정도로 영혼이 아름다운 메구이니, 정령과 계약을 못 할 리가 없죠. 다만 메구를 보호할 수 있을 만큼 강하고 문제가 없을 만한 마음을 지닌 정령이 아니면 인정할 수 없으니 의식을 치를 때까지 철저히 지켜봐야겠습니다.

……제대로 소개할 테니 정령들도 침착해졌으면 좋겠는데요. 평소엔 여기저기를 마음대로 어슬렁거리는 정령들이 메구와 계약할 수 있을지도 모른다는 생각에 기웃거리고 있는 걸 보니 재미있었습니다.

"첫 계약에는 상당한 마력이 들어갑니다. 그렇다고 해도 사람에 따라 양이 달라지지만요. 그 사람의 한계 직전까지 마력을 건네는 게 계약 의식이니까요. 따라서 처음에는 조금 무방비해집니다."

이렇게 다른 생각을 하면서도 수업은 계속합니다. 병렬사고가 제 특성이거든요.

엘프는 때때로 특수한 체질을 지니고 태어납니다. 원래 출생률이 낮은 데다, 특수 체질도 가끔 태어나는 특성이다 보니 그 확률은 정말로 극소수. 그런데도 저는 감사하게도 이 병렬사고를 특수 체질로써 받고 태어났습니다. 다만 제 안에서는 병렬사고가 너무나 당연하기 때문에 이게 특수 체질 중 하나라는 걸 안 것은 상당히 시간이 지난 뒤였죠. 지금도 조사하러 나간 기르에게 그림자를 통해 메구의 현재 상황을 전달하거나, 다음에 받을 의뢰에 대해 생각하는 걸 머릿속에서 동시에 진행하고 있답니다.

"하지만 우선은 정령이 보이지 않으면 의미가 없죠. 그러니 오늘은 제가 메구에게 자연 마법을 걸겠습니다. 공격이 아니니까 아프진 않을 거예요. 저와 계약한 정령에게 메구가 정령을 볼 수 있게 되는 마법을 걸어달라고 부탁할 겁니다. 자연 마법을 다룰 수 있는 자가 아니라면 마법을 걸어도 아무런 변화가 일어나지 않는 안전한 마법이죠."

"정령님 볼 수 이써요?!"

반응이 참으로 귀엽군요. 보통은 부모나 보호자가 어린 시절에 걸어주는 마법이지만…… 메구는 정령을 전혀 눈치채지 못했으니 아직 아무도 걸어주지 않았다는 건 알고 있었습니다. 이 한마디로 그게 확인으로 바뀌었지만요.

"네. 외람되지만 제가 메구의 첫 스승이 되겠습니다."

첫 자연 마법은 말하자면 부모의 애정. 부모의 선물이자, 무척 소중한 세리머니입니다. 그걸 제가 대신해도 괜찮은 건지 염려되기는 하지만요.

이 나라에 엘프는 저밖에 없습니다. 메구를 위험을 감수하며 엘프 나라에 데려가는 것도 어렵고, 그러지 않아도 늦어졌는데 그때까지 세리머니를 미루는 것도 좋지 않으니까요. 저는 마음을 다잡았습니다.

"……무척 소중한 작업인 거죠? 처음이 저라도 갠차는 거예요……?"

메구의 한마디에 저도 모르게 눈을 부릅떴습니다. 확실히 저는 미혼이니 저에게도 첫 작업입니다. 그걸 메구가 대화 속에서 읽어내고 알아차린 모양이네요. 제가 장래에 제 아이에게 해줄 소중한 첫 기회를 자신에게 빼앗겨도 괜찮은 거냐고, 그런 의미를 담아서 물어보고 있다는 게 전해졌습니다. 크게 놀랄 수밖에 없었죠.

이 아이는 정말로 사람을 배려할 줄 아는 착한 아이입니다. 그리고 두뇌 회전이 말도 안 되게 빠릅니다. 이해력이 아주 뛰어납니다. 대체 어떤 식으로 자란 걸까요. 원래 소질이 있다고 해도 이 정도 수준은 성인이라고 해도 쉽게 도달할 수 없는 영역입니다. 이 아이의 장래가 기대되기도 하고, 무섭기도 했습니다.

어떻게든 이 아이를 지켜야 합니다. 이 아이의 마음을. 오르투스의 길드원이 다들 조심해야만 하겠네요.

"후후, 메구는 참 착하군요. 전에도 설명했듯이 엘프는 아이가 잘 태어나지 않는답니다. 장래에 제게 아이가 생길 보장도 없죠. 그러니 이 귀중한 기회를 준 메구에게 오히려 고마워하고 있답니다."

"하, 하지만……."

"게다가 만약 장래에 아이가 생겼다고 해도 메구에게 해준 게 좋은 경험이 되니까요. 연습 상대라는 건 불명예스러운가요? 메구는 저를 스승으로 두는 게 싫으세요?"

제 심술궂은 질문에 메구는 고개를 붕붕 저었습니다. 저런, 그렇게 도리질을 하면 머리카락이 헝클어질 텐데요.

"아뇨! 슈리에 씨가 조아요! 아주 기뻐요! 기꺼이 연습 상대가 대겠씁미다!"

그 말, 목소리, 미소. 모든 게 제 마음에 퍼지면서 감미로운 울림이 되고, 온몸이 떨립니다. 메구를 버리고 싶지 않다고, 진심으로 그렇게 느꼈습니다.

머리를 살며시 쓰다듬어주자 기분 좋은 듯 눈이 가늘어지는 메구. 따뜻한 **무언가**가 온몸에 퍼지는 신기한 감각을 곱씹으면서 메구를 의자에서 내린 다음 손을 거두고 훈련장의 광장으로 데려갔습니다.

훈련장에는 길드원 몇 명이 단련하고 있었습니다. 사람이 적은 시간을 노렸다고 해도 몇 명 정도는 어쩔 수 없죠. 훈련 중인 사람들은 이쪽이 신경 쓰이는 것 같았지만 훈련장에선 용건이 없는 한 상호 불간섭이라는 규칙이 있으니까요. 이쪽도 신경 쓰지 말고 진행해야겠죠.

"그럼 메구에게 정령이 보이도록 마법을 걸겠습니다. 긴장을 풀고 눈을 감으세요. 제가 말을 걸면 천천히 눈을 뜨시면 됩니다."

"네! 짤 부딱뜨림미다!"

의욕이 넘치는 건지 평소보다 발음이 많이 꼬이는 메구에 무심코 웃음이 흘렀습니다.

하지만 저도 긴장이 되네요. 메구가 저를 믿어주니 문제없이 마법이 걸릴 테지만…… 그건 즉, 잘 걸리지 않으면 그렇지 않다는 뜻입니다. 저는 터무니없는 정신적 데미지를 받게 되겠죠. 긴장하지 말라는 게 어렵습니다.

여태까지 마법을 쓸 때 이렇게 주저했던 적이 있었던가요. 쿵

쿵 큰 소리를 내는 심장에서 의식을 돌리고, 저는 제 정령에게 마음속으로 말을 걸었습니다.

제 첫 정령인 바람의 정령, 하네플라프에게 힘을 빌리자 부드러운 산들바람이 메구를 감쌌습니다. 은은하게 빛나는 메구의 몸. 잠시 지나자 빛이 잦아듭니다. ……끝난 모양이네요.

"……메구, 눈을 뜨세요."

저는 조용히 말을 걸었습니다. 천천히 눈꺼풀을 드는 메구. 아아, 저는 아마도 메구보다 더 긴장했을 겁니다! 부디 마법이 제대로 걸렸기를. 그런 기도를 담아 메구의 반응을 기다렸습니다.

6 반짝반짝한 세계

【메구】

따뜻하고 포근한 바람을 느낀 순간, 그 바람이 내 전신을 감싼 모양이었다. 온탕 안에 들어간 것 같이 무척 기분 좋았다. 이대로 잠들어버릴 것 같다. 얼마나 그러고 있었을까. 순간 같기도 하고, 영원 같기도 했다. 먼 곳에서 나를 부르는 목소리가 들린다. 그 목소리를 들었을 때 '아, 돌아가야 해'라는 생각이 들었다.

그래서 나는 아쉬운 마음을 누르며 천천히 눈을 떴다.

"어서 오세요, 메구. 당신의 눈에 비치는 풍경이 변했나요?"

"네? 아, 어, 우와……!"

슈리에 씨의 부드러운 미소. 자다가 깬 것처럼 몽롱하던 머리가 주위를 본 순간 단숨에 맑아졌다.

색색의 빛. 깜빡거리기도 하고, 계속 밝게 빛나기도 했다. 마치 일루미네이션을 보는 것 같았다. 낮인데도. 하지만 그 빛은 눈이 얼얼해지거나 주위 풍경을 저해하지 않고 존재해서 왠지 신기한 감각이었다. 경험은 없으니 상상일 뿐이지만 지금까지 흑백으로 보이던 세계에 색이 보이게 되었다거나, 그런 감각이 가까울지도 모른다. 아무튼 내 안의 세계가 빛나 보여서 무척 신선했다.

"아무래도…… 성공한 모양이군요."

내가 그 경치에 마음을 빼앗겨서 두리번거리고 있었더니 슈리에 씨가 진심으로 안도한 듯 그렇게 중얼거렸다. 나는 흥분이 식지 않은 채로 슈리에 씨를 와락 껴안았다. 키 차이 때문에 무릎 부근에 매달리는 꼴이 되었지만. 어쩔 수 없다고, 슈리에 씨는 의외로 키가 크단 말이야!

"감사함미다! 엄청 예뻐요!"

"천만에요. 저야말로 감사합니다."

머리를 쓰다듬으며 녹아버릴 것 같은 미소를 보여주는 슈리에 씨. 크헉. 그 미소는 반칙입니다.

슈리에 씨 왈, 이 빛 방울 하나하나가 정령이라고 한다. 우와, 이렇게 많이 있구나…… 몰랐어. 실수로 삼키거나 먹어버리진 않으려나? 하는 이상한 걱정이 들었다.

이다음엔 뭘 하냐고 물어보자 한동안 아무것도 하지 않고 평소처럼 생활하면 된다고 한다. 우선은 이 풍경과 함께하는 생활에 익숙해지는 게 중요하다나. 대체로 바로 익숙해지지 못하고 빛에 취한다고 하다. 하지만 현대일본에서 온 나에게는 일루미네이션이라는 익숙한 풍경을 닮았기 때문인지 그리 고생 없이 받아들였다. 일루미네이션보다 훨씬 부드러운 빛이고 말이지!

완전히 태연한 나를 보고 슈리에 씨가 '메구는 강하네요'라고 말했다. 단순히 익숙하기 때문이지만 기뻐서 가슴을 펴고 으스댔다. 에헴!

"평범하게 생활하는 동안 정령 쪽에서 다가오거나, 어떠한 행동을 일으키기도 합니다. 메구가 대화해보고 싶은 아이가 있다면 마음이 시키는 대로 말을 걸어봐 주세요."
"마음이 시키는 대로……?"
"네. 이것만큼은 말로 설명하기 어렵답니다. 그때가 되면 알 거예요. 엘프라면 누구나 알 수 있는 법이니 걱정할 필요 없습니다."
엘프라면 누구나. 그 말에 순간 뜨끔했다. 확실히 몸은 엘프지만…… 알맹이는 평범한 인간이다. 마력도 뭣도 없는 보잘것없는 인간. 정말 그때가 오면 알 수 있을지 불안해졌다.
하지만 그때가 되어보지 않으면 그것도 알 수 없는 거니 확인할 방법이 없다. 나는 지금의 나를 믿을 수가 없지만 슈리에 씨가 괜찮다고 했다. 슈리에 씨를 믿자.
이상으로 오늘의 수업은 끝났다고 슈리에 씨가 선언했다. 질문이 있다면 해도 된다고 해서 궁금했던 걸 몇 가지 물어보려고 합니다!
"네! 질문임미다! 슈리에 씨가 계약한 정령님은 어떤 정령님이에요?"
"으음, 온갖 종류의 정령과 계약했으니 전부 소개할 수는 없지만…… 제가 처음으로 계약한 정령을 소개할게요. 바람을 관장하는 정령인 네프리입니다."
"네프리!"
슈리에 씨가 그렇게 말하자 슈리에 씨의 얼굴 바로 옆에 녹황색 빛이 퐁 나타나더니 그게 점점 생물의 모습이 되었다. 순식간에 벌어진 일이라 어느새 그곳에는 녹황색의 새가 있었다. 깃

털이 길고 바람에 살랑거리듯 흔들렸으며 크기는 슈리에 씨의 팔에 올라갈 정도로 조금 컸다. 무척 예쁘다.

"'네프리'는 애칭입니다. 진명은 따로 있는데 그건 정령 본인 말고는 밝히면 안 되죠. 진명으로 부를 때는 특별할 때. 그러니 메구도 첫 정령과 계약하고 신뢰 관계를 쌓게 되면 그때는……, 진명과는 다른 애칭을 생각하는 게 좋아요."

슈리에 씨가 '이제 됐습니다' 하고 말을 걸자 그 녹황색 새, 네프리는 스르륵 녹아들듯 사라졌다. 언제든 옆에 있는 게 아니라 부르면 바로 나타나는 존재인 모양이다.

하지만 이름이라. 아직 만나기도 전에 미리 생각해봐도 소용없겠지. 그때가 되면 내 작명 센스를 발휘해 보도록 하자. 자신은 없다.

또 질문이 없냐고 묻기에 다음 질문을 하기 위해 손을 번쩍 들자, 슈리에 씨가 쿡쿡 웃으면서 '그럼 메구, 발표해 보세요'라고 말해주었다. 맞춰주는 슈리에 씨도 최고예요!

"전에 기르 씨가 아무것도 없는 곳에서 수건이랑 빵이랑 막 꺼냈거든요. 슈리에 씨도 아무것도 없는 곳에서 막 꺼냈짜나요. 그건 자연 마법과는 다른 거예요?"

"아아, 관찰력이 좋군요. 하지만 저는 마법이 아니라 마도구를 사용한 거랍니다."

그렇게 말하며 슈리에 씨는 오른손 중지에 끼고 있는 조금 굵은 은반지를 보여주었다. 중앙에는 보라색 돌이 박혀 있었다.

"공간을 조종하는 마법은 아주 희귀합니다. 기르처럼 무한으로 물건을 수납할 수 있으며, 그 안의 시간 경과도 자유로이 조종하는 건 그야말로 온 세상을 찾아도 기르 말고는 한두 명 더 있을까 말까 하죠. 따라서 대부분 마도구를 사용합니다. 저는 이 반지에요. 여기에 물건을 수납할 수 있는 마법이 걸려있답니다. 가격은 나가지만 들고 다녀야만 하는 주머니보다 계속 몸에 착용할 수 있으니 편하죠."

일반적으로 보급되는 건 주머니 타입이고, 용량은 최대 창고 하나 정도라고 한다. 그것만으로도 충분히 편리해 보이지만 사냥한 마물을 들고 돌아오기에는 턱없이 부족하다나. 그러고 보면 그 던전의 보스도 굉장히 컸지……. 창고 하나 크기의 공간이라 해도 금방 차버릴 것 같다.

그리고 가장 저렴하다고 해도 고급요리점의 풀코스를 두 번 먹을 수 있는 금액이 든다고 하다. 비, 비싸……! 하지만 열심히 모으면 살 수도 있을 법한 절묘한 수준이다.

……그렇다는 건, 그보다 성능이 좋은 슈리에 씨의 반지 타입은 훨씬, 훠어얼씬 비싸다는 거지? 호기심이 돋아 돈 이야기는 나오지 않도록 슈리에 씨에게 슬쩍 물어보았다.

"……슈리에 씨의 반지는 얼마나 드러가요? 시간은 똑같이 흘러요?"

"후후. 제 반지는 제법 성능이 좋답니다. 우리 길드원 중에 단철 담당인 커터와 공예 담당인 마이유가 공방에서 실력을 발휘해주었거든요. 그래도 안의 시간은 느리지만 흘러가고 용량도 큰 집 한 채 정도입니다."

흐어어억! 완전히 상상할 수 없는 금액인 거 아니야……?! 땅값 수준일 것 같은데.

음, 모르는 게 나은 것도 있는 법이지. 수납 마도구는 비싸다. 외웠다.

이리하여 이런저런 이야기를 들은 뒤에 슬슬 이동하자며 훈련장을 뒤로한 우리. 아직 훈련장에 남아있는 사람들이 호기심 어린 시선을 보냈지만 슈리에 씨는 화려하게 묵살했다. 따라서 나는 필살기, '어린이라 아무것도 몰라요' 스킬을 발동해 모르는 척했다. 슈리에 씨의 조용한 미소가 '눈치챘죠?'라고 말하는 것 같은 느낌이 들었다. 이 사람 앞에서 비밀을 가질 수 없다고 확신한 순간이었다.

"아, 슈리에와 메구잖아! 마침 잘 됐다. 말해야 하는 게 있었거든! 최고중요과제야!"

길드 접수처가 있는 홀(이라고 부르는 것 같았다)에 도착하자 우리의 모습을 확인한 사우라 씨가 에메랄드그린의 머리카락을 살랑이며 다다닷 달려왔다. 어떡해, 귀여워……. 아니, 이게 아니고! 저렇게 진지한 표정이라니, 얼마나 중요한 이야기인 걸까. 옆에서 손을 잡고 있던 슈리에 씨의 분위기도 순식간에 바뀌었다. 역시 프로.

"최고 중요과제인가요. 장소를 바꿀까요?"

"아니, 여기서 하면 돼. 이제 곧 날이 저물잖아? 메구는……."

심각한 표정으로 말하기 시작한 사우라 씨. 내 이름이 나와서 침을 꼴깍 삼키고 이어지는 말을 기다렸다. 그리고.

"오늘 어디서 재워야 하지? 메구는 누구와 같이 자고 싶니?!"

쭉 미끄러질 뻔했다. 어? 그, 그게 다야? 내가 오늘 누구와 같이 자는지가 최고 중요과제가 된다고? 옆을 힐끔 쳐다보자 '정말 중요하고 신속하게 정해야만 하는 문제군요'라며 팔짱을 끼고 진지한 얼굴로 고민하기 시작한 슈리에 씨가 보였다. 도대체 왜.

"메구는 야무지니까 언젠가는 개인실을 줘도 될 것 같긴 해. 하지만 당장 준비하지는 못하고……. 만만한 녀석을 방에서 쫓아내고 소독한 뒤에 리폼하려면 아무래도 시간이……."

스톱, 스톱, 스톱! 소독하고 리폼이라니 무슨 짓인데?! 애초에 쫓아내지 않아도 되거든! 나는 어디의 누구인지도 알 수 없는 평범한 어린아이잖아! 언젠가는 제대로 은혜를 갚기 위해 일하고 싶긴 해도 지금은 전혀 전력이 되지 않는 밥벌레라고요. 그래도 지붕이 있는 곳이면 좋겠다는 생각은 했지만 대충 던져놓기만 해도 대단히 감사하지 말입니다!

그런 내용을 어린아이의 어설픈 발음으로 열심히 전하자, 사우라 씨에 슈리에 씨마저 그 자리에서 충격을 받은 것처럼 눈을 부릅뜨고 부들부들 떨기 시작했다. 그러니까 대체 왜?!

"메구……, 대체 어떤 환경에서 자란 거지? 더 자기 마음대로 구는 게 어린아이의 특권인데……."

"자기보다 다른 사람을 위할 줄 아는 아이라고는 생각했지만요……. 이 정도로 의지하려 하지 않는다니."

두 사람은 뒤를 돌아 뭐라 소곤소곤 대화하고 있다. 그렇게 이상한 소릴 한 건가? 아, 하지만 사양하는 것도 지나치면 오히려 불쾌감을 준다고 했던가. 일본인 특유의 나쁜 습관이다. 약간이라면 미덕이라고 할 수 있을지도 모르지만 지나치면 듣는 쪽도 곤란해지지. 게다가 나는 인간으로 따지자면 3, 4살 정도의 어린아이. 더 어리광을 부리는 게 일반적이다. 하지만……, 어리광을 부린 기억이 너무 먼 옛날이라 영 잘 안 된단 말이지. 사축생활로 인해 뿌리박힌 사양하는 습관과 거절하지 않는 정신이 지금의 내 발목을 잡았다.

아, 그렇구나. 나는 어리광을 부리는 게 어려운 수준을 넘어서 아예 무서워하는 거야. 미워하면, 거절당하면 어떡하나 조마조마하다. 나는 내 마음이 강하다고 생각했고 그러고자 했지만……. 뭐야, 나 엄청난 겁쟁이였잖아. 초라해라. 몸도 마음도 너무나 작다는 것을 철저하게 인식하는 꼴이 되었다.

……우울해할 줄 알았어? 시간 낭비거든! 오히려 깨달은 덕분에 개운해졌다.

모처럼 깨달았으니 뻔뻔해지자. 지금은 어린아이가 되었으니 앞으로 조금씩 성장해가면 되는 거야. 인간으로 따지면 이미 충분히 어른이지만 지금의 나는 엘프니까! 살날이 끝도 없이 길게 남았으니 초조해하지 말자.

그러니 우선은 눈앞의 문제부터. 살짝 어리광을 부려볼까?

"저기, 저기. 혹시 폐가 아니면…… 오늘 만난 사람이랑 같이 있고 싶어요."

이게 내 최선이다. 영 말투가 조심스러워지는 건 용서해주시라. 안 되나요? 하는 뜻을 담아서 두 사람을 쳐다보자 두 사람은 나란히 활짝 웃었다. 그리고는 사우라 씨가 착한 아이라며 내 머리를 쓰다듬어 주었다.

"……노력했구나. 정말 똑똑하고 착하다니까! 무리하지 않아도 돼. 지금처럼 조금씩 어리광을 부리렴."

내 마음속은 다 꿰뚫어 보고 있는 건가. 뭐, 나보다 훨씬 오래 산 사람이니까. 나이는 못 들었지만, 대화 흐름상 그 정도는 눈치챘다.

그런 의미로는 이 두 사람에게 나는 진짜로 아직 어린아이이고, 인생 선배를 보고 많은 것을 흡수해간다고 해도 전혀 문제가 없다. 오히려 당연한 일이다. 그렇게 생각하니 조금 마음이 편해졌다.

"오늘 만난 사람이라면 기르, 쥬마, 사우라, 루드, 그리고 저인데요……."

"기르는 지금 없으니까 나머지 넷……. 하지만 쥬마는, 좀……."

"네. 후보에서 빼죠."

쥬마가 누군가를 돌보기엔 역부족이라고 입을 모아 단언하는 두 사람. 음, 대충 이해가 간다. 나는 누가 돌봐주지 않아도 내 일은 알아서 할 수 있지만 이세계에게 와서 환경 차이 때문에 모르는 게 있을지도 모르고, 처음에는 가능하다면 꼼꼼하게 배우고 싶다. 쥬마가 나쁘다는 게 아니라, 그 사람은 '이렇게 하고 저렇게 하는 거야!' 같은 식으로 설명할 것 같아.

"……슈리에. 나는 여자니까 메구도 사양하지 않고 편하게 지낼 수 있을 것 같지 않아?"

"……아직 어린아이이니까 신경 쓰지 않아도 괜찮을 것 같은데요. 게다가 저는 같은 엘프니까 그야말로 사양할 필요가 없다고 생각하지 않으시나요?"

"남자에게는 여러모로 알려지고 싶지 않은 게 있는 법이야. 여심을 모르는구나? 어리다고 해도 여자아이니까 배려가 좀 부족한 거 아닐까?"

"훈련을 통해 퍽 사이가 좋아졌고, 무엇보다 저는 메구의 스승이니까요. 사제라면 침식을 함께한다고 해도 전혀 이상하지 않답니다."

"세상에, 아무리 스승이라고 해도 남자잖아! 나이를 좀 먹은 뒤에도 같은 말을 할 생각이야?"

"미래의 일을 지금 생각해도 의미가 있나요? 지금 정해야 하는 건 오늘 밤이죠. 의제를 바꿔버리는 건 당신의 상투 수단이었죠?"

오오. 설전이 시작됐다. 그렇다고 해도 쥬마와 했던 것처럼 격렬한 말다툼이 아니라, 서로 웃으면서 견제하는 대화다. 솔직히 말하자면 무지막지 무섭다!

"으음? 그렇게 무섭게 웃으면서 무슨 이야기를 하는 거야?"

"!!"

별안간 뒤에서 태평한 목소리가 들렸다. 헉, 어느새……? 전혀 눈치채지 못했다. 기척을 느끼지 못한 내가 둔한 것뿐인가?

그렇게 생각하며 두 사람을 보자 눈을 조금 크게 뜨고 있었기 때문에 나만 눈치채지 못한 게 아니었다는 걸 깨달았다.

"응? 나도 끼워줘. 그런 표정을 지으면 모처럼 귀여운 얼굴이 상하잖아?"

"……그런 식으로 기척을 숨기고 등 뒤에 서는 짓은 그만둬주지 않을래? 케이."

케이? 어? 나 최근에 그 이름을 들은 것 같은데. 혹시…….

"미안해. 그야 내가 나가 있는 사이에 귀여운 동료가 오르투스에 왔다고 하잖아. 섭섭해서 조금 장난을 치고 싶어졌어."

그렇게 말하며 케이 씨가 나에게 시선을 향했다. 살짝 흘리는 그 눈이 참으로 섹시하다. 역시 이 미형이…….

"네가 그 귀여운 아이구나? 와, 정말 귀엽다. 안녕? 나는 케이야. 편한 대로 불러."

"아악! 이런 어린아이마저 홀려대지 말라고! ……살짝 포기하긴 했지만."

어깨를 축 떨구는 사우라 씨. 틀림없다. 이 사람이 소문의 그, 길드 최고의 미남이구나!! 뜻밖의 모습에 나는 한동안 입을 떡 벌린 채 굳어 버렸다.

7 길드 최고의 미남과 커다란 사람

헉! 넋을 놓고 있을 때가 아니지! 정신을 차리고 허둥지둥 인사하면서 자기소개. 그런 나에게 케이 씨는 눈썹 하나 찡그리지 않고 생긋 웃으면서 악수를 청했다. 그 손은 하얗고 보들보들……, 나도 모르게 두근거리잖아!

"그나저나 케이는 진짜 기척 숨기기의 달인이라니까. 기르와 비슷한 수준이야. 나나 슈리에도 신경을 곤두세웠을 때가 아니면 눈치채지 못하는걸."

"뭐, 그런 종족이니까."

허리에 손을 올리고 투덜거리는 사우라 씨. 역시 케이 씨는 실력이 뛰어나구나. 하지만 그런 말을 할 수 있는 사우라 씨와 슈리에 씨도 사실은 상당한 실력자일 것이다. 나에게는 미지의 세계 속 사람들이야…….

어른들이 대화를 시작했기 때문에 다시금 케이 씨를 슬쩍 관찰했다.

길드 최고의 미남이라고 했던 케이 씨는 새하얀 머리카락을 뒷머리만 길게 뺀 쇼트커트였다. 패셔너블한 검은 테 안경 안쪽에 보이는 붉은 눈동자는 무서워 보일 수 있는 색이지만, 본인의 부드러운 인품 때문인지 무섭다기보다는 여유로운 나른함 쪽이 더 강한 느낌이다. 하지만 전체적인 모습을 객관적으로 보면 늘씬하고 무척 세련된 미가 느껴진다. 복장도 그렇고, 몸에 두른 아이템도 그렇고, 무척 스타일리시하다.

뭐 그건 됐다. 문제는 그게 아니다.

눈가에 눈물점이 있으며 키가 크고 슬렌더한 케이 씨는……, 십중팔구 **여자**다.

"……길드 체고의 미남?"

중성적인 이목구비와 스타일이긴 하지만 어깨와 허리 곡선, 그리고 목소리를 들어보면 역시 여자일 것 같단 말이지. 설마 미남이란 사람이 여자일 줄은 몰랐다.

"그게 뭐야. 사우라디테지? 뭐라고 설명했길래?"

무심코 입 밖으로 내자 케이 씨는 난처한 듯 웃으면서 그렇게 말했다. 입으로는 투덜거려도 진심으로 불만인 건 아닌 듯했다.

……자각이 있는 건가.

"그야 사실이잖아. 마을 여자들이 입을 모아 이상형이 케이라고 한다며 징징거리러 오는 길드원이 얼마나 많은데. 그런 걸 나에게 말하러 오지 말라고. 업무방해거든!"

"나 역시 그런 소릴 들어도 곤란한데. 나는 그냥 평범하게 사는 것뿐인걸."

"여자들의 눈높이가 너무 높아져서 어지간한 남자로는 상대가 안 되는 거야……. 남자들도 여자들도 혼기를 놓치는 원인이라고."

"여자들은 귀여우니까 나도 그런 말을 듣는 건 불쾌하지 않은데. 그래도 혼기를 놓친다는 건 좀 문제겠네."

'뭐, 그건 제쳐놓고'라며 케이 씨가 억지로 대화를 끊은 다음 시선을 이쪽으로 향했다.

"이야기는 들었어. 오늘 메구가 어디서 잘지에 대한 문제로 싸우고 있었다며?"

대체 언제부터 이야기를 들은 걸까. 사우라 씨도 슈리에 씨도 얼굴을 찡그리고 있다. 그러거나 말거나 조금도 개의치 않은 케이 씨가 이어서 입을 열었다.

"오늘 만난 사람이라는 조건이라면 나도 후보……."

"안 돼!"

"안 됩니다!"

케이 씨가 말을 마치기도 전에 두 사람에게서 제지가 들어왔다. 아니, 그 정도로 거부하지 않아도 되지 않아? 확실히 지금 막 만난 사람이면 익숙해질 때까지 시간이 필요할 테지만!

그런 냉혹한 대우를 받으면서도 케이 씨는 전혀 타격을 받지 않은 것 같았다. 유감이라면서 선뜻 물러났다. 으음? 놀린 것뿐인가? 사우라 씨와 슈리에 씨를 놀릴 수 있다니, 이 사람 상당한 거물인 거 아니야……?!

"농담은 이쯤하고. 나에게 좋은 아이디어가 있는데."

"왠지 허락하는 게 안 내키지만, 케이는 좋은 아이디어를 잘 내니까. 일단 듣겠어."

역시 태도가 조금 매정한 사우라 씨에게 케이 씨가 '그런 표정 짓지 않아도 되잖아'라며 사우라 씨에게 접근했다. 그리고 경계하면서 한 걸음 물러난 사우라 씨의 턱을 검지로 쓱 들어 올리고는 자기 쪽으로 얼굴을 돌리게 했다.

"귀여운 얼굴이 엉망이 되었잖아. 사우라디테는 웃는 얼굴이 제일 잘 어울려."

이, 이건! 턱 들어 올리기다아아아아!!

현실에서 하는 사람 처음 봤어! 2차원에서나 하는 줄 알았지!! 그런데 그게 어울려! 부자연스러움이 느껴지지 않다니……! 그렇구나. 케이 씨는 만화를 찢고 나온 미남이었던 거야. 이해했다.

"으, 아, 아, 싫어어어어어어어!!"

순식간에 얼굴을 새빨갛게 붉히고 소리치는 사우라 씨. 의외로 순정파구나. 그런 모습을 머리 아프다는 듯 한숨을 쉬며 바라보는 슈리에 씨. 아무래도 익숙한 광경인 모양이다. 나는 분위기를 파악할 줄 아는 어린이다.

"그러니까! 나는! 네가 싫다고! 머리로는 알고 있는데! 창피해 죽을 것 같아아아아!"

얼굴을 두 손으로 감싸고 마구 도리질하는 사우라 씨. 완전히 폭주다. 지, 진정하세요!

"으음, 역시 사우라디테는 귀여워. 사이즈도 그렇고 반응도 그렇고. ……내 취향이야."

"그러니까 그만하라고!!"

이렇게 사우라 씨가 흥분했는데도 악의가 없고, 심지어 이 건에 관해서는 놀리는 것도 아니라 지극히 진지하다는 게 보였다. 아아, 질이 나쁜 게 맞긴 하구나……. 사우라 씨가 케이 씨 이야기를 할 때 부들부들 떠는 것도 그럴 만하다.

"자, 슬슬 좋은 아이디어라는 걸 들려주시겠어요?"

아직 얼굴이 조금 붉은 사우라 씨 대신 슈리에 씨가 냉정하게 진행하기 시작했다.

"슈리엘레치노도 모처럼 예쁘게 생겼으니까, 그렇게 퉁명스러운 표정 대신 다른 표정을 짓지 그래?"

"저에게 그런 말은 됐습니다."

슈리에 씨를 상대할 때도 변함없는 케이 씨와, 그걸 칼같이 싹둑 잘라버리는 슈리에 씨. 이 승부는 슈리에 씨의 승리인 것 같다. 입꼬리를 내리고 의아하다는 듯 고개를 갸웃거리면서도 케이 씨는 자신의 아이디어를 설명하기 시작했다.

"이 아이, 메구라고 했지? 나는 자세한 사정을 모르니까 뭐라 말할 수는 없는데, 그래도 너무 말랐고 보기만 해도 위태로운 느낌이 들어. 진찰은 받았겠지만……, 한동안은 밤에 무슨 일이 일어날지 모르는 거 아니야?"

"…………."

케이 씨의 말에 두 사람 다 입을 다물었다. 확실히 이 몸은 너무 말랐다. 루드 선생님이 표면적인 건강 문제는 없다고 했지만 무리하지 말라고 당부했었으니 무슨 일이 일어날지는 모른다. 금방 졸리고, 한 번에 먹을 수 있는 양도 적다. 그건 어린아이이기 때문에 자연스러운 거라고 생각했지만 아마추어의 판단에 불과하고, 루드 선생님도 '딱 보기에는'이라고 한 거지, 몸에 남아 있는 피로가 어린아이의 몸에 어떤 영향을 미쳤을지는 모르는 법이다. 열이 나거나 끙끙 앓을 수도 있는 것이다.

"깜빡했어. 그래, 메구는 아직 이렇게 어린아이인걸. 우리 길드의 튼튼하기 짝이 없는 녀석들하고 똑같이 생각하면 안 되는 게 당연한데……."

"그러게요……. 저도 동족 어린아이를 만나서 들떠있었습니다. 아이를 대할 때의 주의점을 단단히 조사할 필요가 있겠군요. 그러지 못한다면 메구와 함께 있을 권리가 없어요."

으아아아, 두 사람이 눈에 띄게 침울해졌잖아! 케이 씨의 지적은 맞는 말이다. 게다가 두 사람이 침울해하는 이유도 이해할 수 있다. 하지만 당사자인 나는 굉장히 거북해!

내가 좀 더, 피곤하다거나 쉬고 싶다는 말을 해야 했다. 하지만 어느 정도 피곤한 건지 잘 몰라서 말이지. 그 왜, 나는 사축 생활을 하도 오래 보냈기 때문에 무리하는 게 일상이었다고 할까…… 서글퍼졌다.

"어쩔 수 없지. 어린아이는 너무 희귀하니까, 아마 다들 아이와는 엮일 일 없이 살았을 거 아니야. 실패는 머릿속에 새겨두고 다음에 살려야지. 자, 그 귀여운 얼굴을 들어봐."

훌륭한 발언이었다. 하지만 마지막 한마디가 뭔가, 좀. 앞의 말을 잊게 만든다고 하나. 하지만 그게 케이 씨인 건지도 모른다. 음, 익숙해지자.

"그런 고로 오늘은 의무실에서 자는 게 맞다고 봐. 내일 이후는…… 우리의 공부 성과에 달려있겠지."

"……그러게요. 그렇게 하죠. 루드라면 어린아이를 상대한 경험도 있을 테니 적임일지도 모릅니다."

"좋아, 그럼 나는 루드에게 말하고 올게!"

이렇게 오늘 제가 잘 장소가 확보되었습니다. 의무실이니까 어느 의미 입원인가? 나 때문에 바쁜 와중에도 이래저래 시간을 할애하게 만들어서 미안하지만, 이 사람들이 나에게 해주는 것들은 순순히 받아들이고 의지하자!

그건 그렇고 케이 씨는 객관적으로 상황을 볼 수 있는 사람이구나. 성격은 둘째치고, 솔직히 감동했다. 길드 최고의 미남은 내면, 외모 전부 그 이름에 부끄럽지 않은 인물이었습니다.

사우라 씨는 의무실로 가기 전에 두 번째로 중요한 과제라며 케이 씨에게 내가 입을 옷을 조속히 마련하라는 지시를 내렸다. 아니, 그러니까 왜 내 개인적인 문제들의 중요도가 그렇게 높은 건데? 떨떠름한 표정을 짓고 있었더니 그걸 알아차린 건지 슈리에 씨가 설명해주었다.

"어린아이는 정말로, 아주, 무척 귀중한 존재랍니다. 우리 같은 종족이나 아인은 기본적으로 몸이 튼튼하지만, 그래도 병이나 사고로 목숨을 잃는 일이 적지 않죠. 게다가 유소년기에 얼마나 많은 애정을 받았는지, 행복했는지에 따라 그 후의 긴 인생이 바뀐답니다. 우리에게 어린아이는 보물이에요. 주위 어른들이 힘을 합쳐서 무엇과 바꿔서라도 지켜야만 한다는 게 공통적인 인식입니다."

어린아이가 죽기 쉽다는 건 사실이다. 그게 엘프든 아인이든 마찬가지구나……. 전체 개체수가 적은 만큼 어른이 필사적으로 지키려 하는 것도 타당한 것 같았다.

나는 역시 어딘가에서 인간의 감각이 남아있기 때문에 너무 호들갑스럽다고 느끼는 거겠지. 하지만 이런 의식개혁은 하루아침에 짠 바뀌는 게 아니니까. 으음, 어려워라.

하지만 유소년기의 환경이 그 후의 인생에 영향을 준다는 건 인간도 마찬가지다. 게다가 인간보다 수명이 기니까 그 중요도도 이해가 간다.

"……먼저 내가 아주 귀여운 옷을 마련해올게. 지금 간단히 사이즈를 재자. 나중에 다시, 그때는 직접 가게에 가는 거야. 더 정확한 사이즈를 재고 좋아하는 옷을 고르는 거지."

"그런 분야는 케이에게 맡기면 확실하겠군요. 메구, 케이에게 부탁합시다."

"네, 감사함미다."

하지만 나로서는 이런 친절이 너무 오랜만이고, 게다가 만나는 사람마다 다들 자상해서 눈물이 흐르는 걸 참을 수가 없었다. 어린아이가 되었다고 해도 너무 우는 거 아닌가. 나 정말 축복받았구나……. 날 주워준 사람이 기르 씨라서, 오르투스라서 다행이다. 내가 우는 바람에 어쩐지 분위기가 가라앉았지만 그래도 어딘가 따뜻한 기운이 감도는 느낌이 들었다.

그 후로 간단히 내 사이즈를 측정한 케이 씨가 이따 보자고 인사한 뒤 빠르게 길드를 떠나갔다. 발소리가 거의 안 나네……. 그런 종족이라고 했는데, 대체 무슨 아인인 거지? 다음에 물어볼 기회가 있을까, 하는 생각을 하며 그 뒷모습을 지켜보았다.

그 후 잠시 길드의 휴게실 소파에 앉아 있었더니 사우라 씨가 돌아와서 말을 걸었다.

"루드의 허락을 얻었어. 루드도 그렇게 하는 게 좋겠다고 말하러 올 생각이었대. 바로 업무를 끝낼 테니까 저녁을 같이 먹지 않겠냐는데. 모처럼의 기회니까 의사로서의 자신이 아니라 루드로서 밥을 같이 먹으며 친해지고 싶다는 몹시 개인적인 이유였지만. 신세 지게 되는 거니까 괜찮지 않을까? 라는 생각에 내가 마음대로 오케이해버렸어. 괜찮니?"

오오, 참 멋진 권유다. 나로서도 의사 선생님과 신뢰 관계를 구축해놓고 싶었다. 물론 이론은 없었기 때문에 바로 고개를 끄덕였다. 저녁 메뉴는 뭘까?

"그럼 메구, 잠시 여기서 쉬고 계세요. 정말 죄송하지만 해야 하는 일이 좀 있어서……. 혼자서도 괜찮겠어요?"

윽, 그렇겠지. 슈리에 씨에게도 할 일이 있었을 텐데, 오늘은 나와 함께 있어 주었잖아. 지금은 떼를 쓰면 안 되는 타이밍이다.

하지만 좀 쓸쓸하다. 기르 씨 때만큼 불안으로 가슴이 미어질 정도는 아니지만, 자꾸만 눈이 촉촉해진다. 큭, 안 돼. 참아야지!

"……갠차나요! 슈리에 씨도 저녁은 같이 먹을 수 있을까요……?"

가까스로 눈물이 흐르지 않도록 참으며 말을 쥐어 짜냈다. 그러자 슈리에 씨가 녹아버릴 듯 부드럽게 풀어진 얼굴로 머리를 쓰다듬어 주었다. 어라 이상한 소릴 했나?

"이거 온 힘을 다해 볼일을 끝내야겠군요. 약속할게요. 메구, 저녁도 같이 먹게 해주세요."

"네! 하지만 너무 무리하면 안 대요!"

분명 억지를 부린 것이리라는 생각을 하면서도 역시 기뻤기 때문에 기운차게 대답했다. 걱정하고 있다는 어필도 잊지 않는다. 나는 똑똑하게 기다릴 수 있는 어린이! 음핫핫!

웃는 얼굴로 손을 흔드는 슈리에 씨에게 마찬가지로 웃는 얼굴로 인사한 뒤, 휴게실에 홀로 남겨진 자. 길드 안에는 여기저기에 사람이 있지만 다들 바빠 보인다.

문득 아까 손에 넣은 새로운 세계에 흥미가 솟았다. 음, 모처럼 시간이 있으니 정령을 관찰해볼까. 그렇게 생각하며 소파에 기대며 주위에 시선을 던져봤다. ……옆에서 보면 그냥 멍하니 있는 것처럼 보이겠지.

이렇게 보니 하나하나의 빛에 개성이 있다는 게 잘 보였다. 색은 물론이고 밝기나 깜빡이는 방식도 하나하나 달라서 재미있다. 움직임이 활발한 아이도 있고, 가만히 같은 자리에서 움직이지 않는 아이도 있다. 어떤 아이가 무슨 정령인지까지는 모르지만, 그 점은 다음에 또 슈리에 씨에게 물어보자.

그런 식으로 시간을 보낸 게…… 어느 정도지? 꽤 오랫동안 정령을 관찰했던 것 같다. 다양한 정령이 이쪽으로 다가와서 재미있는 움직임을 보여주는 덕분에 질리지 않았다. 만약 목소리를 들을 수 있다면 즐겁겠지. 역시 말을 걸고 있는 건가? 어떤 이야기를 하는 걸까?

"미안해. 목소리는 안 들려. 이야기할 수 있으면 좋겠는데."

전해지는 건지는 모르지만, 그런 식으로 말을 걸자 왠지 모르게 빛이 기뻐하면서 흔들리는 것처럼 보였다. 간단한 감정이라면 전해지는 것 같다. 후후, 귀여워!

그런 가운데 영 마음에 걸리는 정령을 발견했다. 길드 구석에서 계속 움직이지 않는, 작고 분홍색인 빛. 빛의 세기도 약하다.

혹시 어디 아픈 건가? 정령도 건강이라는 개념이 있는 걸까. 신경 쓰이기 시작했더니 가만히 있을 수 없어서 나는 그 아이 곁으로 가보기 위해 행동을 개시했다.

……하지만 소파가 나에게는 높은 데다, 하도 푹신푹신해서 조금만 움직여도 쑥 가라앉는다. 어, 어라? 나 여기 어떻게 앉은 거지? 아, 안아서 앉혀줬지. 큥.

하지만! 여기서 포기할 수는 없다! 어떻게든 저 아이 옆으로 가야지. 점점 마음이 급해지기 시작했다. 그런데도 아무리 버둥거려도 내려가지 못하는 건 물론이요, 소파에 빠져버릴 것 같았다. 아마 주위에서 보면 푹신푹신한 소파에서 장난을 치는 것으로 보이겠지. 아, 아니거든!

후우, 하고 한숨을 쉬며 난처해하고 있었더니 그림자가 쑥 나를 가렸다. 뭐지? 하고 의아해하며 얼굴을 올려다보자…….

"뭐 하고 노는 거냐? 쪼맹이!"

크하하 호쾌하게 웃는 금색의 거구가 그곳에 계셨습니다.

……커!!

"아가씨, 처음 보는 얼굴인데. 어디서 왔어? 부모님은?"

근육이 울퉁불퉁한 거구의 남자는 큰 목소리로 그렇게 물었다. 아니, 아마 본인은 큰 목소리라는 인식이 없는 거겠지. 눈이 부실 정도로 진한 금발은 마치 갈기 같았다. 아마 사자과의 아인인 거겠지. 현실도피인 건지 그런 생각이 들었다.

왜냐하면 대답하기 난감한 질문이었단 말이야! 그걸 알았다면 여기에 안 왔겠지. 그래서 어떻게 대답해야 하는지 고민하고 있었더니, 두다다다! 하는 발소리가 다가왔다. 그쪽을 돌아보자 어마어마한 표정을 지은 사우라 씨가 이쪽으로 오고 있었다. 잠깐, 사우라 씨. 얼굴……!

"니카! 잠깐, 메구가 무서워하잖아! 조금 더 자신의 외모와 목소리에 대해 자각하란 말이야!"

"응? 무서웠어? 그거 미안하다, 아가씨!"

그렇게 말하며 또다시 크하하 호쾌하게 웃는 거구의 남자. 아, 역시 길드 사람이었군요.

"반성을 안 한다니까……."

어깨를 축 늘어뜨리는 사우라 씨. 어렴풋하게 눈치채고 있었지만 사우라 씨는 고생하는 타입이구나. 천진난만한 면도 있는 반면 책임감이 강한 거겠지. 상반되는 속성이 절묘하게 공존하고 있는 거야!

"아, 저기, 괜차나요! 안 무서워요!"

일단 중재에 들어갔다. 실제로도 안 무서웠으니까. 큰 목소리와 큰 몸집 때문에 놀라긴 했어도 이렇게 서글서글해 보이는 사람을 무섭게 느끼진 않는다. 그야 화가 나면 무섭겠지만, 마구잡이로 날뛰는 타입이 아니라는 건 첫눈에 알아봤다. 그래서 헤실헤실 웃었다.

"오, 사우라. 어떻게 된 거야? 이 쪼맹이……, 아주 귀엽잖아!"

"어라? 별일이네. 메구의 귀여움에 혼란에 빠졌나. 흠, 마법으로 현혹하는 것보다는 메구의 귀여움이 더 효과적일지도 모르겠어……."

어째 대화가 성립되지 않는 것 같은데. 둘 다 신경 쓰지 않으니 이게 통상 모드인 건지도 모른다. 이 또한 어렴풋하게 눈치챈 사실이지만, 이 길드 사람들은 이상…… 아니, 개성적인 사람이 우글거리지 않아? 특급 길드라서 이런 거야? 아니, 근묵자흑인 건지도 모른다.

그렇다면 이 길드의 창설자이자 두목이라는 유진 씨는 이상…… 아, 아니, 개성적인 사람 넘버원일 것이다.

"성인 남자도 나를 처음 봤을 때는 다들 움츠러드는데 말이야! 쪼맹이! 너 배짱 참 좋다. 다시 봤어!"

"쪼맹이 아니에요! 메구예요!"

"그래, 미안하다 메구. 나는 벨로니카라고 해. 니카라고 불러라!"

"니카 씨! 잘 부탁드림미다!"

역시 나는 이 사람이 꽤 좋다. 쾌활하고 밝고 체형을 봤을 때 힘도 세고. 거짓말이나 뒤에서 수작을 부리는 걸 싫어하고 무슨 일에든 직구로 승부하는 이미지. 이런 사람은 믿을 수 있다는 느낌이 들거든. 음, 개인적인 망상도 들어갔지만!

"메구에 대해서는 내가 각 부서의 책임자에게 제대로 설명할게. 니카 너에게도. 이번 의뢰 끝나고 나면 나에게 와."

"오, 그래. 그렇다면 내일이면 들을 수 있겠는데. 저녁 먹고 냉큼 끝내고 오마!"

다음에 보자며 니카 씨가 하얀 이를 드러내고 웃으며 그 자리를 떠나갔다. 뭐라고 할까, 몸에 비례해서 마음도 클 것 같은 사람이었다. 대담해 보인다고 해야 하나. 편견인가.

"후후, 메구는 진짜 간도 크다. 나도 놀랐어!"

앞으로 조금만 남았다는 말을 남기고 사우라 씨도 돌아갔다. 그렇구나, 사우라 씨가 있는 곳에선 내 모습이 보이는 거야. 헉! 혹시 소파 위에서 버둥거린 것도 본 건가……! 차, 창피해!

……아니, 그렇지! 놀고 있던 게 아니라고! 누가 좀 내려줘! 부탁하는 걸 완전히 깜빡했던 멍청한 나는 시무룩하게 고개를 숙였다. 쿠궁.

『쿡쿡. 메구, 다녀왔어.』

"흐억?!"

갑자기 귓가에서 부드러운 목소리가 들렸다. 이 목소리는 케이 씨? 또 숨어든 거야? 라고 의아해하며 돌아보자…….

눈이 빨갛고 몸통은 새하얀 뱀과 눈이 마주쳤다.

"허――――?!"

나도 모르게 (괴상한) 비명을 지르며 도망치려고 했다. 하지만 소파에 파묻혀서 도망치지 못한다. 싫어어어어! 물지 마아아아아아아!

그런 나의 심경을 아는지 모르는지 하얀 뱀은 스르륵 소파 위를 지나가 내 몸도 지나쳐서 소파 앞의 바닥으로 내려왔다. 뱀이 지나간 감촉에 등골에 소름이 쫙 돋았다. 흐어억!

눈에 눈물을 머금고 부들부들 떨고 있었더니 또다시 쿡쿡 웃는 케이 씨의 목소리. 그러자 눈앞의 하얀 뱀이 순식간에 모습을 바꿔 슬렌더 미인으로 변신했다. 으, 으, 으아아!! 수명이 줄어드는 줄 알았네!!

"미안해, 많이 놀랐어? 메구의 반응이 귀여워서 그만. 뱀은 싫어하니……?"

생글생글 웃으면서 조금도 주눅 든 기색이 없는 케이 씨에게 부루퉁한 표정을 짓게 되는 것도 어쩔 수 없지 않을까. 하지만 이어지는 케이 씨의 말은 조금 쓸쓸하게 들렸다.

"남을 놀래키는 걸 좋아하는 뱀은 시러요! 하지만…… 착한 뱀은 좋아함미다!"

조금 전의 행동을 반성하라고 촉구하면서도 가벼운 말투로 그렇게 대답했다. 자신의 종족을 싫어한다는 말을 들으면 역시 슬플 것이라는 생각이 들었기 때문이다. 그리고 케이 씨는 그런 경험을 많이 했을 것 같은 느낌이 들었다.

하지만 나는 뱀을 직접 만진 적이 없고 호불호를 판단할 수 있을 만큼 뱀에 대해 아는 것도 없다. 무섭다는 이미지는 있었지만, 케이 씨가 무섭지는 않으니까 지금 한 말은 진심이다.

"그래. 그렇구나. ……미안해, 메구. 앞으로는 안 할게."

"그럼 좋아요!"

"후후. 고마워."

고맙다는 케이씨의 말에는 많은 의미가 담겨있는 느낌이 들었다.

케이 씨는 나를 훌쩍 안아 든 다음 소파에서 내려 주었다. 그렇게 고생했는데 이렇게 쉽게! 아니, 역시 내가 내려가고 싶어서 버둥거리는 걸 알아차렸구나……! 우와, 창피해!

"그런데 메구는 뭘 하려고 했던 거야? 소파에서 내려가고 싶어 하던데, 뭔가 하고 싶은 일이 있었던 거지?"

아! 맞다! 니카 씨의 등장과 케이 씨의 장난 때문에 완전히 깜빡 잊고 있었다. 허둥지둥 아까 봤던 작은 빛 쪽으로 시선을 돌렸다.

"어, 없어……."

길드 구석에서 조용히 숨어있는 것처럼 빛나던 핑크색 정령이 이미 사라진 뒤였다. 근처로 이동했을지도 모른다는 생각에 여기저기 두리번거려봤지만, 핑크색 빛은 있어도 내가 찾던 그 연한 핑크색은 없었다. 어디로 간 거지?

"누구를 찾는 거야?"

"궁금한 정령님이 이썼는데요……. 어딘가로 가버렸나 봐요."

"정령……. 그래, 메구는 엘프였지."

정령이라는 말을 듣고도 썩 와 닿지 않은 듯한 케이 씨였지만 바로 내가 엘프라는 걸 떠올린 건지 이해했다는 표정을 지었다.

"또 보면 조켔다……."

"나는 정령에 대해서는 잘 모르지만…… 메구가 만나고 싶어 한다면 분명 또 만날 수 있을 거야. 이렇게 귀여운 아이가 만나고 싶어 하는데 싫어하는 사람이나 정령은 없으니까."

역시 일일이 하는 말이 잘생긴 케이 씨였지만 그 말은 순순히 받아들일 수 있었다. 그렇게 생각하는 게 더 만날 확률이 올라갈 것 같은 느낌도 들고!

"네! 다음엔 눈앞에서 보고 시퍼요!"

소리 내어 말하자 더욱 그 말대로 될 것 같은 느낌이 들어서 기운이 났다. 케이 씨는 생긋 웃고는 그 정령이 부럽다고 중얼거렸다. 왜.

"아, 그래. 중요한 보고를 깜빡했네. 메구의 옷을 가져왔어."

빠르잖아! 어, 어? 이상하지 않아? 옷 주문하러 간 지 얼마나 됐다고? 내가 얼마나 오랫동안 정령 관찰에 시간을 쏟았는지는 모르겠지만, 그 정도로 긴 시간은 아니었을 텐데. 내가 놀라자 케이 씨는 그걸 알아차리고 바로 설명해주었다.

"지금은 급하게 필요한 것만 받아왔거든. 새 속옷과 잠옷과 내일 입을 옷. 메구에 대해 이야기했더니 크게 기뻐하면서 만들어줬어."

당장 필요한 옷이라 원래 있던 걸 작은 사이즈로 조절했을 뿐이기 때문에 빨리 끝났다고 한다. 그렇다고 해도 빨라……. 이것이 장인의 실력인가.

"무척 사람이 좋은 레이디거든. 더 예쁜 옷을 만들고 싶으니까 다음에 데려와 달라고 부탁하던데. 괜찮을까?"

"물논임미다! 하지만 돈이 없어요……."

예쁜 옷은 좋아한다. 이래 봬도 여자니까! 하지만 사축 생활을 할 때는 늘 비슷한 옷만 입어야 했고, 쉬는 날에 쇼핑하러 가겠다며 계획을 세워놔도 결국 자다가 끝나버리는 바람에 집 밖으로 나가지도 못했다. 입을 새가 없다고! 하며 결국 그럴 의욕도 잃어버리는 나날……. 요컨대 패션과는 거리가 먼 생활을 했다.
잡지를 읽으면서 꿈을 꾸는 건 좋아한다. 하지만 아무리 예쁜 옷이라고 해도 보는 것과 실제로 입는 거는 다르지 않아? 결국 매번 사지 않고 끝나버렸단 말이지. 그렇게 생활비 말고는 돈을 쓸 새가 없었기 때문에 지금은 그럭저럭 모였다.
하지만 지금은 반대다. 쇼핑하러 갈 시간도 있고 예쁘게 차려입을 수도 있는데…… 돈이 없어!
"에이, 그런 걸 신경 썼던 거야? 옷 정도는 내가 사게 해줘. 나 말고도 메구에게 입어달라면서 멋대로 옷을 사 오는 사람이 많이 있을걸?"
뭐, 어린아이가 그런 소릴 하면 어른은 이렇게 말하겠지. 나도 어린아이가 내 앞에서 그런 소릴 하면 같은 말을 했을 것이다. 알고는 있지만 나는 사실 어른이니까 좀처럼 뻔뻔해지지 못한다. 그렇다면 지금은 그래, 이거다!
"그럼 나중에 가플게요!"
필살기, '어른이 되어서 돈을 번 다음에 갚겠습니다' 발동! 자신만만하게 주먹을 들어 올리고 그렇게 선언했더니 케이 씨의 눈이 휘둥그레졌다. 그 후에 바로 큰 소리를 내며 웃음을 터트리기 시작했다. 뭐, 뭔데. 나는 진심이거든!
"어휴, 귀여워라. 응, 알았어. 기대할게."
"기대해두세요!"
케이 씨의 말에 그렇게 대답하자 또다시 웃기 시작했다. 끄으응, 확실히 일자리도 아직 마땅치 않고 내가 할 수 있는 일이 뭔지도 모르겠지만! 나는 '두고 보라고'라며 은밀히 의욕을 불태웠다. 이글이글!

바로 케이 씨가 가져온 옷을 함께 확인해봤다. 잠옷은 네글리제 타입. 크림색에 장식은 없었지만 잘 때 입는 옷이면 그게 제일 좋다. 뭔가가 달려있으면 방해만 되고. 대신 주머니가 하나 있고, 무엇보다 감촉이 부드럽다. 푹 잘 수 있을 것 같아……!

그리고 내일 입을 옷은 참으로 귀여운 하늘색의 드레스 원피스. 머리로 뒤집어써서 입을 수 있는 형식이라 어린아이가 입기 좋은 구조였다.

네글리제보다 옷감이 탄탄하지만, 이것도 감촉은 끝내줬다. 소매 길이는 팔꿈치까지 내려가고, 치마는 무릎이 가려질 정도? 소매와 치마 끝에 귀여운 레이스가 달려서 무척 예쁘네요!

그리고 속옷은…… 의외로 원래 세계와 큰 차이가 없었다. 막 호박 바지나 드로어즈 같은 걸 상상했는데. 그러고 보면 여기 사람들이 입은 옷도 묘한 외국 느낌은 나지만 재봉이 튼튼하다고 해야 하나, 원래 세계에 통할 것 같은 옷이 있다. 의외로 여자들이 속에 브래지어를 차고 다니는 건지도 모른다. 당분간 필요 없지만. ……전에도 스포츠브래지어면 충분했지만 억지로 평범한 브래지어를 썼으니까 말이야! 큭, 셀프데미지!

묘한 심경으로 확인을 마친 옷을 봉투에 되돌렸다. 목욕한 뒤에 바로 갈아입어 봐야지. 가게에 갔을 때는 들어가자마자 이걸 만들어줘서 고맙다고 인사하리라 마음속 메모장에 적어 넣었다.

함께 정리를 도와준 케이 씨는 '잠시 내 이야기를 할게'하고 손을 움직이며 입을 열었다.

"……나는 꽃빛뱀 아인이야. 시력이 약한 종족이지. 아, 하지만 불편하진 않아. 열을 감지하니까 필요 없거든."

오오, 언젠가 케이 씨의 종족에 대해서 물어보고 싶었는데, 의외로 빠르게 알 기회가 찾아온 모양이다. 나는 얌전히 케이 씨의 이야기에 귀를 기울였다.

"하지만 사람의 얼굴은 거의 판별할 수 없어. 오르투스에 와서 실력 좋은 장인들이 이 안경을 만들어 줬을 때는 정말 감동했지. 세상은 이렇게 아름다웠구나, 사람의 얼굴이란 어쩜 이렇게 흥미로운 걸까, 하고. 그때부터 귀여운 것에 환장하게 되었어. 우습지?"

케이 씨는 자조적으로 웃었다. 아하, 그런 사정이 있었구나. 아인은 왠지 모르게 인간보다 훨씬 우수하다는 이미지가 있었는데, 그런 게 아니었어.

애초에 우수한 것도 열등한 것도 아니다. 각각 특징이 있는 것뿐이야. 즉 개성이다. 그건 그렇고…….

"꽃빛뱀, 이요……."

"아, 처음 들어봐?"

"네."

솔직하게 대답하자 드문 종족이니 몰라도 당연하다는 대답이 돌아왔다. 좀 안심했다.

케이 씨 왈, '꽃빛뱀'이란 하얀 비늘 여기저기에 붉은색 비늘이 섞여서 그 모습이 마치 꽃 같다는 점과, 움직임이 눈부시게 화려한 춤을 추는 것 같다고 해서 그런 이름이 붙었다고 한다. 확실히 스르륵 지면으로 내려선 하얀 뱀의 모습은 예뻤다. 즉 말 그대로 '꽃 같고 빛나는 뱀'이란 뜻이다. 아까는 놀라서 하얀 뱀이라는 인상밖에 없었는데, 다음엔 그 붉은색 비늘을 찾아보고 싶다.

그 후에도 케이 씨에게서 다양한 이야기를 들었다. 이 길드에 소속된 사람은 다들 각각 담당하는 분야가 다르다고 한다. 소위 부서 같은 건가?

케이 씨는 기르 씨와 마찬가지로 정보와 첩보 담당이라 했다. 기척을 숨기는 기술이 대단하니까……. 하지만 하늘을 날지 못하는 케이 씨는 이동에 시간이 걸리기 때문에 국내 전문이라나. 반대로 기르 씨는 국외 전문. 그렇구나. 하지만 그렇다면 기르 씨는 외출이 잦을 것 같다. 좀 쓸쓸한데.

"사우라디테는 보면 알겠지만 총괄이야. 접수업무와 사무, 서류 업무가 많아. 슈리엘레치노는 후방지원이지. 사전준비나 뒷공작, 책략 등 다양한 일을 해. 쥬마와 베로니카처럼 뇌가 근육으로 찬 녀석들은 실행부대라고 할까. 지시만 내리면 뭐든 해줘."

그 외엔 의료 담당, 요리 담당, 무기와 설비를 만드는 사람, 교섭가, 청소 등의 시설유지 전문부서까지 있다나. 정말 회사 같다.

길드 내부의 다양한 이야기를 재미있게 이야기해주기 때문에 이해하기도 쉽고 질리지도 않는다. 케이 씨의 화술 대단해. 이건 소위 미남이기 때문에 그런 건지, 첩보 전문가로서 일하는 영향인 건지는 불분명하지만.

이렇게 많은 이야기를 하는 동안 시간이 순식간에 지나갔다.

8 루드비크 선생님

케이 씨와 대화하고 있었더니 길드 안쪽에서 친절해 보이는 아저씨가 걸어왔다. 어? 저 사람은.

"루드 선생님?"

"아하하, 그래. 백의를 벗었더니 잘 못 알아보겠어?"

그랬다. 백의를 입지 않으니 왠지 이미지가 전혀 달라 보여서 좀 자신이 없었다.

"루드비크는 어디에나 있을 것 같은 얼굴이니까."

"미안하게 됐네. 흔해 빠진 평범한 아저씨라서."

"그런 말은 안 했잖아. 루드비크의 분위기는 환자를 안심하게 해주는걸."

"말은 하기 나름이군. 하지만 그건 칭찬으로 받아들일게."

확실히 루드 선생님은 평범한 얼굴이다. 유난히 잘생긴 것도 아니지만 못생긴 것도 아니다. 하지만 케이 씨의 말대로 부드러운 분위기라서 이 사람에게 진찰받고 싶다는 생각을 하게 만든다. 의사라는 직업상 장점이 아닐까. ……게다가 미남미녀만 계속 보는 통에 누나가 배가 좀 꽉 찼거든. 그걸 포함해서도 안심이 돼, 루드 선생님!

"기다리셨습니다. 제가 늦었나 보네요."

그때 슈리에 씨의 목소리가 날아왔다. 홱 고개를 돌리자 아름다움을 마음껏 발휘하고 있는 슈리에 씨의 미소가. 아아, 눈부

셔! 물론 미형은 좋아한다. 안구가 정화되는 느낌이고. 하지만 평범한 사람을 보면 안도하게 되는 것도 사실이다. 대단한데, 특급 길드. 밸런스도 딱 좋아!

"슈리에도 같이 가는 거였군. 케이도?"

"마음 같아선 같이 가고 싶지만, 오늘은 선객이 있거든."

케이 씨가 난처한 듯 웃으면서 그렇게 대답했다. 영락없이 같이 저녁을 먹을 줄 알았기 때문에 좀 아쉽다. 데, 데이트인가? 그게 얼굴에 드러났었는지 케이 씨는 한쪽 무릎을 꿇고 나에게 눈높이를 맞춘 다음 내 손을 잡았다. 마치 왕자님 같다.

"메구. 그대의 곁을 떠나는 걸 용서해주시길. 다음에 꼭 같이 먹자."

그렇게 말하며 손등에 가볍게 키스했다.

으어어어어어어어!! 리얼 왕자님! 남장 미녀! 눈을 부릅떴더니 장난친 게 성공했다는 듯 눈을 가늘게 뜬 케이 씨가 혀를 빼꼼 내밀고 웃었다.

"……이 녀석, 생물학적으로는 여자였을 텐데."

"네, 루드. 저도 그렇게 기억합니다."

"위화감이 없군."

"동감입니다."

그런 대화를 들으면서도 정작 케이 씨는 슬쩍 눈길을 흘려 우리를 바라보았다.

"나는 나니까. 게다가 성별 같은 건 사소한 거야. 신경 쓰는 게 난센스지."

봐, 나는 행복해 보이지? 그렇게 우리에게 질문을 던진 뒤 또 보자며 길드에서 떠나갔다.

어떡해, 멋있어……! 동네 여인들이 다 빠져버리는 것도 어쩔 수 없지. 묘하게 이해하는 바람에 나도 모르게 혼자 고개를 끄덕이고 말았다.

"배가 고프군. 빨리 식당으로 갈까."

"그래요. 메구, 길드의 요리장인 레오폴트가 만드는 요리는 아주 맛있답니다."

"! 기대대요!"

꼬르륵 배가 울었다. 밥 생각을 했더니 그만! 헤헤헤, 하고 웃으면서 얼버무리자 루드 선생님이 나를 안아 들었다.

"기다리게 했으니까. 이러면 더 일찍 도착하겠지?"

"가, 감사함미다……."

왠지 내가 먹보가 된 것 같아서 부끄러워지는 바람에 몸을 작게 웅크렸다. 그걸 본 루드 선생님과 슈리에 씨가 쿡쿳 웃었다. 뭐 어때, 뭐 어때……!

그렇게 도착한 식당. 이미 사람들로 북적였다. 저녁 시간이니까! 그리고 왠지 그리움이 느껴지는 맛있는 냄새가 떠돌았다. ……어? 튀김?

"나오는 메뉴는 전부 같습니다. 오늘은 치크카츠인 모양이네요."

"치크카츠?"

낯선 단어에 고개를 갸웃거렸다. 카츠는 안다. 아니, 아마 내가 생각하는 것과 냄새가 일치하니까 같은 거라고 추측하는 거지만.

“치크 고기에 빵가루를 입혀서 기름에 튀긴 요리입니다. 이 마을의 명물 메뉴죠.”

“이 마을은 다른 곳에선 먹을 수 없는 맛있는 요리를 많이 먹을 수 있기 때문에 매일 안 질릴 거야. 그중에서도 나는 이 카츠를 좋아해. 치크 말고 포르그와 비르프일 때도 있어.”

저기, 카츠는 아는데요……!! 라고 할 수도 없고. 중요한 부분은 결국 알지 못했다. 하지만 아마 치크는 닭고기, 포르그는 돼지고기, 비르프는 소고기 같은 식일 것이다. 발음이 대충 비슷하니까. 뭐, 예상일 뿐이지만.

“자리를 잡아둘 테니까 먼저 받으러 다녀오세요.”

“알았어.”

그렇게 말한 슈리에 씨는 빈자리를 찾으러 갔다. 나는 루드 선생님 품에 안긴 채 요리를 내놓는 카운터까지 가게 되었다. 학생 식당처럼 셀프서비스로, 온 사람에게 요리를 담아주고 차례차례 넘어가는 스타일인 것 같았다. 뒷정리도 직접 지정된 장소까지 가져간다. 효율이 좋은 시스템이다.

……요리를 받는 카운터에 갈 때까지 상당한 시선을 모았다는 건 자각하고 있다. 낯선 어린아이, 게다가 엘프 어린이가 길드 의사의 품에 안겨있으니까. 무슨 일인가 궁금하겠지!

하지만 어느 정도 소문 같은 게 퍼진 건지, ‘저 아이가 그……’ 라거나 ‘정말 있구나……’ 하는 목소리가 들렸다. 희귀생물이죠, 네. 좀 민망하지만 지금은 눈앞에 나오는 밥부터!

"치오리스, 미안하지만 아이용으로 조금 적게 담아주지 않을래?"

"와우, 진짜 귀여운 아이다! 소문으로 들었을 때는 농담이라도 하는 줄 알았는데, 사실이었구나. 알았어, 먹기 좋도록 작은 숟가락과 디저트 포크도 마련해둘게!"

"잘 부탁해."

카운터에 있던 오렌지색 머리카락의 여자와 루드 선생님이 그런 대화를 나누는 걸 면목 없는 기분으로 들었다. 번거롭게 해서 죄송합니다! 하지만 나는 지금 솔직히 그게 문제가 아니다. 쟁반에 올라온 이건.

틀림없는 '정식'이었기 때문이다.

메인인 큰 그릇에는 가늘게 썬 양배추와 토마토, 그리고 아마도 치킨카츠. 토마토 베이스로 추정되는 소스가 뿌려져 있어서 왠지 모르게 이탈리안 커틀릿을 연상하게 했다.

그리고 여기서부터가 충격이다. 하얗고 윤기가 자르르한 쌀밥과 된장국이 있었기 때문이다.

이, 이세계에도 일식이 있다니? 이건 우연인 건지 필연인 건지. 제법 문화도 발달한 것 같고 밥도 맛있으니까 독자적으로 발전해서 일식이 탄생했다고 해도 이상하진 않지만……. 어쩐지 우연인 것 같지가 않아서 가슴이 좀, 답답했다.

"자, 기다렸지! 많이 먹어야 한다, 아가씨!"

언니의 기운찬 목소리에 흠칫 정신을 차렸다. 음, 생각해봐도 소용없지. 여기 요리는 다른 곳에선 먹지 못하는 거라고 했고,

조금 조사해보면 이 요리의 출처 같은 걸 알게 될지도 모른다. 머릿속에 앞으로 조사할 사항으로서 똑똑히 새겨 넣었다.

"네! 감사함미다, 언니! 맛있어 보여요!"

"귀여워라! 생긴 것만 맛있어 보이는 게 아니라 진짜로 맛있단다!"

"기대대요."

언니와 간단히 인사한 다음 그 자리를 뒤로했다. ……루드 선생님이.

나는 아직도 루드 선생님 품에 안겨있으니까. 루드 선생님의 품속은 포용력 넘버원에다 살짝 약 냄새가 난다. 안기기 마이스터가 알려드렸습니다.

그건 그렇고 나를 안은 채로 2인분의 쟁반을 안정적으로 나르는 루드 선생님의 뛰어난 신체 능력에 놀랐다. 의사라고 해도 어느 정도 싸울 수 있는 것 같다. 대화가 끝날 때까지 기다려주는 배려도 대단합니다. 이것이야말로 젠틀맨!

슈리에 씨가 기다리는 자리로 돌아간 우리는 슈리에 씨가 음식을 받아온 뒤에 함께 손을 모아 저녁을 먹기 시작했다. 네? 물론 루드 선생님 무릎 위에서 먹었는데 뭐 문제 있나요.

식사는 대충 상상했던 그 맛이었다. 치크카츠라고 불렀던 그건 식감이 닭고기였고 밥과 된장국도 내 기억 속의 맛과 똑같았다. 가끔 외근 나가서 시간이 있을 때 들렀던 단골 정식집의 그 맛과 아주 비슷했다. 정식이라는 점과 셀프서비스인 점도 같으니 분위기 때문에 그렇게 착각하는 것뿐인지도 모르지만.

그 정식집은 소위 체인점으로, 사실 어릴 때부터 자주 다녔던 곳이다. 싸고 빠르고 맛있다. 삼박자를 갖췄기 때문에 자주 이용했었다.

지금 생각해 보면 부녀가정에 집안일도 제대로 못 했던 아빠가 어느 정도 요리를 할 수 있게 될 때까지 나에게 맛있는 걸 먹여주고 싶어 했다는 걸 안다. 하지만 생활비도 있으니 비싼 음식을 먹이지도 못한다. 그래서 그 체인점이 딱 좋았던 게 아닐까.

그런 추억의 가게이기 때문에 오늘은 다른 곳에 가 봐야지, 하고 다른 가게를 찾아도 결국 매번 그 정식집을 고르곤 했다. 나에게는 어머니의 맛이라고 해도 될 것 같은 수준이다. 그래서, 그렇게 각별한 가게의 맛이 생각나는 바람에.

"메구……?"

"마시, 써요……."

그만 눈물이 나올 뻔했다. 하지만 간신히 참을 수 있었다. 걱정스럽게 나를 살피는 두 사람이 안심할 수 있도록 그 한마디만 쥐어짠 뒤에 다시 먹기 시작했다.

괜찮아. 조금 그리웠던 것뿐이야. 이제 돌아가지 못하겠지, 같은 비관적인 생각은 안 했어. 그럴 가능성이 높지만. 오히려 그 맛을 여기서 먹을 수 있다는 걸 기뻐하려고 해. 이 길드의 식사가 이 세계에서 나의 친숙한 맛이 될 테니까.

"잘 먹었슴미다!"

모처럼 날 위해 카츠를 적당한 크기로 잘라주고 약간 작게 담아준 저녁 식사였는데, 그래도 이 몸에는 많았던 건지 조금 남겨버린 것이 참으로 아쉬웠다. 남은 건 루드 선생님과 슈리에 씨가 먹어주었지만!

생각 같아서는 여유롭고, 오히려 적다고 느낄 정도였는데……. 이래서야 술도 못 마시겠네. 즐거움은 몇십 년 뒤로 미뤄야 하는 걸까. 앞날이 멀다.

"후후, 배가 든든해졌나요?"

"네! 아주 마싰었어요!"

아주아주 적은 양이었지만, 두 사람을 많이 기다리게 했다. 입도 작다 보니 영 늦어진단 말이지. 점심 먹을 때도 슈리에 씨는 순식간에 다 먹고 내가 먹는 걸 생글생글 웃으면서 지켜봤었다. 그렇게 봐도 재미없을 텐데. 오히려 내가 슈리에 씨가 아름답게 식사하는 모습을 보면서 즐기고 싶을 정도다.

그렇잖아. 끝내주는 미남이 된장국을 먹는 모습이라니…… 초현실주의 같은 느낌? 다들 숟가락으로 떠서 먹었지만, 입을 대고 호로록 마셨다면 더 그랬을지도 모른다. 분명 수프를 먹는 것과 같은 감각이겠지.

그러고 보면 그릇을 들고 먹은 사람은 나 정도였다. 매너 위반이었던 걸까? 하지만 별말 없었는데……. 어린아이이니까 관대하게 봐주는 건지도 모른다.

"메구는 무척 깨끗하게 먹네요. 거의 흘리지 않는다니."

"동감이야. 조카가 이만할 때는 아주 난리였어. 처음부터 끝까지 집중해서 먹게 하는 것부터가 어려웠으니까……. 먹다 말고 놀질 않나 돌아다니질 않나."

음, 알맹이는 어른이니까요. 하지만 모처럼 칭찬을 받았으니 손을 허리에 얹고 가슴을 편 다음 에헴, 하고 으스대봤다.

"크윽……!!"

……어? 뭔가 이상한 신음이 들렸는데. 신기해서 주위를 둘러보자 식당에 있던 사람 대부분이 식탁에 머리를 박도 어깨를 떨고 있었다. 뭐, 뭐지 이거? 집단 식중독? 괜찮은 거야?

"……주위 사람은 신경 쓰지 않아도 괜찮아요, 메구."

"그래. 평범한 반응이야."

두 사람은 원인을 아는 것 같았다. 당황하지 않는 걸 보니 별일 아닌 게 맞는 걸까.

"후후, 메구는 정말 귀엽네요."

"길드 녀석들은 다들 네 편이야. 안심해."

두 사람은 그런 말을 하면서 내 머리를 쓰다듬었다. 대화의 흐름을 따라가지 못하겠어……! 주위를 또 힐끔 쳐다보자 다들 부러워하는 눈빛으로 이쪽을 보고 있었다. 쓰담쓰담 받는 게 부러운가? 어린이의 특권입니다! 헤헤헤.

그 후 함께 식기를 정리한 다음 식당을 뒤로했다. 어째서인지 식당에 있는 사람들이 계속 이쪽을 보고 있었기 때문에 어린아이답게 바이바이하고 손을 흔들어보자, 다들 밝은 미소를 지으며 손을 마주 흔들어주었다. 좋은 사람들이다!

"그럼 슬슬 의무실로 가자. 목욕도 해야 하고 나는 오늘 야간 근무니까 아침까진 걱정하지 않아도 돼."

길드 홀에 도착하자 루드 선생님이 그렇게 말을 꺼냈다. 아하, 루드 선생님은 이후에도 일이 있구나. 고생이 많다고 생각하는 반면, 아침까지 있어 준다는 말에 안심했다.

흐암, 하고 불현듯 찾아오는 수마. 슬슬 졸리다. 눈꺼풀이 무거워졌다. 이런 점은 정말 어린 아이구나. 날짜가 바뀐 뒤에 막차를 타고 집에 돌아와 아침 일찍부터 출근했었는데, 졸리면 잘 수 있는 지금의 나는 참으로 사치스러운 생활이다.

"푹 주무세요, 메구. 내일 또 건강하게 보낼 수 있도록."

"……네. 슈리에 씨도 푹 주무세요……."

"네. 감사합니다. 내일은 일 때문에 좀 바빠질 것 같으니 무슨 일이 있으면 접수처에 말해주세요. 그럼 안녕히 주무세요."

"알겠슴미다. 안녕히 주무세요……."

분명 이쪽 또한 일이 남아있을 슈리에 씨에게 무리하지 말라고 한마디 덧붙인 뒤 잘 자라고 인사했다. 반 이상 무슨 말을 하는지 못 들은 것 같은 느낌이 든다. 몸이 졸리다고 인식하자마자 졸음이 더 크게 밀려오는 바람에 머리가 제대로 돌아가지 않았다. 하지만 제대로 인사는 마쳤겠지.

"자, 조금만 더 참자. 목욕한 뒤에 자야지."

"네……."

루드 선생님의 말에 가까스로 대답을 돌려줬다. 어, 어린이 몸 화이팅!

결국 비틀비틀 휘청거리는 나를 보다 못한 루드 선생님이 또 안아 들고 의무실까지 이동해주었습니다. 그 잠깐 사이에 몇 번 꿈나라로 떠났네요. 하하, 면목 없어라. 그렇지만 루드 선생님의 품속이 따뜻하고 흔들리는 것도 기분 좋았는걸!
그 후의 기억은 좀 흐리멍덩하다. 아마 목욕하고, 아마 양치하고, 아마 잠옷으로 갈아입었겠지. 푹신푹신한 이불 속에 누운 다음 루드 선생님이 토닥토닥 두드려준 것을 마지막으로 나는 수마에 저항하는 걸 그만뒀다. ……쿨.

【루드비크】

그 아이는 갑자기 나타났다.
의무실에 누군가가 찾아온 기척을 느끼고 평소처럼 대답했다. 아마 훈련 중에 누군가가 다치기라도 한 거겠지. 하지만 의무실에 온 손님은 여기 오는 것 자체가 드문 슈리엘레치노. 늘 가면 같은 미소를 짓고 다니는, 길드 안에서도 1, 2위를 다투는 괴짜 엘프였다는 걸 알았을 때는 조금 놀랐다.
"안녕하세요, 루드. 실례합니다."
"아, 안녕하세요."
그렇게 말하며 슈리에의 손이 가리킨 방향에 있던 작은 존재로 시선을 옮겼다. 그 아이가 희귀한 핑크골드의 머리카락이 잘 어울리는, 무척 귀여운 엘프 소녀였을 때는 더 크게 놀랐다. 그 귀여운 아이가 조금 긴장한 모습으로 인사했다. 말도 안 되게 귀엽다. 힐링이다. 더욱 충격적인 건 슈리에의 반응이었다. ……그게 네 진짜 미소냐. 이거 귀한 걸 봤는데, 라는 생각이 자연스럽게 들었다.

그 후 나중에 자세한 건 사우라가 말해줄 것이라며 우선 진찰해달라고 부탁받았다. 귀여움에 시선을 빼앗기고 말았지만, 의사로서 새삼 그 아이를 살펴보자…… 안쓰러울 정도로 말랐다. 평균 체중으로 돌아가면 더 포동포동하고 귀여워질 텐데. 이 정도로 야위었다니, 보호자는 뭘 한 거냐고 분노했다. 아이는 보물이다. 그나저나 '루드 선생님'이라. 몇 번 더 불러주지 않으려나?

슈리에의 간단한 설명을 듣기만 해도 철저하게 진찰해야 한다는 것을 이해했다. 어린아이에게는 제법 피곤한 작업일 테지만 어쩔 수 없다. 최대한 부담을 덜 주고 끝내도록 하자.

결과적으로 눈에 띄는 문제는 찾을 수 없었다. 여기저기 찰과상과 타박상의 흔적이 있었지만 어리니까 금방 나을 것이다. 소변검사를 할 때 부끄러워하는 모습은 참으로 귀여웠다. 본인을 숙녀라고 주장하는 모습에 나도 모르게 슈리에와 얼굴을 마주 보고 소리 내어 웃어버렸다.

메구를 진찰하면서, 굳이 따지라면 내면에 문제가 있는 느낌이 들었다. 어떤 경험을 겪고 이렇게까지 마른 걸까. 어린 마음에 깊은 상처가 남았을 것이라는 게 답답했다. 그런데도 아이의 눈동자는 조금도 탁하지 않고 반짝반짝하게 빛났다. 아마 괴로운 기억을 잊어버린 모양이다. 기억상실이라. 성가신 증상이다. 방심하지 않고 상태를 지켜봐야지.

고찰은 일단 넘기고, 두 사람에게 주의점만 전달한 뒤에 해방해줬다. 아차, 오늘은 의무실에서 자라고 말하는 걸 깜박 잊었네. 뭐, 됐다. 나중에 말하러 가야지. 그렇게 생각했는데 잠시 후 사우라가 똑같은 말을 하러 왔기 때문에 기왕이면 저녁도 같이 먹자고 제안했다. ……혼자서는 지루한 식사도 귀여운 아이와 함께 먹는다면 분명 즐거울 것이라는 타산이 있었다는 점은 인정한다.

일을 일단락시킨 다음 백의를 벗고 의무실에서 나왔다. 홀에 도착하자 종잡을 수 없기로 유명한 케이와 메구가 담소하는 걸 발견했다. ……케이가 즐거워 보이는군. 이것도 드문 광경이다. 메구는 다른 사람을 꾸며내지 않은 진실한 모습으로 돌려놓는 건지도 모른다.

메구는 내가 접근한 걸 알아차렸지만 그게 나라는 점에는 조금 자신이 없는 것 같았다. 어쩔 수 없지. 나는 이 근방에 묻혀 버릴 것처럼 수수하게 생겼다는 걸 자각하고 있다. 백의가 없으면 그냥 지나가는 사람으로 보인 적도 자주 있었다. 알아보지 못하니 말도 걸지 않는 사람도 많은 가운데, 조심스럽지만 그래도 내 이름을 불러주었으니 메구는 사람의 얼굴과 이름을 정확하게 연결하고 있다. 그 점에 기쁨을 느꼈다. 그 후 슈리에와 합류한 다음에 혼자 떠나가는 케이는 여느 때처럼 유유자적한 모습을 보였다. 역시 종잡을 수 없는 녀석이다.

셋이서 식당으로 이동해 같이 저녁을 먹었다. 이 마을 고유 신기한 요리에 눈을 깜빡이는 모습이 귀여워서 이것저것 가르쳐주고 싶어졌다. 메구를 위해 작게 자른 치크카츠를 뺨을 우물거리면서 먹는 모습이 다람쥐처럼 귀여워 실로 가슴이 따뜻해졌다.

메구는 된장 수프 그릇을 잡고 들어서 마시려고 했다. 어린아이니까 숟가락으로 먹는 것보다 더 먹기 쉬울 테지만, 식사 예절에는 조금 안 맞을지도 모른다. 하지만 지금은 메구가 원하는 대로 내버려 두자는 생각에 그대로 모습을 지켜보았다. 슈리에도 딱히 지적할 마음은 없어 보였다.

메구가 수프를 한 모금 마신 그때. 커다란 남색 눈동자가 일렁이는 걸 확인했다. ……무슨 일인지 조금 당황했다. 울음을 터트릴 것 같으면서도 기뻐 보이는…… 그리움을 느끼는 것 같은, 그런 표정. 어린아이가 이런 표정을 지을 수 있나? 이 식사에 메구의 과거를 자극하는 무언가가 있는 걸까.

하지만 그건 말이 안 된다. 왜냐하면 이 메뉴는 이 마을, 혹은 이 나라에서밖에 먹을 수 없다. 레시피도 유출이 금지되어 있다. 이 나라에 메구만한 엘프가 있다는 걸 들은 적도 없으니 이 요리를 그리워할 수가 없다. 만에 하나 이 레시피를 만든 사람과 고향이 같다면 먹어봤을지도 모르지만…… 그 가능성도 희박하다. 애초에 그 인물이 누구인지도 숨겨져 있기 때문에 조사할 방법도 없지만.

그런 낮은 가능성보다 다 함께 식사한다는 이 상황에 그리움을 느끼는 거라고 보는 게 더 그럴싸하다. ……그렇다고 해도 이런 어린아이가 이런 표정을 짓게 만드는 상황이 이상하기도 했다.

대체 이 아이는 어떤 생활을 보낸 걸까. 그걸 고민하지 않을 수 없었다.

심각한 생각에 지배당하면서도, 그 후엔 문제없이 맛있게 식사하는 메구의 모습에 눈길이 고정되었다. 문득 보자 슈리에도 행복해하는 미소를 지으며 메구를 보고 있었다.

……왠지 모르게 안 좋은 예감이 들어서 자연스럽게 주위로 시선을 돌리자, 예상대로 식당에 온 녀석들이 다들 메구를 보고 풀어진 표정을 짓고 있었다. 뭐, 확실히 귀엽지. 하지만 조금은 체면을 차려라. 특히 거기 바보 같은 남자, 침 닦아.

"잘 먹었습미다!"

발랄하게 손을 모으고 인사하는 메구. 깨끗하게 먹는다고 칭찬하자 메구는 가슴을 펴고 자랑스럽게 웃었다. ……아아, 어린 아이는 참 좋구나. 이런 사소한 행동만으로도 마음이 씻겨나가는 것 같다.

주위에서 신음이 들렸다. 그야 귀여우니까 몸부림치게 되는 마음도 이해하지만, 너희의 그 칠칠하지 못한 얼굴은 보기 괴로우니 절대로 머리 들지 마라. 메구의 정서 교육에 안 좋으니까. 하지만 이 길드원이 메구의 아군이 되어주리라는 건 틀림없을 것이다.

그 후 메구는 몹시 위태로운 상태였다. 배가 불러서 그런 건지 졸린 모양이었다. 그래도 뒷정리를 하겠다고 고집을 부려서 원하는 대로 시켜봤지만, 옆에 붙어있는 이쪽의 간이 철렁할 정도로 위험했다. 의무실에 가자고 말을 걸었을 때는 반 이상 의식이 꿈나라로 떠나버린 상태였다. 그런데도 슈리에에게 착실히 인사하는 모습을 보며 이 아이의 성실함을 느꼈다.

그래도 걷게 하는 건 불쌍했기 때문에 안아 들어서 의무실로 이동했다. 가는 도중에 잠들어버렸지만, 목욕할 때는 깨워야 하니까 지금은 이대로 자게 내버려 두자.

의무실에 도착한 뒤 바로 목욕 준비를 했다. 준비라고 해도 이미 다른 사람에게 부탁해놓았기 때문에 메구를 데려가기만 하면 되는 거였지만.

처음에는 내가 도와주겠다고 했는데……, 메구가 졸면서도 그건 안 된다며 고집을 부렸다. 그리 자기주장을 하는 아이가 아니니까 아마 너무 졸려서 솔직한 본심이 튀어나온 모양이었다. 어쩔 수 없이 **숙녀**인 메구의 의사를 존중해서 목욕 준비를 부탁한 여성 간호사 메어리라에게 맡기자.

메어리라에게 부탁하자 그녀는 크게 기뻐하며 받아들였다. 평소 거친 녀석들의 상처 치료만 해왔기 때문인지 '황폐해졌던 마음의 오아시스에요!'라며 눈물을 흘렸다. ……그렇게 스트레스였나. 아직 젊다 보니 기운이 넘쳐나서 그런 기색은 느끼지 못했지만, 이렇게까지 기뻐할 정도니 앞으로는 가끔 그녀에게 메구를 돌봐달라고 부탁하는 것도 괜찮을지도 모른다. 부하의 근무환경을 배려하는 것도 내가 할 일이고 말이지.

그렇게 목욕을 마치고 나온 메구는 케이가 마련했다고 하는 네글리제를 입고 있었다. ……무척 잘 어울리고 귀엽다. 심플한 잠옷을 입었는데도 이 정도니 본격적으로 꾸미면 어떻게 될지 걱정이 됐다. 꾸미는 것 자체는 대찬성이지만.

메어리라의 생활 마법으로 머리카락도 뽀송뽀송하게 말리고 양치질도 끝냈다고 했다. 이제 침대에서 재우면 끝이다.

"잘 자, 메구. 푹 쉬도록 해."

메구에게 오늘은 분명 긴 하루였을 것이다. 몸도 마음도 피곤이 남아있을 터. 하다못해 여기서는 아무런 걱정도 없이 잠들길 바랐다.

메구가 잠든 뒤 사우라가 각 부서에 제출한 듯한 메구 관련 보고서를 읽어보았다.

"기억상실 의혹이라……."

예상했던 서술에 눈썹을 찡그렸다. 메구가 처했던 상황을 봤을 때 좀 더 사람이나 만사에 공포심을 느껴도 이상하지 않다. 오히려 그런 모습이 거의 보이지 않는 게 부자연스럽다.

눈도 반짝반짝 빛났고, 불안이나 두려워하는 기색이 보이지 않았으니 기억상실은 거의 확정이라고 볼 수 있었다.

"정신 연령이 외견 연령보다 발달했다……, 맞는 말이야."

그리고 메구와 대화를 나눠 본 사람이 다들 느꼈을 위화감은 이것이다. 메구는 어린 외모와 말투와는 달리 대응이나 사고방식이 성인이었다. 어른스럽다고 칭하기에는 부자연스럽고, 사회생활을 한 지 몇 년은 지나 경험이 풍부한 성인이라고 말하는 게 어울릴 정도였다.

실제 연령은 겉보기보다 훨씬 많은 종족도 있긴 하지만, 메구는 외관상 특징을 봤을 때 엘프이고 자연 마법을 쓸 수 있을 것 같다는 슈리에의 보고를 봐도 그건 틀림없다. 따라서 외모와 나이는 거의 일치할 터이다.

추가로 기르의 보고로는 본인에게 이상한 마법이 걸려있는 흔적은 없다고 한다. 기르가 그렇게 말한다면 틀림없으니, 마법으로 모습을 바꿨다는 가설도 폐기다.

그렇다면 다름 아닌 메구 본인이 그렇게 어린 나이인데도 불구하고 어른과 똑같은 대응을 강요당했다, 혹은 어른에게도 가혹한 환경에서 자랐다고 생각하는 게 자연스럽다.

"그렇다면……, 메구의 보호자나 성장환경을 조사할 필요가 있겠군. 하지만 그건 내 관할이 아니지."

내가 할 수 있는 일은 메구의 몸과 마음을 돌보는 것이다. 세심한 주의를 기울이며 지켜보자.

문득 소리가 들렸다. 메구가 잠든 방에서 나는 소리다. 눈을 뜬 걸까? 하고 방으로 향하기 위해 발을 옮겼을 때, 메구 본인이 문을 열고 들어왔다.

"무슨 일이야? 메구. 화장실?"

내가 그렇게 물었지만 메구는 반응하지 않았다. ……아니, 상태가 영 이상하다.

"메구?"

한 번 더, 이번에는 조금 큰 목소리로 이름을 불러도 반응이 없다. 무언가를 찾는 건지 비틀비틀 불안정한 발걸음으로 어슬렁거렸다.

혹시나 하는 마음에 메구의 얼굴을 들여다보자 예상했던 대로 눈을 뜨고 있지만 완전히 무표정이었다. 귓가에서 손뼉을 쳐서 큰 소리를 내 봤다. ……역시 반응이 없다.

『수면보행증.』

머리에 한 병명이 떠올랐다. 원인은 밝혀지지 않은 병이지만 메구의 경우 강한 스트레스 때문인지도 모른다.

"무슨 일 있으세요?"

소리를 들은 건지 마찬가지로 야간근무 중이었던 메어리라가 빠른 걸음으로 들어왔다. 바로 메구의 모습을 포착하고 나와 똑같이 말을 걸었다가 반응이 없어서 놀라워했다.

"선생님, 이건……."

"그래, 아마 수면보행증일 거야."

"소위 몽유병 말이죠……. 내버려 둬도 괜찮을까요……?"

"저래 보여도 깊게 잠든 상태니까. 위험하지 않은 한 지켜보자. 어쩌면 메구의 잃어버린 과거에 관련된 무언가를 알 수 있을지도 몰라."

이런 무의식적인 행동에 진실이 숨어있을 가능성은 크다. 이 상태일 때는 깊이 잠든 상태와 마찬가지이니 억지로 깨우는 것도 좋지 않다.

"다만 야경증도 함께 발발할 가능성이 커. 명심해둬."

"갑자기 울부짖을지도 모른다는 거죠? 알겠습니다!"

상당히 특수한 환경에 놓였던 메구다. 공포를 느끼고 야경증을 일으킬 가능성이 있었다.

"앗……, 카르테에!"

잠시 상황을 지켜보자 메구는 조용히 펜을 들고 카르테에 무언가를 쓰기 시작했다. 카르테는 나중에 수정하면 된다. 지금은 계속해서 메구를 지켜보았다.

5분 정도 지났을까. 열심히 무언가를 적은 메구는 만족한 건지 다시 비틀비틀 걸어서 걸어가더니, 발놀림이 위태롭긴 하지만 무사히 원래 자던 침대로 돌아가 눈을 감고 새근새근 숨소리를 내기 시작했다. 그 모습에 안도의 한숨이 흘러나왔다.

"루드 선생님! 보세요! 이거……."

내 책상 쪽에서 작은 목소리로 급하게 나를 부르는 메어리라의 목소리가 들려서 빠른 걸음으로 돌아갔다. 그녀의 손에 들린 것은 조금 전 메구가 무언가를 적었던 카르테. 메어리라에게서 카르테를 받아 확인해보니 거기에는 뭐라 말할 수 없는, 조금 으스스한 그림이 그려져 있었다.

"……사람의 얼굴이에요."

"그래. 상당히 무섭게 생겼는데."

어린아이다운 독특한 그림이면서도 특징은 뚜렷하게 드러난 그것은 확실히 사람의 얼굴이었다. 머리카락은 조금 긴 것 같다. 눈이 치켜 올라가고 입은 크게 벌려서 무언가를 습격하는 사람 같은, 몬스터라 부를 수 있는 얼굴이 그려져 있었다.

"……메구 주위에 있던 사람이 메구에게는 이런 식으로 보였던 걸까요? 아니면 무언가 공포를 드러낸 그림……?"

"글쎄. 하지만 한 가지 확실한 건 메구는 마음에 큰 어둠을 안고 있다는 점이겠군."

뭐라 말할 수 없는 침묵이 흘렀다. 기억이 없으니 그 어둠이 표면으로 드러나는 건 현시점에선 없어 보였지만…….

"기억하지 못하는 게 행복인 건지, 사실을 아는 게 이 아이를 위한 건지……."

"어려운 문제네요……."

작은 몸에 품은 커다란 문제에 기분이 가라앉는 걸 느꼈다. 하지만.

"억지로 떠올리게 할 필요는 없지. 우리는 이 아이의 마음이 평온할 수 있도록 돕자."

"맞아요! 아직 어리고……, 저는 이 아이의 미소가 보고 싶어요!"

그렇다. 나는 의사다. 지금은 이 아이의 마음을 지키는 걸 생각하자.

그 후 메구는 날이 밝고 눈을 뜰 때까지 딱히 이변 없이 밤을 보낸 모양이었다. '잘 잤어?'라는 내 인사에 방긋 웃으면서 '안녕히 주무셨어요!' 하고 대답한 메구는 예상했던 대로 어젯밤 일은 무엇 하나 기억하지 못했다.

메구에게 오늘이라는 하루가 행복하기를 기도한다.

Welcome
to the
Special
Guild

제2장 · 길드를 알아가자!

1 무지개색 소년

【메구】

으음, 잘 잤다! 잠에서 깬 걸 바로 알아차린 루드 선생님에게 인사한 뒤 팔을 위로 힘껏 뻗어서 기지개를 켰다. 하세가와 메구일 때도 밤에는 꿈도 꾸지 않고 잘 때가 많았지만, 뭐라고 해야 하나. 눈을 떴을 때의 상쾌함이 전혀 달라! 적어도 일어난 순간 '퇴근하고 싶다……'라는 생각을 안 했으니까! 생각해보니 살짝 맛이 갔었구나, 나.

"좋은 아침입니다! 잘 잤어요?"

그러자 방 안에 빨간 머리 소녀가 들어와 말을 걸었다. 어라……, 어디서 본 것 같기도 한데.

"우후후, 별로 기억이 안 나나 봐요? 어제는 무척 졸려 보였으니까 기억하지 못해도 어쩔 수 없죠!"

어깨 아래까지 내려가는 땋은 머리를 흔들며 웃는 얼굴로 그렇게 말하는 소녀의 말에 퍼뜩 떠올렸다. 어제 목욕을 도와준 사람이 이 사람이었던 것 같은데……, 그리고 양치질이랑 옷 갈아입기도! 우와, 엄청 신세 진 사람이었잖아!

"저기, 저기, 어제는 여더모로 감사했슴미다!"

"아하하, 괜찮아요! 저도 이렇게 귀여운 아이를 돌볼 수 있어서 무척 즐거웠답니다! 그러니까 또 돌보게 해주세요! 일단 옷부터 갈아입죠."

생글생글 웃는 얼굴에 주근깨가 잘 어울렸다. 유명한 모 빨간 머리 소녀를 떠올리고 말았다. 참고로 이름은 메어리라 씨였습니다.

세수를 마치자 메어리라 씨가 즐겁게 옷을 갈아입혀 주었다. 이렇게 기뻐하는 모습을 보면 필살기, '혼자 할 수 있어요!'를 발동하기 어려운데!

"자, 머리카락을 정리할까요! 이쪽에 앉으세요!"

시키는 대로 화장대 앞 의자에 앉았다. 쿠션으로 높이를 조절해 놔서 거울 속에 있는 사랑스러운 여자아이와 눈이 딱 마주쳤다.

……사랑스러운 여자아이?

"메구의 머리카락은 부드럽고 찰랑거려서 부러워요! 간단히 빗질만 해도 이렇게 귀여워졌습니다!"

그렇게 말하며 메어리라 씨는 어디서 꺼낸 건지 모를 남색 리본 모양의 심플한 머리핀을 꺼낸 다음 왼쪽 옆에 착 꽂았다.

……아이 뒤에 서 있는 사람은 틀림없는 메어리라 씨이니 즉 그 앞에 앉아 있는 아이는……, 나?

어? 거짓말. 헐. 뭐야 이 아이는! 너무 귀엽잖아! 세다가 슈리에 씨가 지닌 엘프틱한 맑은 분위기가 감돌았다. 커다란 남색 눈동자가 또렷하고 속눈썹도 길고 우와아아! 이, 이제 지금의 나였구나……!

그런데도 내가 가장 처음 생각한 것은 알맹이가 사축 생활에 낡고 지친 하세가와 메구라서 죄송합니다! 였다.

"루드 선생님! 여기 보세요! 귀엽죠?"

"……제법인데, 메어리라. 완벽해."

얼떨떨해하는 사이에 몸단장이 끝났다. 그 후 메어리라 씨가 내 손을 잡고 루드 선생님에게 데려갔다. 나는 반쯤 자포자기한 상태였다.

알맹이는 이 모양이지만 어쩔 수 없지! 이게 지금의 나니까. 솔직히 아직 나라고 받아들이기 힘들지만, 아마 시간이 해결해 줄 것이다. 나는 적응이 빠른 여자, 나는 적응이 빠른 여자!

"이제 뭘 하면 될까요?"

"같이 아침을 먹도록 해. 그 후에는 마음대로 하고. 메어리라는 오늘 휴일이지?"

"알겠습니다! 그럼 메구, 가요!"

어라? 혹시 둘 다 밤샘 근무한 거 아니야……? 보아하니 루드 선생님은 아직 할 일이 남아있는 것 같다. 우선은 똑바로 인사해야겠네.

"루드 선생님, 메어리라 씨, 밤 동안 감사했습미다!"

그렇게 말하고 머리를 푹 숙여서 인사했다. 얼굴을 들자 놀란 표정을 지은 두 사람과 눈이 마주쳤다. 어라? 이상한 소릴 했나?

"아니, 천만에. 오늘도 밤에는 여기로 와. 한동안은 지켜보고 싶으니까. 오늘도 내가 야간근무할 거니까 안심하고."

"……괜차는 거예요?"

"의사로서 당연한 일이지. 네가 생각하는 것보다 네 몸은 훨씬 지쳐있어. 밤중에 열이 날지도 몰라. 그럴 때 근처에 있는 게 대처하기 쉬워."

그렇구나. 그렇겠지. 오늘도 건강하다고 방심은 금물이다. 성인의 감각으로 지내다 보면 바로 쓰러질지도 모른다. 나는 어린아이라는 자각이 부족하니까 특히 조심해야지.

"알겠슴미다. 감사함미다!"

"괜찮아. 자, 아침 든든히 먹고 와."

"네! 다녀오겠슴미다!"

"그래, 잘 다녀와."

든든히 먹고, 푹 쉴 것! 이 기본을 지키면서 우선은 생활에 익숙해지는 것부터 시작하자. 초조해하면 안 되고 조금씩!

그렇게 스스로를 타이르며 메어리라 씨의 손을 잡고 의무실에서 나왔다.

"아아, 다들 메구를 보고 있어요! 짜증 나요! 귀여우니까 어쩔 수 없지만!"

짜증이라니, 메어리라 씨……. 의외로 대놓고 말하는 타입이구나. 아니, 거짓말을 못 하는 타입인 것 같다. 나와 비슷한 냄새가 난다.

하지만 그 말대로 지나가는 사람이 다들 이쪽을 보는 것 같은 느낌이 들었다. 자의식 과잉일지도 모르지만! 분명 아직 이 길드에 어린아이가 있다는 이야기가 덜 알려진 것이다. 그래서 왜 이런 곳에 어린아이가?! 하는 시선이겠지. 이것만큼은 죄송합니다. 앞으로도 신세 지게 될 테니 적응해주세요.

"오, 메구잖아. 잘 잤어?"

식당에 들어갈 때 뒤에서 들은 적 있는 목소리가 말을 걸었다. 이 목소리는…… 역시 쥬마다! ……어제 받은 벌은 괜찮았던 걸까. 괜찮았던 거겠지. 지금의 쥬마에게 어제 일의 여파는 전혀 보이지 않았다.

"쥬마 오빠! 안녕하세요. 마니 잤어요!"

"오, 그래! 뭐야, 오늘은 좋은 옷 입고 있네. 잘 어울려!"

"케이 씨가 골라주셨어요!"

쥬마가 머리를 마구 쓰다듬어 주었다. 모처럼 메어리라 씨가 단정하게 정리해줬는데 허망해라. 왠지 메어리라 씨가 쥬마를 보는 눈빛이 날카로운걸…….

"크흠! 쥬마, 우리는 지금부터 아침을 먹을 거예요! 방해하지 말아 주세요!"

들으란 듯이 헛기침한 뒤 노골적으로 불쾌해하면서 그렇게 선언하는 메어리라 씨. 땋아 내린 머리카락이나 복장에서부터 성실한 타입인 메어리라 씨와 자유로운 쥬마는 상성이 안 맞는 건지도 모른다. 혹은 질색하게 되는 계기가 될 법한 일이 과거에 있었다거나. ……대충 둘 다일 것 같은 느낌이 들지만.

"아, 나도 지금부터 아침 먹을 건데! 마침 잘 됐──."

"뭐가 잘 됐는데요! 우리의 우아한 모닝을 방해하지 마세요! 결사반대! 딴 데 가세요!"

"뭐야 그건?!"

어째 싸움 발발? 식당 입구에서 두 사람의 말다툼이 시작됐다. ……쥬마는 이 사람 저 사람에게 혼나는구나. 그렇게 나쁜 사람은 아닌 것 같은데. 그건 그렇고 배고파. 밥 먹자. 잠시 끼어들지 못하고 먼 산을 보고 말았다. ……밥…….

"너희 뭐 하는 거야! 입구는 방해되니까 다른 곳에 가서 싸워!"

그때 찾아온 구세주! 미니멈 미녀, 사우라 씨다. 몸은 작아도 존재감이 장난 아니다. 몸집이 비슷한 나로서는 부럽다. 조심하지 않으면 걷어차일 것 같았는걸.

"사우라 씨, 안녕하세요!"

"안녕, 메구! 오늘도 귀여움이 넘쳐나네! 하늘색 드레스 원피스가 잘 어울려! 하아아, 큐트해라!"

사우라 씨에게 인사하자 기운차게 받아주면서 뺨을 부비부비했다. 사우라 씨, 스킨십 좋아하는구나.

"너희 둘! 계속 싸울 거면 메구 내가 데려간다?"

"아앗! 제 힐링 모닝이!"

결국 여차여차하여 그 자리에 있던 넷이 함께 아침을 먹기로 했다. 메어리라 씨는 쥬마와 같이 먹는 게 못마땅한 것 같았지만. 정말 무슨 일이 있었던 건지.

뭐 됐다! 그보다도 지금은 근사한 아침식사를 앞에 두고 있으니까 그쪽에 집중해야지.

"오늘은 빵인가. 배가 별로 안 차는데……, 치오리스! 밥 남은 거 없어?"

"당연히 있지! 주먹밥 해줄까?"

"그래, 부탁해."

그런 대화를 듣고 사레들릴 뻔한 걸 필사적으로 참았다. 어? 진짜? 주먹밥도 있어? 이세계 대단하다. 아니, 이 마을이 대단한 건가? 쌀이 있는 것만으로도 충격이었는데. 내 식생활은 평탄하겠구나. 일식을 만들어낸 사람…… 정말로 감사합니다!!

하지만 내 오늘 아침은 빵이다. 여기에 살다 보면 언젠가 주먹밥도 먹을 날이 올 테니까 억울하진 않다!

"……주먹밥 먹고 싶어?"

헉! 그렇게 탐나는 표정을 짓고 있었나? 으으, 그렇지만 남이 먹는 걸 보면 맛있어 보이지 않아? 딱히 그렇게 간절하다거나 한 건……!

"뭐야, 주먹밥을 먹어보고 싶어? 그럼 점심에 만들어 줄까? 아침에 먹기에는 양이 너무 많지?"

"! 네! 부탁함미다!"

그런 제안이라면 받아들여야지! 식당 언니도 친절해! 오렌지색 머리카락을 보브컷으로 자른 언니의 이름은 치오리스 씨! 외웠다!

내가 들떠서 싱글벙글하고 있었더니 여기저기서 미적지근한 시선이 꽂히는 바람에 민망해졌지만, 주먹밥 앞에서는 사소한 문제지!

"잘 먹겠슴미다!"

"후후, 많이 먹어!"

기분이 좋아서 인사하는 목소리도 한껏 밝았다. 빵도 아주 맛있어 보였고! 잼도 고를 수 있어서 가장 보편적인 딸기잼을 골랐습니다. 이름이 다르면 안 되니까 이거! 하고 손가락질했지만. 아마 딸기는 슈베리라고 했던 것 같다. 후우, 외울 게 너무 많다. 머리에 당분을 보급해야지! 맛있어! 행복해!

"메구는 참 맛있게 먹네요. 나도 슈베리잼으로 할 걸 그랬나……?"

옆에서 그런 식으로 중얼거리는 메어리라 씨. 그런 메어리라 씨의 마멀레이드로 추정되는 오랑잼도 맛있어 보여요!

"정령과 친구가 되고 싶다고?"

"네!"

식사 후, 오늘은 뭘 하고 싶냐는 질문에 나는 정령과 친구가 되고 싶다고 대답했다. 어제 놓쳐버린 연한 핑크색 정령도 신경 쓰였고, 자연 마법을 쓸 수 있게 되기 위해서도 정령과 친목을 쌓고 있었기 때문이다. 그리고 오늘 하고 싶은 일은 하나 더.

"그리고 길드 안을 탐험하고 싶어요. 어디에 머가 있는지 알고 싶어서……."

그렇다. 다들 각각 본인이 담당하는 업무 때문에 바쁠 테니 늘 내 옆에 누군가가 붙어 있을 수는 없다고 본다. 밖에 나가기에는 너무 어리니까 인솔이 필요할 테지만, 길드 내부는 혼자서 돌아다닐 수 있게 되고 싶었다.

"그래……. 몇 가지 약속을 지킬 수 있게 된다면 건물 내에선 자유롭게 움직일 수 있게 해주는 게 메구를 위해서도, 다른 길드원들을 위해서도 좋겠어."

"계속 길드 안에서 일하는 길드원에게 얼굴도장을 찍어두는 게 좋을 것 같아요!"

아, 외근이 많은 사람은 그렇다 쳐도 길드 안에서 쭉 일하는 사람도 있겠구나!

……외근이 많은 사람이라는 표현에서 생각났다. 오전에 그 사람이 회사에 온 것을 보고 오늘은 집에서 바로 외근부터 돌고 오는 건 줄 알았는데 단순히 늦잠을 자서 지각한 거라며 헤실헤실 웃는 걸 보고 살의가 끓었던 기억. 이쪽은 아침 일찍부터 네가 가져가야 하는 것들을 이것저것 준비하고 있었는데! 회사 안에 잘 없으니까 아무도 의심하지 않았지! 그걸 나에게 몰래 알려주다니! 대놓고 '네?! 그냥 늦잠 자신 거였어요?!' 하고 큰 목소리로 반응한 나는 잘못하지 않았어! 뭐, 비밀로 할 이유도 없었고.

생각이 삼천포로 빠졌다. 모처럼 좋은 기회이니 얼굴을 익혀 두자는 것도 이유 중 하나이긴 하다. 그 외엔 순수하게 건물 안이 어떤지 호기심도 있었고! 명백하게 공간이 다른 장소에 있는 훈련장도 있었는걸. 그 외에도 재미있는 시설이 있을지도 모르잖아. 이렇게 된 거 이세계를 긍정적으로 즐기고 싶습니다!

"오늘 시간이 되는 적임자는…… 누가 있더라?"

사우라 씨가 팔짱을 끼고 생각에 잠겼다. 왠지 죄송합니다……. 그때 바로 쥬마가 손을 들었다.

"나 한가하니까 안내할게."

"쥬마는 안내라는 부분에서 인선이 불안해. 같이 놀거나 호위라면 적임이니까 오늘 맡길 생각도 했지만."

"뭔데! 안내 정도는 나도 할 수 있어!"

"……시설 설명과 조심해야 하는 규칙을 제대로 알려줄 수 있어? 애초에 머릿속에서 규칙이라는 단어가 누락되어있는 네가!!"

"윽…!"

아, 규칙 위반 상습범이구나. 하긴, 그렇겠다. 고의적 위반이라기보다는 규칙 자체를 파악하지 않는다는 느낌이지. ……화이팅, 쥬마 오빠.

"저, 저도 오늘은 휴일이라 안내할 수 있어요!"

"안 돼. 이건 길드의 정식 임무야. 휴일은 긴급 사태일 때를 제외하면 무조건 쉬는 것이 우리 길드의 규칙이니까. 메어리라는 야간근무도 했잖아? 푹 쉬도록 해."

"으윽, 나는 왜 오늘 쉬는 날인 거지……!"

메어리라 씨가 신음하며 탁자에 풀썩 엎드렸다. 마음은 감사히 받아들이겠습니다……! 그건 그렇고 좋은 규칙이다. 쉬는 날엔 제대로 쉬게 해준다. 우리 회사의 높으신 분에게 가르쳐주고 싶어!

"아, 마침 좋은 녀석이 있었지. 하지만 성격에 문제가 좀……, 루드에게 상담해야겠다."

성격에 문제? 아니, 애초에 여러분은 이미 개성이 넘쳐서 저는 이제 뭐가 나와도 놀라지 않을 것 같은데요.

"루드 선생님에게 물어보신다니…… 서, 설마……?"

메어리라 씨가 얼굴을 꿈틀거리면서 그렇게 말했다. 설마, 그럴 리가 없지, 라는 말이 얼굴에 적혀 있는데……. 괘, 괜찮은 거야? 좀 걱정되기 시작했다.

"그래. 레키에게 부탁하게!"

"역시나요?!"

레키…… 아! 어제 이름만 들었던 사람이다. 수습 간호사이자 사춘기 소년! 괘, 괜찮은 걸까……? 게다가 레키 소년은 수습 간호사라서 공부하느라 바쁠 텐데 나에게 붙여줘도 되는 거야? 그런 의문을 느꼈기 때문에 사우라 씨에게 물어보았다.

"레키는 최근에 이 길드에 들어왔거든. 대충 3년 전이었던가? 그러니까 메구보다 조금 선배인 셈이지! 의료 담당인 사람은 호출을 받으면 어디 있어도 바로 달려와야 하니까 길드 내부는 물론이고, 마을 여기저기를 잘 익혀놔야 해. 우선 오늘은 '길드 안을 제대로 설명하면서 돌아다닐 수 있는가'라는 주제를 시험 중 하나로 삼으면 거절하지 않을 거야."

"역시 사우라 씨는 대단해요! 그럼 절대 거절하지 못할 거예요!"

사우라 씨가 말하는 최근, 조금의 기준과 내 기준 사이에서 격차가 느껴져! 그건 뭐 그렇다 치고, 대화 흐름상 단순히 아이를 돌보라는 임무라면 거절할 법한 질풍노도의 소년이라는 건가. 하지만 시험이라면 할 수밖에 없겠지. 게다가 제대로 된 설명도 들을 수 있을 것 같다.

"그러니까 메구에게도 내가 의뢰를 줄게. 레키의 설명과 안내가 어땠는지, 나중에 루드에게 솔직하게 보고해줬으면 해. 후후, 첫 임무야! 어때?"

뭣이라! 나에게도 임무를?! 그건 바라마지않는 일이다. 그런 거라면 레키 소년을 꼼꼼하게 관찰하겠습니다! 따라서 당연히 대답은…….

"네! 열심히 하겠슴미다!"

"어떡해, 귀여워……! 점심 먹고 나면 낮잠 자는 것도 잊지 마."

"알겟쯥미다!"

큭, 너무 씩씩하게 대답하니까 혀가 더 꼬여! 하지만 지금은 됐다. 왜냐하면 이세계까지 와서 또 일할 수 있게 되었는걸! 일하는 건 자체는 좋아한다. 하지만 이번에는 예전처럼 무리하지 않도록 노력할 거니까!

"좋아. 그렇게 정해졌으니 바로 루드에게 말하러 가야지. 메구는 홀에서 기다리고 있을래?"

"네!"

대화를 마친 뒤, 우리는 동시에 자리에서 일어나 식기를 정리한 다음 각각 이동하기 시작했다. 메어리라 씨는 아쉬워하면서 떠나갔다. 홀까지 나를 바래다준 쥬마에게 향하는 시선이 정말 어마어마하게 날카롭더라……! 결국 이 두 사람의 (일방적인) 악연이 무엇인지는 알 수 없었다. 쥬마에게 물어보라고? 내 감이 본인은 모르는 것 같으니 물어봤자 소용없을 것 같다고 주장해서 말이야!

"기다렸지? 메구, 아침은 든든히 먹었어?"

홀에 놓인 그 푹신푹신한 소파에 파묻혀서 기다리고 있었더니 루드 선생님과 한 소년이 다가왔다. 루드 선생님이 말을 걸었는데도 나는 대답 하나 하는 게 고작이었다. 같이 온 소년에게 시선을 빼앗겼기 때문이다.

"예뻐."

나도 모르게 그렇게 중얼거릴 만큼 소년의 머리카락은 환상적이었다. 무슨 색인 거지? 각도에 따라 보라색이었다가 노란색이었다가……, 온갖 색으로 바뀌었다. 마치 비눗방울 같다. 그런 모습을 처음 보면 누구나 이렇게 될 거다.

"뭘 그렇게 쳐다봐, 땅콩."

하지만 그 소년이 뱉은 말은 조금도 아름답지 않았다.

"레키! 어린아이에게 무슨 말이 그래."

흥, 하고 고개를 돌린 무지개색 소년을 루드 선생님이 혼냈지만, 소년은 조금도 반성하는 마음이 없는 듯 부루퉁한 표정을 바꾸지 않았다. 아하, 질풍노도의 청소년이다, 이거군.

"갠차나요. 제가 너무 쳐다봐쓰니까 제 잘못이에요. 제송함미다."

아무리 특이하다고 해도 처음 만난 어린아이가 신기해하는 눈빛으로 쳐다보면 그야 불쾌하겠지. 게다가 아마 이 소년은 이런 사람을 많이 만났을 것이다. 지긋지긋해하는 기분도 이해할 수 있다. 이번에는 확실히 내가 잘못했다. 그래서 순순히 사과하며 고개를 꾸벅 숙였다. ……소파에서 탈출하지 못하는 바람에 우스꽝스러워졌지만. 미안하다.

"……이제 막 어른이 된 레키보다 메구가 훨씬 어른이군."

"무슨……!"

그런 나를 보고 루드 선생님이 소년을 신나게 도발했다. 의외로 사디스트 성향이 있는 걸까, 루드 선생님. 그리고 간단히 도발에 걸려든 소년. 어떻게 대해야 하는지 익숙한 건지도.

아니 그보다, 성인이라는 건 알고 있었지만 성격이 주는 인상과 외모가 완전히 소년이라서 내 안에서 너는 소년으로 정착되고 말았단다. 미안해. 외모는 소년, 알맹이는 성인이라. 그렇게 따지면 나야말로 외모는 어린이, 알맹이는 20대지만! ……고통.

"뭐, 좋아. 내가 간단하게 오늘 일정을 설명하지. 메구, 괜찮지?"

"부탁함미다!"

소년이 뭐라 말하고 싶어 하는 걸 깔끔하게 무시한 루드 선생님이 말하기 시작했다. 온화한 미소를 머금은 루드 선생님이지만 역시 일을 할 때면 엄격한 모양이다. 공사 구분이 확실한 사람은 멋있어!

"오늘은 밤에 메구를 의무실에 데려올 때까지 레키는 메구와 함께 행동할 것."

"뭐?! 안내만 하는 거 아니었어?"

어? 그거 오늘 하루 내내 소년과 같이 있으라는 건가? 그리고 소년은 몰랐던 모양이다. ……이거 나한테도 난이도 높지 않아?

"레키, 너는 잠시 입 다물어. 남이 말하는 걸 중간에 끊으면 안 되지. 나도 한가한 사람이 아니니까."

"……죄송합니다."

사악 냉기가 퍼진 느낌이 들었다. 루드 선생님, 할 때는 하는 사람. 나도 끝까지 이야기를 듣자. 자연스럽게 등이 꼿꼿하게 펴졌다.

"잘 들어. 오늘은 종일 레키의 시험이라고 생각해줘. 레키는 신입, 그것도 어린아이에게 길드에 대해 이해하기 쉽게 설명하면서 일하도록. 나중에 메구에게 길드가 어떤 곳인지 물어볼 거야. 얼마나 잘 전달했는지로 판단하지."

읏, 이거 내 책임이 중대하지 않나. 그런 생각에 표정이 딱딱해져 있었더니 루드 선생님은 부드럽게 웃으며 괜찮다고 말을 걸어주었다.

"메구는 열심히 외우려고 하지 않아도 돼. 어디까지나 자연스럽게, 레키가 얼마나 잘 설명할 수 있는지 알고 싶은 것뿐이니까. 그리고 레키가 길드에 대해서 어느 정도 이해하고 있는지도."

"……감시가 붙는 건가."

"당연하지. 메구 한 명에게 부담을 줄 수는 없으니까. 너는 순한 성격도 아니고."

"흥……."

아, 그렇구나. 나 혼자 소년을 지켜보는 게 아니군. 시험이라고 할 정도니까 소년의 모습을 지켜볼 사람이 있는 게 당연하다. 휴, 뭐든 혼자서 하려고 애쓰는 내 나쁜 습관이 나올 뻔했다. 위험해라.

"그리고 레키. 메구에 대한 건 조금 전에 설명했지? 의료인으로서 환자의 변화를 놓치지 말도록."

"……알았어."

"오오, 자연스럽게 내가 피곤해하지 않도록 감시하는 역할도 맡은 건가. 나를 적절히 이용한 시험이다. 물론 싫은 건 아니고.

"그럼 지금 이 순간부터 시험 개시. 둘 다 열심히 해. 메구는 사양하지 말고 레키에게 말해야 한다? 편하게 해. 그럼 나는 의무실로 돌아간다."

"네! 감사함미다!"

마지막 정도는 똑바로 대답하며 루드 선생님을 배웅했다. 모습이 보이지 않게 될 때까지 지켜본 뒤에 감도는 미묘한 침묵.

"야."

"레."

나를 부르길래 대답했지만 발음이 헛나와서 뭔가 맥이 빠지는 대화가 되었다. 소년도 비슷한 생각을 한 건지, 벌레 씹은 듯한 표정을 지었다.

"빨리 일어나지 않으면 안내를 못 하는데."

아하, 그거 말이지. 응, 그렇겠지. 알지. 그런데 말이야. 이 소파엔 내가 원해서 앉은 거고 푹신푹신해서 기분도 좋지만, 중대한 단점이 있거든.

"……푹신푹신해서 못 이러나요."

"…………."

직접 보여주기 위해 어떻게든 내려가고자 발버둥 쳐봤다. 진짜라고! 노는 게 아니야! 왜 이 소파에 앉은 걸까, 과거의 나는! 나 자신의 생각 없는 선택에 우울해졌다.

"내가 내려줘야 하냐……."

성대한 한숨을 쉬면서도 소년은 내 옆구리에 손을 끼워 넣어 훌쩍 내려주었다. 어라? 호리호리하고 키도 작은데 힘은 세네. ……아니, 이게 아니고!

"제송해요……. 감사함미다."

"……간다."

으으, 첫 만남부터 앞날이 보인다! 나는 허둥지둥 소년의 뒤를 따라갔다.

"홀은 현관 역할도 겸하고 있어. 접수처에 가기 위해서는 홀을 가로질러야 해. 처음 보는 사람은 일단 여기에서 먼저 세례를 받지."

"세레, 요?"

태도는 쌀쌀맞아도 소년의 안내와 설명은 제법 이해하기 쉬웠다. 삼천포로 빠지지 않는 만큼 필요한 것만 이야기하기 때문에 속도도 빠르다. 다만 여기에서 이런 일이 있었다는 등 소소한 이야깃거리가 있었다면 그건 그거대로 재미있었을지도 모른다. 그래도 이 소년에게 그걸 바라는 건 어렵겠지.

"은폐 마법을 쓴 건 아닌지, 함정은 없는지 다양한 마법으로 점검하는 거야. 눈치채지 못한 거냐? 둔하군."

"몰라써요!"

그리고 틈만 나면 구박하는 소년. 하지만 딱히 화가 나는 것도 아니고, 이 자식은 뭐야? 라는 생각도 들지 않았다. 솔직하지 못한 성격이라는 사전정보를 입수했기 때문인 건지 소년이 아무리 툭툭거려도 미적지근한 눈빛으로 '언젠가 흑역사에 이불을 걷어찰 날이 올 거야. 힘내라'라고 생각하는 게 고작이었다.

그래서 그런 비아냥을 완전히 무시하고 가볍게 대답했지만, 그게 소년에게는 맥이 빠지는 반응이었는지 눈썹을 살짝 찡그렸다. 아니, 그렇다고 태도를 바꿀 마음은 없지만 말이야. 완전히 젊은 애들을 보는 낡고 지친 할매의 시각이니까 용서해주렴.

"……접수 카운터 뒤쪽에 계단이 있어. 하지만 다른 층에 가기 전에 우선 이 층을 둘러보지."

"부탁함미다!"

소년은 못마땅하다는 듯 한숨을 쉰 뒤에 그렇게 대답했다. 응, 일은 제대로 한다는 자세구나. 참으로 알아보기 쉽다.

길드 안은 원형 구조로, 현관홀에 있는 접수 카운터를 중심으로 각 방이 붙어 있는 모양이었다. 카운터를 앞에 두고 왼쪽부터 시계방향으로 돌았다. 식당, 훈련장, 의무실이 주된 시설이고 그 중간에 창고나 세면대 등이 설치되어 있었다. 음. 이 층은 전부 다 가본 적이 있는 장소다. 거의 품에 안긴 채 이동한 거였지만. 내 다리로 걸어보니 상당히 힘든 거리였다. 으으, 체력이 없구나.

훈련장이 그랬던 것처럼 의무실 안쪽이나 창고는 문을 열면 이공간이라는 구도라서 겉에서 봤을 때는 상상도 할 수 없을 만큼 내부가 넓었다. 마법과는 연이 없는 생활을 했던 나에게 이 광경은 아직까지 위화감이 지워지지 않는다. 편리하구나. 그렇

다면 좀 엉뚱한 소리지만 땅도 필요 없겠다. 그런 생각을 하고 있었더니 마침 타이밍도 적절하게 소년이 보충 설명을 했다.

“미리 말해두지만 고정이공간 마법이 걸린 방은 보통 없어. 여기 말고 다른 곳은 왕성 정도야.”

“그런 거예요?”

“먼저 이 마법을 걸어도 문제가 없을 만큼 내구도가 튼튼한 건물이어야 해. 그걸 준비하는 것만으로도 난이도가 높고, 소재 조달과 가공에 시간도 돈도 걸리니 보통은 포기하지.”

그, 그렇구나. 즉 그런 마법이 온갖 곳에 걸려있는 이 건물은 어쩌면 왕성보다 튼튼하다는 뜻? 그러고 보면 슈리에 씨가 여기는 세상에서 제일 안전한 곳이라는 말을 했던 것 같다. 그래, 그런 거였구나.

그리고 새삼스럽게도 나 같은 꼬맹이가 당연하다는 듯 이용할 만한 장소가 아니라는 실감이 솟았다. 이거 필사적으로 노력해야겠는데. 지금은 괜찮아도 성인이 되었을 때는 쓸모없는 잉여 인력이라며 쫓겨날 가능성이 크다. 진짜로 열심히 하자……!

“카운터 안쪽에 기둥이 있지? 저 뒤쪽에 지하로 이어지는 계단이 있어. 지하는 제련, 가공 시설과 연구실이 있기 때문에 장인의 성역이지. 머리가 이상한 녀석들이니까 조심…….”

어? 조심하라고 말하려 한 건가? 부자연스럽게 말을 끊고 잠시 침묵하는 소년. 의아해져서 얼굴을 살펴보자 흠칫 놀란 듯 나에게서 시선을 돌렸다.

“딱히 널 걱정하는 건 아니야! 그냥 혼자서 가면 너 같은 땅콩은 특히 작업에 방해가 되니까 마음대로 가지 말라는 거니까!"

소년은 당황한 듯 빠르게 두다다 쏟아냈다. 오, 솔직하지 않은데. 그건 즉 걱정했다는 뜻이잖아? 뭐야, 역시 꽤 착한 아이구나. 소위 츤데레라는 건가. 나 그거 알아!

그런데 슬슬 원래대로라면 처음에 해야 했던 일을 합시다! 나는 지금이라면 타이밍이 괜찮을 것 같아서 입을 열었다.

"메구임미다."

"어……?"

"이름, 메구임미다. 자기소개 안 해쓰니까요. 메구라고 불러주세요! 오빠는 레키 씨?"

그래, 자기소개다. 그래서 나는 아직도 머릿속으로는 너를 소년이라고 부르고 있단다. 옛날부터 묘한 고집이 있어서 말이지. 제대로 서로 인사하기 전에는 설령 머릿속으로라도 상대방의 이름을 부르지 않는다는 마이 룰. 뭐 연예인이나 선생님이나 회사 사장님 같은 예외는 있지만. 기본적으로는 이 룰을 적용하고 있다.

이유는 사소하다. 자기소개를 나누면 관계성이 알기 쉬워지며, 뭐니 뭐니 해도 이름을 외울 수 있기 때문이다. 서로 제대로 인사만 한다면 나는 한 번 만에 상대의 얼굴과 이름을 기억할 수 있다. 몇 없는 특기다.

따라서 처음부터 이 소년과 자기소개를 할 기회를 살피고 있었다. 하지만 소년이 까탈스러워 보였기 때문에 적절한 타이밍을 기다렸던 거지.

"그렇긴 한데…… 레키 '씨'가 뭐냐. 닭살 돋게."

"제송해요……. 그게 입에 부터서……."

아마 쑥스러워서 투덜거리는 것이겠지만 순순히 사과했다. 소년은 내게 악의가 없다는 걸 알고 있기 때문에 뭐라 하지는 않았지만, 뜻밖에도 편하게 부르라고 했다.

"레키 오빠?"

"내가 언제 너와 남매가 되었다고!"

"레키 님……?"

"이름 뒤에 뭘 붙이려 하지 마. 그런 게 짜증 난다고! 편하게 부르라고 했잖아!"

후반엔 은근히 얼굴이 빨개져 있었으니 내 쪽에서 물러나는 게 낫겠다고 판단했다. 뭐가 그렇게 창피한 건지는 잘 모르겠지만, 소년이 그렇게 말하니 그런 걸로 하자.

"그럼…… 레키. 잘 부탁함미다!"

"……빨리 다음으로 간다."

결국 대답도 하지 않고 내 이름도 불러주지 않았지만. 모처럼 같은 길드에 소속된 사이니까 언젠가 불러주면 좋겠다. 초조해지면 안 되지. 누나는 얼마든지 기다릴게! 수명도 길다고 하니까!

부끄러워했던 걸 얼버무리고 싶은 건지 레키의 걸음걸이가 빨라져서 나는 살짝 뛰어야 따라잡을 수 있게 되었다. 큭, 레키는 생긴 건 소년인 주제에 다리는 길구나!

숨을 할딱이면서 종종종 달려가자 갑자기 레키가 그 자리에 우뚝 멈췄다. 뭐지? 덕분에 따라잡았지만. 지금 미리 숨을 가다듬자. 스읍, 하아.

"레키?"

"……아무것도 아니야. 다음 층으로 간다. 지하는 오늘 작업 중인 사람이 많으니까 안 갈 거야. 따라서 2층이다."

"네."

그 말만 마친 뒤 레키는 다시 걷기 시작했다. 좋아, 기합을 빡세게 주고 따라가야지, 하고 마음의 준비를 했는데.

……어라? 그냥 걸어도 속도가 맞네? 아, 혹시.

그렇게 생각하며 레키를 관찰해보자 아까보다 상당히 느리게 걷는 모양이었다. 내가 달리지 않아도 따라올 수 있도록 배려해 주고 있구나.

그걸 알아차린 나는 몰래 웃었다. 그걸 지적했다간 다시 부루퉁한 표정을 지을지도 모르니까. 무엇보다 또 달리게 될 미래가 눈앞에 선했거든!

2층엔 어떤 방이 있을까? 설레는 마음으로 레키의 뒤를 따라 아장아장 걸었다.

Welcome
to the
Special
Guild

2 정령과의 대화

2층은 응접실과 수면실, 회의실, 자료실 등이 있었다. 내가 어제 낮잠을 잔 곳이 여기에 있는 수면실이었던 모양이다.

2층과 마찬가지로 기둥을 중심으로 원형 구조였다. 수면실은 계단을 올라온 왼쪽 바로 옆에, 응접실은 오른쪽 바로 옆에 있었다. 어제는 낮잠을 잔 뒤에 아무 생각 없이 걸어서 바로 계단이 있었으니까 망정이지……. 그때 반대로 걸어갔다간 상당히 먼 거리를 무의미하게 걸었을 것이다. 이런!

"응접실은 주로 의뢰인을 들여보내는 방이야. 간단한 의뢰라면 접수처에서 끝나지만 복잡한 이야기거나 의뢰주에게 사정이 있는 경우엔 다른 방에서 대화하는데, 그러기 위한 방인 거지. 그리고 여기도 특수한 방식으로 만들었어."

내가 오랑 젤리를 먹었던 방이구나. 하지만 특수한 방식이라고? 여기는 평범한 방으로 보이는데…….

"문에 마석이 박혀 있는 게 보이지? 전부 다섯 개."

레키의 말대로 문을 보자 정말로 작은 돌이 반원을 그리듯 동일한 간격으로 나란히 박혀 있었다. 왼쪽에서 두 번째까지가 빨간 돌이고 나머지 셋이 파란 돌. 다섯 개 다 전부 예쁘다.

"방에 들어가기 전에는 이 파란 돌에 손을 올려놓는 거야. 그렇게 하면 방을 사용할 수 있게 되지."

"마법을 쓰는 거예요?"

"아니. 손을 올려놓으면 알아서 마력에 반응해 문이 열리는 장치야."

그렇구나. 하지만 왜 굳이 그런 식으로 만든 걸까. 게다가 파란 돌이라면, 빨간 돌은? 의아해하고 있었더니 레키가 계속 설명을 이어갔다.

"이 방은 하나의 방으로 보이지만 전부 똑같은 구조로 만든 방이 다섯 개 있는 거야. 빨간 돌은 사용 중, 파란 돌은 공실인 거지. 사용 중인 방은 일반적인 방법으로는 열리지 않도록 해놨으니 의뢰주의 비밀도 지킬 수 있어."

오오, 이세계 시스템이다! 아니, 정확하겐 오르투스 시스템인가? 하나의 문에 다섯 개의 다른 방이 연결되어 있다니 신기한 방이네!

평범한 방보다 더 큰 공간을 만들어내는 것만이 아니라 방의 개수 자체를 늘려놓을 수 있다니! 왠지 복잡한 구조인 느낌이 드니까, 단순히 넓은 방으로 만드는 것보다 시간이나 돈을 더 많이 잡아먹을 것 같다.

"사용 중인 문을 여는 방법은 오르투스 내에서도 진정으로 인정받은 사람에게만 알려줘. 그래서 나도 몰라. 필요하지도 않지만."

의뢰주의 비밀유지를 생각하면 그것도 당연하다. 그러고 보면 그때 사우라 씨는 태연하게 출입했었는데. 길드 총괄이라고 했으니 역시 사우라 씨는 위에서 세는 게 더 빠른 실력자인 거겠지. 몸집은 작아도 아주 유능한 셈이다. 대단해라.

그건 그렇고 이 건물에 앞으로 얼마나 이런 '신기한 방'이 있는 건지 궁금하다. 서, 설마 전부? 그럴 리는 없지? 따라서 질문 타임.

“길드에 있는 방은 전부 이런 특수한 방인 거예요?”

“아니, 전부 다 그런 건 아니야. 하지만 거의 어떠한 마법이 걸려있지. 방 자체에 마법을 걸진 않았어도 마도구가 설치된 곳도 있고. 이 길드는 방범과 편리한 생활에 목숨을 걸었다고 해도 돼.”

“모, 목숨이요……?”

“결코 과언이 아니야. 우리 두목은 그런 사람이거든. 상식에 사로잡히지 않지.”

그렇게 말하는 레키의 얼굴이 조금 부드러워졌다. 레키는 두목을 존경하는 거구나. 솔직하지 않은 레키가 이런 표정을 짓다니, 대단한 사람에 더해 인간 츄르인 건지도 모른다. 두목……. 여러모로 궁금한 사람이다.

하지만 직접 만나고 싶다거나 그런 건 아니다. 나라의 수장이나 세계적으로 유명한 사람에 대해 궁금해하긴 해도 만나고 싶어 하진 않잖아? 구름 위의 존재라는 감각이니까. 존경심은 품어도 너무 멀어서 실감이 안 나니까, 언젠가 멀리서 얼핏 구경은 해 봤으면 좋겠다는 정도다.

한 가지 알게 된 것은, 두목도 개성적인 사람으로 추정된다는 점이다. 길드에 이상한…… 아니, 특이한 사람이 많은 것은 역시 그런 거겠지? 근묵자흑.

그 후에 수면실, 자료실을 간단히 설명하면서 쓱 지나가고,

회의실은 지금 사용하는 사람이 없다는 이유로 특별히 안에 들여보내 주었다.

원탁이 놓여 있고 왠지 엄숙한 분위기다. 회의를 진행하는 사람은 있어도 발언자는 다들 평등한 입장이라는 걸 상징하기 위해 원형으로 만들었다나.

"그럼 어려운 문제를 정할 때 이견이 갈려도 잘 정할 수 이써요?"

"나는 회의에 참가한 적이 없어서 몰라. 하지만 대체로 회의 진행자는 사우라 씨가 담당하거든. ……결론이 안 날 것 같냐?"

"……깔끄마게 정해질 것 가타요."

사우라 씨 최강설 부상. 짜릿해라.

"다음은 3층으로 갈 건데……, 들어갈 수 있는 방은 없어. 한 번 둘러보기만 하고 나올 거야."

"어떤 방이 있능데요?"

"개인실."

꼼꼼한 설명을 들으면서 길드 내부의 세세한 규칙도 들으며 2층을 한 바퀴 돈 다음, 계단 앞에 멈춰선 레키가 입을 열었다. 개인실? 사적으로 쓰는 방이 길드 안에 있다는 거야? 길드에 사는 사람이 있다고 이해해도 되는 걸까. 그렇게 물어보자 긍정의 대답이 돌아왔다.

먼 곳에서 온 사람들이 일하기 쉽도록 길드에 살 수 있게 했다고 한다. 사택이 회사 안에 있는 셈이구나.

"근처에 사는 집이 있는 사람은 통근해. 그 외에도 일 때문에

면 지방에 갈 일이 많은 사람은 방이 필요 없지."

"기르 씨처럼……?"

다시 기르 씨를 떠올리자 기분이 가라앉았다. 기르 씨, 무리하고 있진 않으면 좋겠는데. 아니, 나도 열심히 해야지. 돌아왔을 때 너 그동안 뭐한 거냐? 라는 생각이 들게 하면 안 되니까! 기운 내라, 메구!

"기르 씨는 길드 창설 때부터 계속 있던 대단한 사람이니까 방은 있어. 정확하겐 두목이 만들게 했다고 해야지."

"만들게 해따고요?"

"창설 때부터 있던 길드원은 두목에겐 가족이야. 그리고 두목의 집은 여기지. 가족은 같은 집에 살아야 한다고 주장했다고 들었어."

레키에게서 두목의 말을 듣고 화들짝 놀랐다. 왠지 우리 아빠 같은 말을 하는 사람이라는 생각이 들었기 때문이다.

내가 어릴 때 엄마가 돌아가시고, 아빠는 조금 먼 곳으로 일터가 바뀐 적이 있었다. 하지만 그 집은 엄마와 함께 고른 소중한 집이니까 팔지도 못했기 때문에 아빠는 무리해가며 집에서 출근했었다.

당시엔 아직 할아버지와 할머니가 있었으니 나를 맡기고 직장 근처로 이사해도 된다고 말하자 아빠는 이렇게 말했다.

『가족이니까, 떨어지면 안 되잖아. 다 함께 같은 집에 사는 거야. 당연한 거란다, 메구.』

그래서 왠지 두목이라는 사람에게 친근감을 느꼈다.

"하지만 두목도 여기가 집이라는 것치고 여기저기에서 의뢰를 받기 때문에 좀처럼 돌아오지 못해."

그렇구나. 정말 바쁜 사람이었다. 그렇다면 애초에 만날 일 자체가 거의 없겠는데.

"레키는? 길드에 사라요?"

"……그래. 돌아갈 집도 없고."

헉, 건드리면 안 되는 걸 물어봤나? 대화가 끊어졌다. 뭐라 말을 해야 한다고 고민하고 있었더니 아무 일도 없었다는 듯 레키가 계단을 올라가기 시작했다. 음, 여기선 얌전히 있는 게 정답인가보다. 말하고 싶지 않은 일인 건지도 모르고.

3층은 조용했다. 2층도 조용했는데 그보다 더 조용하다. 사람이 적어서 그런가? 레키의 설명대로 3층은 방문이 동일한 간격으로 붙어 있었다. 아파트 복도나 기숙사 같은 느낌이다.

"방 수는 안 부족캐요?"

소박한 의문. 길드 구성원은 꽤 많은 것 같았는데, 듣자 하니 개인실은 이 3층에만 있는 것 같았기 때문이다.

"빈방도 있을 정도야. 대부분 통근이고, 각지를 돌아다니는 일을 하는 사람이 많으니까 필요 없을 때가 많아."

하지만 길드원은 다들 여기를 홈이라고 부르며 친근하게 여긴다고 한다. 그렇구나. 돌아갈 장소가 있다는 생각만으로도 마음이 든든한 법이니까!

"돌아갈 장소, 라."

지금의 나는 미아다. 이제 막 이 세계에 온 나는 돌아갈 장소도 없는 고독한 신세다.

어찌할 수 없이 슬프고 외롭지만, 운이 좋다는 자각은 있다. 만나는 사람마다 다들 친절하고, 분명 여기가 내가 돌아갈 장소라고 말해줄 것이다. 홈이라고 부르는 걸 용서해줄 것이다.

하지만 나 자신이 아직 여기를 돌아갈 장소라고 느끼지 못한다. 당연하지. 아직 길드에 온 지 이틀밖에 지나지 않았는걸. 시간이 해결해줄 테지만, 그 시간이 얼마나 필요할까. 결국 원래 세계로는 돌아가지 못하는 건가? 아빠와 엄마가 선택해서 사고, 아빠와 나와 할아버지와 할머니가 계속 살았던 그 집. 이제 그곳에는 돌아가지 못하는 거야? 나는 그 집에서 기다려야 하는데, 이제 포기할 수밖에 없는 걸까…….

아아! 이러면 안 돼! 비관적인 생각에 빠져도 해결되는 건 하나도 없어! 으으, 방심하면 이렇다니까. 우물쭈물하면 우물쭈물하는 사람만 다가온다. 밝게 지내면 밝은 사람도 다가오는 법! 나는 밝은 사람과도 가까워지고 싶다고!

『메구.』

"어……?"

혼자 생각을 다잡고 있었더니 갑자기 나를 부르는 목소리가 들려서 심장이 순간 움직임을 멈췄다. 화, 환청인가? 지금 어디서 들어본 적이 있는 목소리가 들린 것 같은 느낌이 들었는데.

가슴이 쿵, 쿵, 크게 뛰었다. 왜냐하면, 지금 들린 목소리는…….

『메구!』

착각, 이 아니다. 틀림없는 아빠의 목소리야!

"?! 어, 야……!"

레키가 나를 부른 것 같았지만 지금은 그쪽에 신경을 할애할 때가 아니다. 나는 목소리가 들린 쪽으로 달렸다.

아빠, 아빠……, 아빠!!

"아윽……!"

정신없이 달리던 도중 다리가 꼬여서 넘어졌다. 어린 몸이 데굴데굴 바닥을 굴렀다.

"야!"

조금 화난 것 같은 레키의 목소리. 아니야, 내가 찾는 건 이 목소리가 아니야.

나중에 생각해 보면 이때의 나는 냉정함을 잃었던 것 같다. 부끄럽게도.

하지만 오랜만에 들은 목소리에 이성을 잃고 말았다.

바닥에 넘어진 나는 팔에 힘을 줘서 상반신을 끙차끙차 일으켰다. 뭐랄까, 여기저기 아프다. 성대하게 넘어진 모양이다. 몇 년 만이지?

그렇게 얼굴을 들어 올린 시야 끝에 보인 것은 연한 핑크색의 작고 약한 불빛이었다.

"정, 령……?"

『메구, 메구!』

아빠의 목소리를 내고 있는 건 어제 놓쳐버린 그 정령이었다. 어? 어떻게 된 일이지?

"이봐!!"

내가 멍하니 그 자세 그대로 굳어 있었더니 레키의 노성이 귀에 꽂혔다. 레키는 나에게 달려오더니 재빠르게 나를 일으킨 다음 그 자리에 앉혔다.

그리고 내 몸 여기저기를 조사하더니 어디서 꺼낸 건지 모를 구급상자에서 약을 꺼내 치료했다. 솜씨가 어마어마하다. 하지만 말없이 무뚝뚝한 표정인 게 너무 무서워!

"제, 제송해요……."

"흥, 뭐가."

조심조심 사과해봤지만 무표정인 채로 쌀쌀맞은 대답이 돌아왔다. 얼굴을 들지도 않고 작업하는 손도 멈추지 않았다. 눈앞에서 무지개색 머리카락이 살짝살짝 색을 바꾸며 흔들렸다. 울프커트의 머리카락이 참 부드러워 보여서 만지고 싶은 충동에 사로잡혔다. 하지만 나는 분위기를 파악할 줄 아는 어린이. 지금은 그럴 때가 아니다! 절대!!

"갑짜기 달렸고, 넘어지고 다쳐서, 페를 끼쳤……."

"그러게. 자기 다리에 걸려서 넘어지다니, 너무 둔한 거 아니냐."

대답할 말이 없사옵니다. 시무룩하게 고개를 떨구고 깊이 반성하며 자기혐오로 우울해지는 나. 레키는 내가 그러거나 말거나 꼼꼼하게 치료를 진행했다.

태도와 분위기는 차가운데 손길은 무척 다정해서, 처음부터 끝까지 한 번도 다친 곳이 쓰라리지 않았다.

"……그래서?"

치료가 끝나고 인사한 뒤 이제 막 일어나려고 한 그때. 레키가 팔짱을 끼고 다리를 살짝 벌린 채 내 앞에 떡하니 서서 불쾌함을 숨기지도 않고 그 한 마디만 뱉었다.

설마 물어볼 줄은 몰랐기 때문에 순간 굳어버렸다. 이거 이유를 물어보고 있다는 걸로 해석하면 되는 거지?

"어, 왜 갑짜기 달렸는지요?"

"그거 말고 뭐가 있는데, 멍청아."

어우, 대답이 신랄해! 큭, 모처럼 평범하게 대화해주게 되었는데! 별다른 문제 없이 하루를 보낼 수 있을지도 모른다고 생각했는데! 하지만 레키의 심기가 불편한 원인은 내가 만들었으니 자업자득이라 할 수 있다. 큥.

"그게, 목소리가 들려서……."

"목소리?"

아빠의 목소리라고 해서 괜히 더 걱정을 끼치는 것도 좋지 않을 것 같았기에 일단 얼버무리면서 설명하기로 했다. 움찔움찔. 으으, 목소리가 살벌해.

"저, 저를 부르는 목소리요. 어디서 들은 것 가튼 목소리라……. 그래서 빨리 목소리가 나는 쪽으로 달려써요."

레키는 아무 말도 없이 내 이야기를 들었다. 불쾌해하는 얼굴과 분위기는 여전했다. 움찔움찔.

"그래떠니 중간에 넘어졌고, 얼굴 드니까 또 목소리가 들렸고, 눈앞에 정령님이 있었써요. 정령님이 낸 목소리인 것 가타요."

"정령? ……아, 너 땅꼬마지만 엘프였지?"

어흑. 가차 없이 푹푹 찔러대는구나, 레키 소년! 그야 나는 땅꼬마가 맞긴 하지만!!

"그래서 그 정령은?"

"아직 여기 이써요. 어제도 봤는데, 신경 쓰여떤 아이예요."

그렇다. 연한 핑크색 정령은 내 발치에서 가만히 움직이지 않고 있었다. 어제는 바로 도망쳤는데 오늘은 도망가지 않고 여기 있는 게 신기하지만.

"어떻게 하게?"

"……조금 대화해봐도 갠차늘까요?"

"……마음대로 해."

모처럼 도망가지 않고 가만히 있다. 게다가 아마도 정령이 먼저 나에게 말을 걸었다. 이 기회를 놓치면 안 될 것 같은 느낌이 들었다. 대충 감이지만.

레키는 미간의 주름을 깊게 구기면서 한숨을 쉬었지만 일단 허락했으니까, 이 정령과 대화해보자. ……할 수 있는지는 잘 모르겠지만, 이 몸에 전면적으로 의지할 생각이다. 힘내라! 엘프의 피!

"정령님?"

『정령님? 정령님?』

"당신은 무슨 정령님이에요?"

『당신은 무슨 정령님이에요?』

메아리입니까.

그런 식으로 전혀 대화할 수 없는 상태라 난처해졌다. 하지만 정령이 도망치지 않고 대답해준다는 점에서는 한 걸음 전진한 건가? 그건 그렇고 진짜 무슨 정령인 거지.

『정령님? 정령님?』

팔짱을 끼고 끄으응 고민하는 내 앞에서 둥실둥실 떠다니며 주위를 맴도는 정령님. 왠지 빛이 건강해진 것 같은 느낌이 든다. 왠지 즐거워 보이는데 그게 원인인가?

『마음대로 해! 마음대로 해!』

"!"

갑자기 정령의 목소리가 바뀌었다. 조금 전까지 나와 같은 목소리로 내 말을 따라 했는데, 이번에는 레키의 목소리로 레키의 말을 따라 한 것이다. 나도 모르게 레키의 얼굴을 한 번 쳐다보고 말았다.

"……뭔데."

"아, 아무거도 아니에요."

민망해져서 시선을 피해 다시 정령을 관찰하기 시작했다. 이거 혹시, 그 정령인 건가? 하지만 그런 정령이 있나? 낯선 느낌인데…….

하지만 어째서인지 이 정령의 정체를 말해줘야 한다. 그런 예감이 들었다. 이게 슈리에 씨가 말했던 '그때가 되면 안다'는 감각인 걸까. 그래서 나는 내 마음이 시키는 대로 정령에게 말하기로 했다.

"당신은 '목소리'의 정령님?"

『!』

기뻐하는 감정이 흘러들어온다. 그와 동시에 빛이 한층 강해지더니 내 주위를 빙글빙글 돌면서 날아다니는 정령님. 와, 예뻐라…….

"뭐야?!"

이변을 감지한 건지 레키가 임전 태세를 취하는 걸 보고 허둥지둥 사정을 설명했다.

"정령님이 기뻐하는 거예요! 갠차나요!"

레키는 내 말을 듣고 한쪽 눈썹을 치켜들었다. 정령이 보이지 않기 때문에 실감이 안 나는 거겠지. 아직 긴장을 유지하고 있지만 일단 수긍한 모양이었다.

『기뻐! 기뻐! 고마워!』

"우와, 당신의 말은 처음 들어써……."

계속 메아리처럼 누군가의 말을 따라 하던 목소리가 본인의 것으로 추정되는 목소리로 말을 한 것에 감동했다. 이게 의사소통인가?

『응! 전해져서 기뻐! 우리 정령은 정령의 종류를 맞히면 대화를 나눌 수 있게 되거든!』

그, 그런 거였나. 그렇다면 늘 내 주위를 둥실둥실 날아다니는 정령들도 정체만 알아맞히면 대화할 수 있게 되는 걸까?

『맞아! 맞아!』

어라? 내 생각을 읽는 건가? 고개를 갸웃거렸다니 대충 전해진다는 대답이 돌아왔다. 정령 대박이다.

어? 그렇다는 건. 내가 알맹이는 20대 후반의 성인 여성이라는 것도 알 수 있는 걸까. 그릇과 내면이 다르다는 걸 들켜버리지 않아?

힐끔힐끔 목소리의 정령과 레키를 번갈아 쳐다봤다. 여기서 세세히 캐물어 보고 싶지만 내가 어디서 무슨 말을 할지 모르기 때문에, 장소를 바꿀 필요가 있다. 가능하다면 나 혼자 있는 사적인 공간에. ……그런 건 없잖아. 무리겠네. 어린아이를 혼자 내버려 두는 사람이 없을 것 같은걸. 뭐라고 하나, 다들 좋은 의미로 과보호하니까.

『메구, 보통 사람과는 달라. 하지만 몸도 마음도 메구 거야. 그래도 자세한 건 계약하지 않으면 몰라!』

고민하고 있었더니 목소리의 정령이 그렇게 알려주었다. 그, 그런 거야? 여기서 그런 것이라는 건 몸도 내 것이라는 부분이다. 아니, 하지만 나는 이 몸으로 태어난 기억이 없는데.

머릿속으로 부정해 봐도 목소리의 정령은 '메구 거야!'라는 말을 반복할 뿐. 뭐, 몸의 이름도 '메구'인 모양이니 그런 건지도 모른다.

하지만 계약이라. 내 첫 계약 정령이라면 알지도 모른다는 거지? 첫 계약 정령……. 그런 생각을 하며 연한 핑크색 빛에 시선을 주자, 목소리의 정령은 갑자기 그 빛을 약하게 바꿔버렸다. 어? 싫은 건가?

『싫지 않아. 하지만 안 돼!』

"왜 안 대는 건데?"

내가 물어봐도 정령은 계속 안 된다고 말할 뿐. 으음, 이유는 알려주지 않는 건가? 나도 바로 이 아이로 정할 생각이었던 건 아니지만, 처음부터 신경이 쓰이고 눈길을 끄는 정령은 이 아이였다. 그래서 가능성은 제일 크지 않을까 했는데.

『무서워. 안 돼. 나랑 하면 혼나!』

“혼난다니, 누구에게?”

『엘프! 남자 엘프!』

어? 남자 엘프는 내가 아는 한 한 명밖에 없는데. 그러면서 머릿속으로 그 사람을 떠올리자, 목소리의 정령이 꺄악 비명을 지르고는 어디론가 날아가 버렸다.

“가버려따…….”

대체 뭐가 뭔지……. 하지만 몇 가지 알게 된 일이 있다. 어떻게 해야 알 수 있는지를 알았다고 할까. 윽, 문장이 정신없어.

우선 내가 해야 할 일은 첫 계약이라는 걸 할 정령을 정해야 한다는 것이다. 계약하고 나면 내 사정을 조금이라도 알 수 있을지도 모르기 때문이다. 정령은 아무래도 사람의 마음이라고 해야 하나, 내면을 알아차리는 힘을 지니고 있는 듯하다. 확실한 건 아니지만.

다음으로 내가 첫 계약을 맺을 때는 어떤 정령을 선택할지 슈리에 씨에게 상담해야 하는 것 같다. 목소리의 정령은 슈리에 씨가 무섭다고 하고 비명을 지르기도 했지만 그건 공포의 대상이라기보다는, 상사나 선생님이나 부모님에게 느끼는 감정처럼 보였단 말이지.

그 점도 포함해서 슈리에 씨에게 물어보는 게 제일 좋다. 그러고 보니 오늘은 슈리에 씨를 못 만났다. 아마 일하는 중이겠지.

"다 끝났어?"

정령이 떠난 뒤에도 멍하니 앉아 있었더니 레키가 그렇게 말을 걸었다. 맞다, 기다리게 했었지.

"네. 이제 대써요. 감사함미다……."

그렇게 말하고 일어났지만 넘어져서 다친 곳이 아파서 나도 모르게 비틀거렸다. 넘어졌다는 걸 깜빡 잊었기 때문에 아픔도 잊고 있었다. 즉 깜짝 놀랐다는 뜻이다. 나는 대체 얼마나 붕어머리인 거냐.

그리고 비틀거린 내가 뭘 했냐면, 넘어질 뻔했으니 옆에 있는 것을 붙잡기 마련이잖아? 넘어지지 않아서 다행이라며 안도할 거 아냐? 그 후 뭘 붙잡고 버틴 건지 궁금해하며 위를 보지 않겠어?

"…………."

매섭게 노려보는 레키와 눈이 마주쳤단 말이죠! 으허억! 하필 나도 레키의 허벅지에 매달렸더라! 근육질이네요! 아, 이게 아니고.

"어, 어어어어어, 제송…… 끄억?!"

당황해서 사과했지만 끝까지 말을 마치기 전에 느낀 부유감에 맹꽁이 같은 비명을 지르고 말았다. 뭐, 뭐, 뭐야?!

"조금 이르지만 어느 얼간이 씨가 다쳤으니까 점심 먹자."

그렇게 말한 레키가 성큼성큼 걷기 시작했다. 나? 레키의 오른쪽 옆구리에 들려 있습니다……. 덕분에 팔다리가 허공에 덜렁덜렁.

아마 레키 나름대로 배려한 거겠지. 그, 그렇겠지……? 하지만 이렇게 안아 들면 밥 먹은 뒤엔 구토로 가는 지름길이거든. 안기기 마이스터로서는 가장 낮은 레벨이라는 딱지를 붙여줘야 하는 방식이다. 하지만! 지금의 나는 레키에게 불평할 수 있는 처지가 아니다. 괜한 저항은 하지 않고 얌전히 들려가자.

이렇게 나는 레키에게 덜렁덜렁 들린 채 식당으로 향했습니다. 윽, 속이 쏠리기 시작한다으아아악.

Welcome
to the
Special
Guild

3 공부 시간

"메구! 어, 어어어어어어떻게 된 일이야? 그 상처는!"

식당으로 향하기 위해 계단을 내려가면 당연히 길드 접수 카운터가 있다. 그곳에서 일하던 사우라 씨가 팔과 다리에는 습포를, 뺨에는 반창고를 붙인 나를 발견하고 그런 비명을 질렀다. 덕분에 사람들의 주목을 모으게 되었다. 아이참, 사우라 씨!

"넘어져써요."

"너, 넘어졌다니……, 레키! 이게 무슨 일이야?!"

"아, 시끄러워. 이렇게 될 줄 알았어! 귀찮게스리."

아, 그렇구나. 지금은 레키가 내 보호자 역할이니까 나에게 무슨 일이 생기면 레키가 혼나게 된다. 나는 왜 그걸 눈치채지 못했던 걸까! 사회생활을 몇 년을 한 거냐, 바보 같은 메구!

"제, 제가 맘대로 달려서, 그래서 넘어져써요! 레키는 나쁘지 아나요!"

우선 급하게 레키를 옹호했다. 진짜로 진짜거든요, 하는 눈빛으로 사우라 씨에게 호소하자 사우라 씨는 말문이 막힌 모양이었다. 깜찍한 나의 외모여 힘을 내시게. 나 때문에 레키가 혼나는 걸 피할 수 있다면 쓸 수 있는 건 써 주겠어! ……이용해서 미안해, 본래의 주인아.

"레키가 조금도 안 아프게 치로해줘써요! 제가 잘못해써요. 제송함미다."

"메구……, 진짜인 거구나. 흥분해서 미안해, 레키. 하지만 알지?"

"……알아."

"그리고 그렇게 안아 드는 것도 좀."

"흥."

레키는 나를 살며시 바닥에 내려놓은 다음 다시 팔짱을 끼고 침묵했다. 사우라 씨에게 내 주장은 일단 통한 모양이지만, 역시 그걸로 전부 용서되는 건 아닌가 보구나. 정말로 진심으로 반성해야지. 하지만 사우라 씨는 난처한 듯 웃을 뿐, 그 이상 추궁하진 않았다.

"벌써 점심 먹으려고?"

"간단한 내부 설명은 끝났으니까."

"흐음. 그럼 오후는?"

"……길드의 규칙을 가르쳐야지."

"친절하게 해."

"……흥."

아, 오후는 공부하는 시간이구나. 오전에도 이런저런 규칙을 들었지만, 이런 말을 할 정도라면 분명 특히 중요한 내용일 것이다. 낮잠을 푹 자서 맑은 머리로 임해야겠다.

레키는 쌀쌀맞게 대꾸했지만 친절하게 가르친다는 점에서는 괜찮을 것이다. 오전에도 이러니저러니 해도 종합적으로 봤을 때 친절했으니까. 귀찮아질 것 같으니까 본인에게 말해줄 생각은 없지만.

아, 맞다. 물어볼 거 있는데!

"사우라 씨. 슈리에 씨는 오늘 업능 건가요?"

"아, 맞다. 오늘은 아직 못 만났지? 슈리에는 아침부터 조사 때문에 잠시 외출했거든. 뭔가 할 말이라도 있어? 불러올까?"

역시 일이었나. 당연하지만. 아니, 어젯밤에 헤어질 때 들었던 것 같기도 한데……? 너무 졸려서 기억나지 않는다.

그렇게 바쁜 슈리에 씨를 부를 수는 없지! 나는 붕붕 도리질을 했다.

"다음에 만나쓸 때 말할게요!"

"그래? 그럼 나중에 슈리에를 만나면 메구가 찾았다고 전해둘게."

"부탁드림미다!"

사우라 씨에게 전언을 부탁한 다음 손을 흔들며 그 자리에서 떠난 뒤 드디어 식당으로 향하게 되었다. 음, 다리가 좀 아프지만 아직은 걸을 수 있어! 길드 홀 안에서 이목을 끌었던 것 같은 느낌이 들었기 때문에 떠날 때 홀에 있던 사람들에게도 손을 흔들고 방긋 웃어서 얼버무려두었습니다! 아, 몇 명 손을 마주 흔들어주는 사람이 있네!

"……여우 같은 녀석."

이보세요, 레키! 다 들리거든! 웃으면서 얼버무린 것뿐이잖아! 너무해!

식당에 도착하자 빠르게도 맛있는 냄새가 풍겼다. 킁킁, 오늘의 점심은 고기인가?

"어라, 빨리 왔네! 잘 왔어."

우리의 모습을 알아차린 식당 언니가 활발하게 말을 걸었기 때문에 나도 명랑하게 마주 인사했다.

"안녕하세요!"

"그래, 안녕하세요. 인사도 잘하지, 대견해라!"

정말 이 사람은 늘 밝고 쾌활한 언니다. 이런 사람이 식당에 있으면 활기가 솟을 테고 밥도 맛있게 먹을 수 있을 것 같아!

"언니는 치오리슈 씨?"

확인차 물어봤는데 왜 거기서 발음이 꼬이는 거냐!!

"맞아! 치오 언니라고 부르렴! 나는 대체로 늘 식당에 있으니까 기억해주면 기쁠 거야."

"치오 언니! 메구임미다! 잘 부탁드림미다!"

분위기를 잘 맞춰주는 든든한 맏언니란 느낌의 치오 언니. 자연스럽게 내가 부르기 쉽도록 제안해주다니, 역시 든든해요 언니!

"점심은 포르그 소테야! 메구 거는 먹기 쉽도록 한입 크기로 잘라놨어. 그리고 약속했던 대로 밥은 주먹밥이야."

"와아! 감사함미다!"

내 것만 따로 준비하려면 번거로웠을 텐데, 그런 게 조금도 느껴지지 않는 치오 언니. 너무 멋있어! 맛있게 잘 먹는 것으로 은혜를 갚겠습니다!

"으음! 마시써!"

레키와 함께 자리에 앉아 바로 잘 먹겠습니다! 아, 내 의자는 어느새 특별한 의자로 바뀌어 있었다. 치오 언니가 가져다준 덕분이다. 소위 아기 의자……. 누가 준비한 건지는 모르겠지만 감사합니다! 좀 미묘한 기분이긴 하지만 일일이 누군가의 무릎 위에 앉아서 먹는 것도 미안하니까. 이게 없으면 나는 오늘 레키의 무릎을 빌려야 했을 것이다. ……절대 안 앉혀줄 것 같다!

하아, 맛있는 밥은 그것만으로도 사람의 마음을 풍요롭게 해줘! 행복해라. 아는 게 하나도 없는 이세계에서 혼란에 빠지지 않고 마음속 어둠에 사로잡히지도 않으면서 지낼 수 있는 건 오로지 착한 사람들과 맛있는 밥 덕분이라고 단언할 수 있다!

이 돼지고기, 포르그던가? 씹는 맛이 정말 끝내준다! 한입 깨물면 육즙이 입안에 가득 퍼지고, 지방의 단맛이 질척하지 않으니까 얼마든지 먹을 수 있을 것 같다. 다만 잘라놓았다고 해도 나에게는 조금 큰 사이즈다. 그래서 한 조각을 먹는 것도 시간이 걸리는 게 단점이다. 턱이 피곤해.

레키는 벌써 다 먹었는데 나는 아직 반밖에 못 먹었다. 게다가 평소 먹는 양의 반도 안 되는 양인데. 마음 같아선 한 그릇 더 달라고 하고 싶지만, 이것만큼은 어떻게 할 수 없다. 빨리 어른이 되고 싶어!

"참 맛있게 먹는다, 메구!"

"우웁, 우웅웅아!"

내가 와그작와그작 고기를 씹고 있었더니 내 옆자리에 쥬마가 털썩 앉았다. 반사적으로 이름을 불렀는데 입안에 고기가 꽉 차 있어서 추접스러워 보였을 거야. 미안하다.

"……감시는 일시 중단이냐."

"음, 뭐 그렇지."

팔짱을 끼고 불쾌하다는 듯 입을 연 레키. 그 말에 한 손으로 턱을 괴고 히죽히죽 웃으면서 대답하는 쥬마. 완전히 악당의 얼굴인데. 역시 오니. (아마도)

그보다 지금 뭐라고 한 거지? 감시?

"너 좀 더 숨으려는 노력을 하지 그래? 오니족은 정말 은밀 행동엔 안 맞는군."

"어차피 적성에 안 맞으니까 숨으려는 노력을 해봤자 무의미하잖아? 딱히 비밀로 할 일도 아니고, 게다가……."

쥬마는 그 눈동자에 험악한 빛을 띠고 시니컬하게 웃었다. 나도 모르게 소름이 쫙 돋았다.

"내가 감시한다는 걸 아는 게 더 긴장되지 않겠어? 그렇지? 레키."

"……!"

으윽! 쥬마가 너무 무서워! 어릴 때는 곧잘 빨리 자지 않으면 귀신(오니)이 잡아간다는 협박을 받곤 했는데, 결국 몰래 밤을 새우곤 했다. 하지만 이런 오니인 줄 알았다면 바로 잤을 거라고! 금색 눈이 날카롭게 레키를 응시하고 빨간 머리카락은 조금 위를 향해 솟구쳐 있었다. 레키도 긴장한 표정으로 굳어 있다. 진짜 무섭거든! 자연스럽게 몸이 바들바들 떨리고 눈물도 맺혔다.

"아차, 미안하다 메구. ……무서웠지?"

공기가 탁 풀렸다. 그때까지 무시무시하던 분위기가 사라지고, 여느 때의 낙천적인 쥬마가 돌아온 모양이다. 휴, 무서웠다.

괜찮아, 이해해. 그거지. 교육적 지도라는 거. 하지만 어린아이의 몸은 머리로 알고 있다고 해도 본능에 충실해서 말이야…….

"으으, 쥬마 오빠…… 무, 무서, 무서워!!"

평소의 쥬마로 돌아왔다는 안심 때문에 긴장이 풀려서 힘껏 울어버렸다. 미안하다. 금방은 안 멈출 것 같아!

"억, 어…… 으억?! 야, 레키! 어떻게 좀 해봐!"

"난 몰라, 이 멍청한 오니가! 네가 울린 거잖아, 나더러 뭘 어쩌라고!"

그리고 내 주변에 있는 사람은 좋은 뜻으로도 나쁜 뜻으로도 지극히 단순한 오니와 사회성이 부족한 소년. 이 두 사람이 펑펑 우는 어린아이를 어떻게 할 수 있을까. 못하지!

그렇겠지, 미안하다. 머리로는 객관적인 시각을 유지하며 이런 생각을 할 수 있는데도, 몸은 공포 후에 찾아온 안도로 인해 떨림이 멎지 않아서 말이야.

그리하여 식당 안에 울려 퍼지는 어린아이의 울음소리와 동요한 분위기에 잠시 어수선해졌다. 눈물이여, 멈추어라!

【레키】

"오, 세상에. 귀여운 여자아이를 울리다니. 너희 자신의 인성을 되돌아보는 게 좋지 않겠어?"

엉엉 우는 땅콩을 앞에 두고 난처해하고 있었더니, 소리 없이 등 뒤에 선 사람의 태평한 목소리가 들렸다. 내가 거북해하는 목소리다.

"케이! 마침 잘 됐다! 이, 이거 어떻게 좀 수습해줘! 너 후리기 잘하잖아, 그 기술 좀 빌려주라!"

"으음, 표현은 마음에 안 들지만, 여자아이가 우는 걸 내버려 둘 수도 없지. 오케이, 나에게 맡겨."

나는 케이 씨가 온 걸 전혀 눈치채지 못했지만, 오니 녀석은 알아차리고 있었던 모양이다. 썩어도 준치다 이건가. 전투 방면으로 한정하면 이 녀석은 천재라고 불러도 될 정도니까. 그런데 왜 이런 멍청이인 거냐고. 천재와 바보는 종이 한 장 차이인 건가.

"메구. 자, 얼굴을 닦자. 우는 얼굴도 귀엽지만 나는 여자아이가 우는 걸 보면 가슴이 너무 아파. 이제 무서운 건 없어졌어. 내가 지켜줄게, 응?"

지극히 자연스럽게 땅콩을 안아 들고 손수건을 내밀며 지극히 자연스럽게 작업을 걸었다. 아니, 본인에게는 그럴 의도가 없을 테지만, 어린아이에게까지 저 모양인 거냐. 그 생각에 몸이 살짝 떨렸다. 보라고, 땅콩도 어안이 벙벙해졌잖아. ……울음을 그치게 했다는 점에서는 성공인 건가?

"하아……."

나도 모르게 큰 한숨을 쉬었다. 오늘은 인생에서 가장 한숨을 많이 쉬는 날인지도 모른다.

아침에 루드 선생님에게 어린아이를 돌보라는 말을 들었을 때는 농담인 줄 알았다. 하지만 아무래도 그게 진심이라는 걸 알았을 때 오늘 최초의 한숨을 쉬었던 걸로 기억한다.

딱히 일을 고르는 건 아니다. 누구에게나 자신에게 맞는 일과 맞지 않는 일이 있는 게 당연하듯, 나는 사람과 엮이는 일을 아주 싫어하는 것뿐이다. 그래도 싫어하는 일이라고 거절하지는 않는다. 흔쾌히 수락한 건 아니지만 일단 받아들였다. 그야 조금 거부감은 있었지만, 어린아이처럼 계속 고집을 부리지는 않았다.

스스로도 성격이 꼬여있다는 자각은 있다. 하지만 사람을 어떻게 쉽게 믿으란 말인가. 나는 다른 길드원보다 강한 것도 아니니까 이용당하기 쉽다. 하지만 뭐……, 일반길드의 길드원에게는 안 지겠지.

나는 내 외모가 정말 싫다. 머리카락이 이게 뭐냐고. 그야 비싸게 팔리겠지. 무지개늑대는 털이 아름답다는 점을 제외하면 다른 울그계 아인과 능력이 다를 게 없으니까. 이렇게 눈에 띄는 털은 방해될 뿐이다. 그렇게 생각했다.

『와, 털이 아주 예쁜데! 너 우리 길드에 오지 않겠어?』

두목을 만난 건 비합법 인신매매 조직의 본거지에서였다. 상당히 큰 조직으로, 뒷세계에서는 모르는 사람이 없을 만큼 악명 높은 블랙 길드. 나는 특히 희귀한 종족이기 때문에 지점이 아니라 본거지 건물에서도 깊숙한 곳에 엄중히 감금되어 있었다.

어린 시절에 납치되어 세심하게도 살던 마을까지 박살 난 뒤로는 계속 이 블랙 길드에서 자랐다. 보통은 구경거리로 전시되어 손님을 모으고, 경우에 따라서는 더러운 손으로 만져지며 진짜라는 걸 확인하게 했다. ……나야 고액의 상품이기 때문에 거친 짓은 당하지 않았지만, 그곳에서 친해진 친구들이 잇달아 엉망이 되어가는 모습을 여러 번 보는 사이에 나는 내 마음을 지키기 위해서 아무와도 엮이지 않게 되었다.

나는 아무것도 당하지 않는 가운데, 원망 어린 눈으로 나를 노려보면서 더러워지는 상품. 나에게 뭘 어떻게 하라는 거야. 나도 마찬가지로 더럽혀지면 만족하겠어? 나를 원망하는 건 이상하지 않아?

구역질이 났다. 이 세상에 믿을 수 있는 존재는 없다. 있으면 안 된다.

그런 생활에 완전히 익숙해져 버린 어느 날, 끝이 보이지 않는다고 생각했던 생활에 끝이 왔다. 어떤 인물이 몇 명의 동료와 함께 이 블랙 길드를 파멸로 몰아넣었다. 그 후에 한 말이 저것이었다.

고작 몇 명만으로 이 거대한 조직을 파묻어버렸다. 내가 이들에게 저항하는 건 불가능하다. 즉, 거절이라는 선택지가 없었다. 그래서 바로 고개를 끄덕였지만.

『……너는 선택할 권리가 있어. 여기에 두고 싶진 않으니까 지금은 데려가려고 해. 하지만 우리 길드에 들어올지 말지는 네가 정해줘. 수습 기간을 둘게.』

'권리'. 나에게는 살아있을 권리, 아니, 의무밖에 주어져 있지 않았는데. 그런 것이 자신에게 있다는 말에 눈을 부릅떴다.

『몇 년이 걸려도 괜찮아. 네가 길드를 이용해도 돼. 대답을 하지 않아도 무료로 의식주를 보장받을 수 있어. 나쁘지 않은 조건이라고 보는데. 어때? 일단 같이 와 볼래?』

친절하게 대해주는 의미를 알 수 없었다. 친절을 베푸는 것처럼 위장해놓고 무언가 함정에 빠뜨릴 생각이리라 여겼다. 하지만 딱히 어떻게 되든 상관없었다.

하지만 아무리 그래도 궁금해서 왜냐는 한 마디만을 쥐어 짜냈다. 그랬더니 두목은 웃으면서 이렇게 말했다. 지금도 선명하게 기억한다.

『이유는 없어. 너는 숨을 쉬는 것에도 이유가 필요해? 그런 굳이 귀찮은 짓을 하냐.』

이날부터 숨을 쉬듯이 남을 돕는, 지나치게 사람이 좋은 괴짜의 보호 속에 들어가게 되었다. 아직 그때의 대답은 하지 않았다.

그 후 나의 이 무지개색 털에서 치유의 마력이 느껴진다는 기르 씨의 말을 들은 뒤로 나는 길드의 의료부문 소속이 되었는데.

아직도 타인을 믿지 못하고 가시 돋친 대응밖에 못 하는 나를 아무도 쫓아내려 하지 않는다는 사실에 아직도 당황한다. 그들은 난처하다면서 쓴웃음을 짓고, 때로는 엄격하게 지도한다. 평범한 사람에게 하는 것처럼.

그리고 어제 막 길드에 왔다고 하는 이 땅콩 역시 한순간도 나에게 악감정을 보이지 않았다. 그것이 너무도 신기했다. 이게 평범한 것이라고 착각하게 되잖아. 아니야! 사람은 더 추악하다.

……왜 이런 옛날 일을 지금 떠올린 걸까. 저 땅콩을 보도 있

으면 자신의 추악함을 직시하게 된다. 나 자신에게 짜증이 난다. 나와는 다르게 사랑받으면서 자라는 어린아이에게 질투하는 걸까. 그야말로 이제 와서.

그리고 무엇보다 가장 신기한 건 이렇게 짜증이 나는데도 저 땅콩이 밉지 않다는 것이었다. 아, 아니. 그게 아니고. 좋아하는 건 아니다. 밉지 않은 것뿐이다. 여전히 믿을 수도 없고 나 자신의 추한 면을 자각하게 되니까 불편하다.

"이제 안 우러요. 제송함미다!"

아무래도 울음을 그친 모양이다. 케이 씨가 준 손수건을 꼭 붙잡고 부끄러운 듯 고개를 숙이며 사과하는 땅콩.

다행이다, 이제 안 우는구나. 걱정했네……. 아니, 그런 거 아니라고. 오후에 지도할 수 있을 것 같아서 안심한 것뿐이다. 그 문제만 아니면 땅콩이 울든 소리치든 아무래도 상관없다. 뭐, 부상은 의료 관계자로서 무시할 수 없지만.

"으음? 울고 나니까 졸려? 이대로 자도 괜찮아. 수면실에 데려다줄게."

땅콩은 미안해하는 표정을 지으면서도 졸음을 참지 못하는 듯 눈을 쓱쓱 비빈 뒤 그대로 케이의 품속에서 잠들어버렸다. 경계심이라고는 손톱만큼도 없군.

"야, 레키. 너 오늘은 종일 지도 담당이니까 낮잠 잘 때고 옆에 있어 줘. 어제는 자고 일어났을 때 계단에서 떨어질 뻔한 바람에 이 내가 심장이 철렁했다니까! 하하하!"

"계단에서……?! 이 멍청한 오니 같으니, 제대로 지켜봐야지!"

"그러니까 지금 말했잖아? 지나간 일에 뭐라고 하지 마. 다음에 조심하면 되는 거잖아."

이 망할 오니가! 만약 크게 다쳤다면 똑같은 소릴 할 수 있었겠냐! 그 생각에 속이 부글부글 끓었다.

"흐음. 레키, 너도 메구가 걱정되는구나?"

"뭐?! 누가……! 나는 의료부문에 소속되어 있으니까 당연하지!"

무슨 소리 하는 거야, 이 천하 태평한 뱀이! 내가 다른 사람을 걱정할 리가 없잖아!

……딱히! 진짜로 아무 생각 없다고!!

【메구】

"으응……."

좋은 향기를 맡고 의식이 천천히 각성했다. 으음, 이 향기는 허브인가. 하지만 왜? 그 생각이 스치자 상반신을 벌떡 일으켰다. 흐암, 하고 큰 하품을 한 번. 그 후 기지개를 켠 다음 주위를 둘러보자 방구석에서 다리를 꼬고 앉아 있는 레키의 모습을 발견했다.

"……안녕히 주무셔써요."

일단 그렇게 말을 걸자 레키는 이쪽을 힐끔 쳐다보더니, 컵을 들고 입에 가져간 뒤 대답했다. 뭐지? 이 간격은.

뭐, 됐다. 그렇게 흘려 넘기고 방금 막 일어나 머리가 제대로 돌아가지 않아서 그대로 멍하니 있었더니 내가 차를 마시고 싶어 하는 것처럼 보였는지 레키가 '마실래?' 하고 물었다.

"네. 허브티예요?"

향기로 상상이 갔기 때문에 물어보자 긍정하는 말이 돌아왔다. 그대로 말없이 포트에 뜨거운 물을 따르는 레키. 방안에 퍼지는 허브 향기가 참으로 상큼해서 눈이 확 떠질 것 같았다. 민트 계통인가?

"거기선 못 마시잖아. 이리 와."

차를 타는 작업이 끝난 건지 레키가 퉁명스럽게 그렇게 말했다. 나는 허둥지둥 손가락으로 머리카락을 빗은 다음에 침대에서 내려왔다. 복장을 간단히 확인한 다음 바로 레키에게 향했다.

"의자는 그거밖에 없으니까 조심해서 마셔. 흘리면 귀찮아."

"네. 감사함미다."

레키의 말투에도 많이 익숙해졌다. 역시 이건 소위 츤데레다. 다만 툭툭거리는 츤의 비율이 높다.

레키에게 받은 컵은 살짝 따뜻하고, 조금 마셔보니 차의 온도도 적당했다. 뜨거울까 걱정이 되어서 입으로 후후 불었는데 그럴 필요가 없었을 정도다. 레키는 차를 잘 타는구나.

민트 계열의 허브 향기가 코를 찌르는 덕분에 몽롱하던 머리가 말끔해졌다. 그렇다고 자극적이지는 않았다. 벌꿀인지 뭔지 모를 부드러운 단맛도 입안에 퍼져서 무척 맛있었다.

"앞으로 외워야 할 게 많아. 확실하게 잠에서 깨."

그렇구나. 그래서 이 차를 선택한 거로군. 아, 초콜릿도 있다!

준비가 철저한데. 그런 생각을 하면서 천천히 티타임을 즐겼다.

"그럼 오르투스에 대해 설명하기 시작할 건데, 너 애초에 길드가 뭐 하는 곳인지 알고 있어?"

지금부터 공부 시간! 하고 의욕에 넘치는 나에게 레키가 그렇게 화두를 던졌다. 공부는 이대로 이 수면실에서 하는 모양이다. 조용해서 딱 좋다나.

그건 그렇고 레키, 제법 예리한데. 말씀하신 대로 저는 길드가 무엇인지도 모릅니다. 그걸 솔직하게 보고하자 레키는 기가 막힌다는 듯 역시, 하고 중얼거리며 자세를 고쳐 앉았다.

"길드라는 건 단순한 모임이야. 뜻을 함께하는 동지의 모임. 그래서 여럿 존재하고, 길드의 존재의의도 각 길드에 따라서 크게 달라지지."

레키에게 들은 설명에 의하면 길드라는 건 이 세계에서도 대략적인 정의밖에 없다고 했다. 그 모습도 바뀌거나 늘어나고 있는 데다, 구성원이 몇 명밖에 없어도 길드로서 성립되므로 정말 수없이 많은 모양이다.

"그렇기 때문에 전 세계의 기준을 통일해 길드에 등급을 매기게 되었지. 초급 길드는 말하자면 임시설립이야. 정해진 기간 내에 정해진 과제를 완수하지 않으면 그 길드는 해산되지."

즉 일반 길드라 불리는 건 중급, 상급 길드라고 한다. 중급에서 상급으로 가기 위해서는 설립 연월이 길든 짧든 상관없이, 그 실적에 따라 나라에서 인정을 받아야 한다. 어? 그럼 특급은…… 더 대단한 업적을 세웠다는 뜻?

"너 생각하는 게 얼굴에 다 드러난다. 그래, 특급 길드는 세계를 통틀어 넷밖에 없어. 스텔라, 애뉼러스, 네모, 그리고 여기 오르투스야. 특급 길드가 되기 위해서는 소속 국가만이 아니라 타국에도 인정을 받아야 해. 즉 타국에서의 활동이 허락된 길드라고도 할 수 있지."

레키는 반대로 말하자면 문제를 일으켰을 때의 책임이 중대하다는 뜻이기도 하다는 설명을 덧붙였다. 그야 그렇겠지. 특급 길드라고 해도 그걸 방패로 내세워서 폭거를 저질렀다간 그야말로 이름에 먹칠하는 짓일 테고.

"등급과 길드에 대한 설명은 이 정도에서 끝내고, 다음은 오르투스에 대해 설명하마. 여기서부터가 중요해. 열심히 외워."

오, 슬슬 노트에 메모하고 싶어졌는데. 다 기억할 수 있을까? 하지만 벌써부터 주눅이 들면 안 되지. 나는 등을 꼿꼿하게 펴고 대답했다.

"먼저 오르투스는 '심부름센터'야. 어떤 의뢰든 받아줄 가능성이 있는 길드지."

"어떤 의뢰든……?"

하지만 그럼 안 좋은 의뢰가 오지 않을까. 나쁜 의뢰라거나. 예를 들어 암살 같은? 성공시킬 수 있는 기량은 확실할 테고.

"'가능성이 있다'고 했잖아. 받을지 말지는 길드원에게 달려 있어. 그 전에 접수업무를 담당하는 사람들이 의뢰를 걸러내고, 수상한 의뢰는 조사 담당이 사전에 조사도 하지."

그렇구나. 사우라 씨와 기르 씨의 일 내용이 조금 보였다. 특급 길드라고 하니 분명 의뢰가 산더미처럼 날아들 것이다. 그러한 의뢰를 전부 읽어보고 걸러내는 게 사우라 씨를 비롯한 접수, 사무 담당들인 거다.

그중에서도 노골적으로 이상한 건 의뢰와는 별개로 기르 씨나 케이 씨 같은 조사 담당이 가서 한 번 더 걸러낸다. 이렇게 통과되지 않은 의뢰는 의뢰주에게 돌려주고, 통과된 의뢰는 그 무식하게 큰 보드에 붙여둔다고 한다. 뭐에 쓰는 건지 궁금했었단 말이지, 그 보드. 게시판 같은 건가 했는데 의뢰판이었던 거구나.

참고로 의뢰를 돌려줄 때는 무섭게 생긴 사람에게 시킨다고 한다. 전에 잠깐 만난 적이 있는 덩치 큰 사람도 거기에 포함될까. 태양 같은 목소리가 인상적인, 몸도 성격도 호쾌한 니카 씨. 외모와 달리 니카라는 애칭은 귀엽다고 생각한 건 비밀이다.

의뢰를 돌려줄 정도니까 그런 의뢰주는 평범한 사람이 아닐 것이고 반드시 항의하기 때문에 자연스럽게 그렇게 되었다나. 하지만 상대가 귀족 나리인 경우엔 외모가 말끔하고 말재간이 좋은 사람이 파견된다고 한다. 아하, 슈리에 씨나 케이 씨 같은 사람이겠지. 그보다 어느 세계에도 성가신 고객은 있기 마련이구나. 고생이다……!

"의뢰판은 일단 난이도로 구분해놔. 각각 역량을 스스로 판단해서 원하는 의뢰서를 떼어다 접수처로 가져가지. 접수처에서 문제없다고 판단하면 그제야 해당 의뢰를 받을 수 있게 되는 거야."

그래서 어느 길드도 접수 및 사무 담당이 많다고 한다. 확실히 접수처 안에는 늘 사람이 많았다. 하지만 그 이상으로 소속된 길드원이 많지 않을까.

의뢰 수령 방식이나 관련 시스템은 소설에서 읽은 지식과 비슷하다는 이미지다. 의뢰를 달성하지 못했을 때는 위약금이 발생하는데, 당시 상황에 따라서 페널티가 부과되기도 한다고 했다.

큰 조직은 그런 걸 처리하는 것만으로도 고생이겠구나. 그런데도 늘 활기차게 일하는 총괄 사우라 씨. 이미 알고 있었지만 역시 평범한 사람이 아니야!

“그런 고로 우리 길드에는, 아니, 어느 길드도 그렇지만 크게 나눠서 두 종류의 일이 있는 셈이야. 길드 내부를 운영하는 사람과, 의뢰를 받는 사람. 사우라 씨나 식당의 치오리스, 나를 포함한 의료 담당은 전자고 케이 씨나 슈리에 씨, 멍청한 오니는 후자인 거지.”

하지만 상황에 따라선 의뢰를 받는 팀도 운영 일을 맡기도 한다고 했다. 그건 능력이 있는 사람이 임기응변에 따라 거든다나. 원래 유능한 사람은 뭘 시켜도 잘하는 법이니까. 하아, 멋지다.

그렇다면 우선은 내가 그 두 가지 분야 중 어느 쪽을 할 건지 정해야만 하는 모양이다. 길드에 있는 거니 어린아이라고 해도 도움이 되지 않으면 오래 있진 못한다고. 음, 이해도 되고 그럴 생각이기도 했으니까 문제는 없다.

하지만 그거, 물어보는 의미가 없지 않아?

“……너 같은 땅꼬마가 의뢰를 받는 건 도저히 무리니까 당연히 전자가 되겠지.”

지당하십니다! 그럴 것 같았어!!

그렇게 가벼운 분위기에서 내가 길드 안에서 어떤 역할을 할지 대략적인 미래가 결정되었다. 이젠 세세한 부분을 정해야겠네!

"네 소속은 조금 더 지난 뒤에 정해지겠지. 내가 뭐라고 참견할 일도 아니고, 애초에 내 업무도 아니고."

아, 그런가? 드디어 정해지는 건가 두근거렸지 뭐야. 그렇게 쉽게 정해지지 않을 것 같긴 했지만, 그런 거 있잖아. 임시 소속 같은 걸로 이런저런 체험을 해보고 싶었거든. 그건 그렇고 자기 업무가 아니라니…… 마치 파견사원 같다.

이렇게 이어지는 공부 시간. 다음으로 레키에게 배운 것은 오르투스 외의 특급 길드에 대한 정보였다. 음, 그렇지 않아도 궁금했다.

"우선은 스텔라. 여기는 정통파 길드야. 나라에서 주는 의뢰를 주로 받지만, 일반 의뢰도 접수하지. 융통성이 없는 구석이 있어도 성실해. 좋게도, 나쁘게도."

규칙은 규칙이라면서 물러나지 않는다거나 그런 걸까. 뭐, 규칙은 확실히 중요하고 예외를 인정해버리면 한도 끝도 없으니까. 어느 의미 필요한 자세라고도 할 수 있지.

"다음으로 애뉼러스. 여기는 완전히 상업 길드야. 대형 상회는 거의 여기 소속이지. 우리도 자주 신세를 지니까 좋은 관계를 구축하고 있어."

그렇구나. 상업에만 힘을 쏟고 있는 거지? 그런 곳도 확실히 필요해! 오르투스에서도 신세 지고 있다니 기억해두자. 애뉼러스……. 와, 제대로 발음할 수 있을 것 같지 않아!

"마지막으로 네모. 여기는…… 이름을 들으면 우선 너는 엮이지 않는 게 좋아."

"어째서요?"

네모라는 이름이 나오자 레키의 얼굴이 일그러졌다. 뭐지. 문제가 있는 곳인가.

"네모는 간단하게 말하자면 인재 파견 길드야. 우리도 넓은 의미로는 인재 파견형이지만……, 네모가 다루는 건 말 그대로 사람. 그 사람의 능력만 빌려주는 게 아니라, 사람 자체를 빌려주는 길드지."

사람 그 자체……? 차이를 잘 모르겠지만 대충 안 좋은 예감이 든다.

"이 나라에서는 기본적으로 노예제도를 금지하고 있어. 하지만 아직 노예제도가 있는 나라도 많지. 노예를 곱게 대한다는 규칙이 있는 곳이라면 그나마 낫지만, 그렇지 않은 곳도 있어. ……뒷세계에서는 처우가 엉망인 노예가 지금도 매매되고 있지."

그래도 표면적인 인신매매는 기본적으로 금지되었다고 한다. 뭔가 엄청 애매한데. 빠져나갈 구멍은 얼마든지 만들 수 있을 것 같다. 즉, 네모라는 길드는 그 구멍을 이용하고 있는 게 아닐까.

"네모는 사람을 빌려주지. 독자적으로 대여할 인재를 모으고 있지만, 여러모로 수상해. 하지만 빌려준다는 체제를 취하고 있기 때문에 끌어낼 수도 없고, 무엇보다 증거를 잘 숨기고 있다고 하더군."

블랙에 가까운 그레이다. 그렇다면 빌려진 사람의 대우가 좀 신경 쓰였다. 나는 쭈뼛거리면서 그 점을 물어봤다.

"……자세한 건 모르는 게 나아. 하지만 안 좋은 일을 당하기도 해."

빌려지는 쪽도 고액 보수를 받는 대신 의뢰를 받는다는, 어디까지나 합의하고 '일'을 하는 것이므로 아무 말도 못 한다고 한다.

일이라. 그야 빈부격차가 있는 게 당연하지. 다들 행복하고 세끼 꼬박 먹을 수 있는 게 아니니까. 그날 먹을 것도 버거운 가정에서 이런 길드를 이용하는 걸 막을 권리는 누구에게도 없다. 역겨운 이야기이긴 해도 그 네모라는 길드도 이 세계에는 필요한 건지도 모르지……. 적어도, 안 좋은 일을 당한다고 해도 밥은 먹을 수 있으니까.

그렇게 생각하면 나도 그렇게 될 가능성이 있었다는 거지? 그때가 되어보지 않으면 모르는 법이지만, 죽을 바에야 뭐든 하겠다고 생각했을까. 나 혼자였다면 죽는 게 더 낫다고 생각할지도 모른다.

하지만 가족이 있다면? 소중한 사람이 있다면 선택지는 하나다. 뭐라 말할 수 없는 복잡한 감정이 가슴을 무겁게 짓눌렀다.

"……이 건에 대해서는 아무리 생각해봐도 소용없어. 어떻게든 하고 싶어도 힘이 없으면 아무것도 못 해."

레키는 '힘이 있어도 어떻게 하지 못하는 영역도 있고'라고 말을 이었다. 그 작은 중얼거림에서 분명한 무게를 느꼈지만, 더 깊게 파고들지는 못했다.

무거운 분위기를 느끼면서도 레키는 마지막으로 오르투스의 절대적인 규칙을 설명하겠다고 했다. 오, 이건 오늘 공부하는 내용 중에서도 제일 중요한 부분 아니야? 머릿속 메모장 준비 완료!

"하나, 마음이 시키는 의뢰는 받을 것. 단, 실력에 맞지 않는 경우엔 반드시 동료와 상담한다."

마음이 시키는 의뢰라. 뭔가 좀 열혈인데, 오르투스. 하지만 실력에 맞지 않으면 상담하라는 부분은 안심이 된다. 근성론을 들먹이면 콱 죽여 버리고 싶거든. 진짜로.

"하나, 항상 성장할 것. 성장이 멈춘 자는 길드 소속 권한을 잃는다."

오오, 즉 향상심을 가지라는 거겠지. 성장했는지 아닌지는 눈에 확연히 보이는 게 아니니까. 설령 제자리걸음을 한다고 해도 걸음을 멈추지만 않는다면 아주 조금이라도 성장했다고 할 수 있다. 나는 그렇게 생각한다.

"하나, 동료를 소중히 할 것. 이게 오르투스에서는 가장 중요한 점이야. 아무리 길드원이 늘어나도 동료끼리 진심으로 싸우는 건 금지. 뭐, 자잘한 다툼은 일상다반사인데."

확실히 쥬마는 늘 누군가에게 혼나고 있었지. 대우가 너무한다는 생각도 하지만, 아마 본인들에게는 그게 교류인 것 같았고. 아, 슈리에 씨는 진짜로 혼낸단 느낌이긴 했다. 하지만 그것도 바꿔 말하자면 사랑이다. 어떻게 되든 상관없는 사람에게는 충고도 하지 않으니, 그런 거겠지.

"동료가 곤경에 처하면 돕는다. 우리 길드는 강한 유대로도 유명해. 특급 길드치고는 인원수도 적고."

"적은 거예요?"

많은 사람이 일하고 있다는 느낌이었는데…….

"압도적으로 적어. 길드 규칙에 동료를 배신하지 않는다는 항목이 있는 이상 믿을 수 없는 녀석은 들어오지 못하거든. 미리 말해두는데, 아무나 쉽게 가입할 수 있는 길드가 아니야. 아무것도 안 하는 것처럼 보여도 신입은 온갖 방면에서 점수가 매겨지지."

그, 그건 즉 나도 점수가 매겨지는 도중이라는 건가? 오오, 왠지 돌파할 수 있을 것 같지 않은데!

그런 내 생각을 읽은 건지 레키는 한숨을 쉬며 불쾌하다는 듯 덧붙였다.

"너는 아직 어린아이라는 이유로 여기저기에서 돌봐주는 것뿐이야. 착각하지 마!"

그렇겠죠. 아직 전력에 들어가지도 않는다는 건가. 하지만 방심할 수는 없다. 어른이 되었을 때 제대로 동료가 될 수 있도록 노력해야지!

"……그 기준은 거의 돌파한 것 같지만."

레키가 불만이라는 듯 작은 목소리로 뭐라 투덜거렸지만 잘 들리지 않았다. 으음, 레키는 레키대로 상당히 고생한 건가?

4 언젠가 반드시

이렇게 공부가 끝났다. 어느새 벌써 저녁이 되어 있었다. 오늘은 종일 레키와 단둘이 있으라고 해서 처음엔 어떻게 될지 걱정했는데, 무척 유익한 시간을 보냈다. 레키 덕분이다. 그런 이야기를 나 나름대로 정중하게 전달했더니 레키는 흥, 하면서 고개를 돌려버렸지만.

귀가 빨개진 걸 내가 놓칠 줄 알았더냐! 이 츤데레 녀석!

"저녁 먹을 때까지는 시간이 남았는데. 뭔가 하고 싶은 일 있어?"

그렇게 말하기에 일단 홀에 가고 싶다고 대답했다. 홀에 있으면 슈리에 씨를 만날 수 있을지도 모르고, 무엇보다 다양한 사람이 일하는 모습을 관찰할 수 있다.

내가 할 수 있는 일이 무엇인지조차 아직 알 수 없는 지금, 조금이라도 다른 사람이 일하는 모습을 봐 두고 싶었다. 그렇게 주장하자 레키는 심드렁하게 흐응……, 하고 반응하더니 가자면서 바로 일어났다. 그때 나도 의자에서 내려 주었는데 일일이 '다치면 귀찮아서 그래'라고 변명을 붙이는 레키! 이것이 바로 레키!

"어? 공부 끝났어?"

"네! 마니 배워써요!"

"후후, 수고했어. 아, 슈리에에게 말해놨어. 서둘러 일을 끝낼 테니까 저녁은 같이 먹자고 하던데."

"진짜예요?! 사우라 씨, 감사함미다!"

홀에 돌아오자 접수 카운터에 있던 사우라 씨가 한발 먼저 우리에게 말을 걸었다. 약속을 잊지 않고 전달해주는 사우라 씨, 멋져!

어? 당연하다고? 아니, 조금 전까지 했던 공부에 의하면 사우라 씨는 아주, 정말 아주 많이 바쁜 사람인 것 같단 말이지. 나도 산더미 같은 일을 소화해야 했기 때문에 잘 아는데, 구두로 부탁받은 일은 곧잘 까먹게 된다고. 그래서 나중에 머리를 부여잡은 적이 종종 있었다. 내가 붕어기억력이라서 그런 건지도 모르지만!

"그럼 너는 여기 있어. 나는 한 번 의무실에 돌아갈 거야. 저녁 전에 또 여기 올게."

"알겠슴미다! 여기서 기다릴게요."

"사우라 씨, 괜찮죠?"

"응! 알았어."

그렇게 말한 레키는 바로 의무실 쪽으로 빠르게 걸어갔다.

그 모습을 지켜보면서 나는 혼자 홀 안을 어슬렁어슬렁 돌아다녀 보기로 했다. 사우라 씨의 허락도 얻었지! 걷어차이지 않도록 조심하라는 조언에 설득력을 느꼈다. ……비슷한 사이즈의 선배가 해준 조언이다. 명심하자. 음.

플래그란. 어째서 이렇게, 이런 일이 일어나는 걸까.

"꺅!!"

"으억! 위험해!"

아니, 걷어차인 건 아니다. 차일 뻔했을 뿐이지.

레키에게 들었던 의뢰판을 보고 싶어서 가까이 가봤다. 하지만 너무 가까이 있으면 사람이 많아서 위험하니까 조금 떨어진 부근에서 멈췄다고. 그런데 글씨는 안 보인다는 생각에 입을 벌리며 위를 쳐다보고 있었더니 뒤에서 무언가가 내 몸을 타고 넘는 바람에 놀랐다. ……그래, 타고 넘었다고. 이 사람은 다른 사람보다 더 크니까!

"메구잖아! 미안해, 안 보였어."

"니카 씨. 갠차나요. 저야말로 방해되는 곳에 있어서 제송함미다."

금발이 눈부신 사자 니카 씨. 아니, 사자가 맞는지 아닌지는 모르지만. 이렇게 덩치가 크다면 나처럼 쪼끄만 어린아이는 보이지 않아도 어쩔 수 없지.

"아니, 사우라에게도 자주 조심하라는 말을 들어. 사우라가 카운터에 있는 게 보여서 그만 방심하고 말았지."

그렇군. 쪼끄마한 게 또 있었다는 걸 깜빡한 거였구나! 그것도 어쩔 수 없다. 어제오늘 일이고 말이야. 그보다 사우라 씨에게 자주 혼나는구나. 하긴 사우라 씨에게는 사활문제니까 그렇겠지!

"그런데 메구. 뭐 하고 있었어? 의뢰판이 보고 싶어?"

"아, 마자요. 어떤 의뢰가 있는지 궁금해서요."

그렇게 대답하자 니카 씨가 태양처럼(성격이 나오는군) 웃으며 나를 훌쩍 들어 올렸다. 안아주는 건가? 라는 생각을 하고 있었는데 저기, 높아요! 높다고!!

"어떠냐! 보기 쉽지?"

"우와…… 마니 높아요!"

설마 했던 목말이었습니다. 아니, 안아 들기만 해도 충분히 남보다 높은 위치니까 문제없었겠지만……, 그래도 왠지 목소리가 들뜨고 신나 보였으니 니카 씨 나름대로 기쁘게 해주려고 한 거겠지. 음, 솔직히 재밌어요! 반사적으로 까르륵까르륵 즐기는 바람에 주위의 이목을 끌고 말았다. 여러분, 일하는 분도 계실 텐데 놀아서 죄송합니다. 하지만 다들 흐뭇한 시선이었다. 정말 착하다니까. 그리고 이 눈부신 금발의 감촉이 보들보들하니 참 좋네요.

"자, 메구. 글씨 읽을 줄 알아?"

"읽을 수 이써요!"

아, 그랬지. 놀지 말고 의뢰판을 보자. 그러기 위해서 목말을 태워준 거니까!

어디 보자. ……드래곤 토벌?! 드, 드래곤이 정말 있구나. 예상은 했지만 그걸 토벌한다니, 상상만으로도 오싹해졌다.

정신을 차리고. 으음, 그렇군. 소재 채집이라. 잘 보니 아래쪽으로 갈수록 난이도가 내려가는 느낌이 든다. 그리고 왼쪽에서 오른쪽으로 갈수록 또 난이도가 내려가는 건가? 같은 채집 의뢰여도 드래곤의 비늘만 가져오라는 것도 있는데, 쓰러뜨릴 필요가 없으니 난이도가 조금 아래로 지정된 건지도 모른다.

그 외엔 고블린 토벌, 오크 토벌 같은 소설에서 본 것 같은 의뢰나 약초 채집, 호위 의뢰, 거리 청소도 있다. 고아원에서 읽고 쓰기를 가르쳐달라는 의뢰도 있네. 그래, 모처럼 만난 거 물어봐야지.

"니카 씨는 평소에 어떤 의뢰를 바드세요?"

"응? 나 말이야? 나는 길드에서 부탁하는 일 말고는 토벌 의뢰가 많지. 호위나 채집처럼 다른 사람을 신경 써야 하거나 섬세한 일은 잘 못 하거든!"

호쾌하게 크하하 웃는 니카 씨의 대답은 예상을 저버리지 않았다. 역시 내가 생각한 대로 세세한 작업은 어려워하는 대담한 사람인 것 같다. 음, 음.

혼자 만족스러워하고 있었더니 조금 목소리 톤을 낮춘 니카 씨가 앞을 본 채로 말을 걸었다.

"메구, 오늘 네 이야기를 들었어. 많이 고생했던 모양이지만 우리는 다들 네 아군이야. 길드의 일원이라고 생각해도 돼."

뜻밖의 말에 눈을 깜빡였다.

"하, 하지만……. 저는 아무거또 못해요. 길드를 위해 일하지도 못하고, 여러분을 돕기는커녕 도움만 받고 있는데요……."

마음은 기쁘지만, 어린아이라고 해서 특별히 길드의 동료로 인정해준다는 것도 불편할 것 같은 느낌이 든다. 그런 생각에 시무룩해졌다.

"크하하. 너는 아직 어리니까 아무것도 못 한다는 것쯤은 다들 알고 있어! 하지만 너는 똑똑하지! 우리가 얼마든지 가르쳐 주면 돼. 앞으로의 성장에 기대하는 거야."

그러니까 착실히 흡수해라! 하고 니카 씨가 밝게 웃었다. 그런가. 그렇구나. 나 스스로도 정한 일이잖아. 신세를 질 거면 내가 할 수 있는 일을 늘리자고! 진정한 의미로 동료로 인정받을 수 있게 될 때까지 죽어라 노력하자!

"언젠가 진짜 동료가 될 거예요!"

"그래, 그 자세다 메구!"

원래의 세계가 어떻다든가, 이 몸의 과거가 어떻다든가. 그런 복잡한 문제에는 잠시 뚜껑을 덮어두자.

그런 생각을 계속하고 있다간 앞으로 나아갈 수 없으니까. 그러니 당분간은 앞으로도 계속 이 세계에 있을 것을 전제로 두고 생각하자고 결심이 섰, 나? 심정적으로는 조금만 더 시간이 필요하지만.

전환은 중요하지. 문제에 대해서는 더 많은 걸 알게 된 뒤에 생각하자. 할 수 있는 일부터 차근차근!

니카 씨의 머리에 매달리며 그런 생각을 했다.

"오, 메구. 거기서 보는 경치는 어때?"

불현듯 아래쪽에서 목소리가 들렸다. 소리 없이 접근한 뒤에 말하기. 음, 많이 익숙해졌군!

아래를 빼꼼 내려다보자 역시 그곳에는 케이 씨가 있었다. 손을 눈 위에 올리고 이쪽을 쳐다보고 있다.

"이것저것 잘 보여요!"

"후후, 잘됐네. 벨로니카, 널 보고 안 우는 어린아이라니 귀중하지?"

"그러게 말이야!"

기쁘게 크하하 웃는 니카 씨. 그렇게 기뻐해 주다니 나도 기뻐지잖아!

"있잖아, 메구. 나는 내일 쉬는 날이거든? 괜찮다면 데이트하지 않을래?"

"데이트?"

상큼한 미소를 지으며 가볍게 제안하는 케이 씨를 보고 아, 늘 이런 식으로 여자를 꼬시는 건가, 라는 막연한 생각이 들었다. 참으로 자연스러워서 불쾌하지 않았다. 이런 제안을 거절하는 여자도 없겠지. 설령 용건이 있어도 취소하고 데이트를 선택할 것 같다.

"어제 약속했잖아? 옷을 만들러 가자고. 겸사겸사 마을도 조금 안내할게."

"갠차는 거예요?!"

"오오, 기뻐 보이는데? 메구!"

그야 당연히 기쁘죠! 생각해 보면 여기에 올 때는 꿈나라에 있었기 때문에 마을이 어떤 곳인지 거의 모른다. 하늘 여행이 참 쾌적했지! 슈리에 씨와 점심을 먹으러 갔을 때는 너무 이목을 끄는 바람에 주위를 관찰할 수 있는 상황이 아니었고. 케이 씨도 이목은 끌 것 같지만.

"후후, 메구가 귀여우니까 다들 날 부러워할 거야."

무슨 말씀이신가요, 케이 씨……. 내가 케이 씨 팬들의 부러워하는 시선을 받게 될 거야. 틀림없이!

"케이, 너 혼자서 괜찮겠어? 호위는?"

"으음, 그래. 사우라디테에게 상담해볼게."

호위? 마을은 그렇게 치안이 안 좋은가? 불안해하고 있었더니 나를 안심시켜주려고 하듯 케이 씨가 웃었다.

"으음, 나는 딱히 약한 건 아니지만 누군가를 지키면서 싸우는 건 좀 자신이 없거든. 단순히 도망만 치는 거라면 쉬운데 만에 하나의 사태가 벌어지면 곤란하니까. 미안해. 미덥지 못해서……."

케이 씨가 면목 없다는 듯 말하기에, 그렇지 않다는 뜻을 전달하기 위해서라도 온 힘을 다해 고개를 붕붕 저었다. 나 같은 건 발목만 잡게 될 텐데, 황송해라!

"마을의 치안이 나쁜 건 아니지만, 좋게도 나쁘게도 특급 길드는 눈에 띄거든."

이어지는 니카 씨의 말을 듣고 감을 잡았다. 오케이, 대충 파악했습니다. 즉 악당은 어디에나 있다는 뜻인 거지?

특급 길드는 전 세계를 통틀어 네 개밖에 없다. 그렇다면 그만큼 유명하기도 할 테고, 소재지나 오래 소속된 사람은 개인적으로도 유명할 것이다. 기르 씨도 수군거리는 사람들이 있었다.

그래서 그런 문제와도 맞서야 하기 때문에 오르투스에 소속된 사람들은 다들 싸우는 기술을 체득하고 있는 것이리라. 즉, 최소한 자신의 몸은 스스로 지킬 수 있다는 것이다. 새삼 길드원들이 강한 이유를 이해했다.

하지만 나는 그렇지 않다. 갑자기 나타나 보호받게 된, 한눈에 봐도 약한 평범한 어린아이. 손쓸 수도 없이 홀랑 끌려 가버리겠지. 그렇지 않아도 귀한, 심지어 엘프 '유아'니까 분명 순식간에 소문이 퍼졌을 것이다. '특급 길드 오르투스에 어린아이가 있다.' 그럼 악당들은 무슨 생각을 할까. 그야 뭐, 노리겠지. 가장 약한 어린아이를.

우와아, 나 진짜 짐짝이네. 방해꾼이잖아. 머리를 부여잡고 싶어져……! 게다가 지금은 내 입으로 말하는 것도 좀 그렇지만 외모가 무척 귀엽다. 이용 가치는 충분하겠지. 아무리 강한 사람이라고 해도 혼자서 자신의 몸을 지키며 나까지 지키는 건 어려울 것이다. 그러니까 케이 씨의 실력이 어떻고 하는 문제가 아니다.

"으음, 뭐 우리에게 시비를 걸면 어떻게 될지 모를 만한 멍청이는 없겠지만."

"그래도 메구를 인질로 잡히기라도 하면 곤란해. 조금이라도 무서운 일을 겪게 하는 건 피하고 싶잖아."

"당연하지. 다만 만약의 사태가 일어난다면 나는 용서하지 않겠다는 뜻이야."

"그야, 너만이 아니라 다들 그렇겠지!"

어라? 어쩐지 오한이 드는데. 불길한 분위기가 감돌고 있어! 날 위해 하는 말이라는 건 뼈저리게 알고 있긴 하지만. 으음, 피해가 발생하지 않기 위해서라도 나도 조심하겠습니다!

그건 그렇고 우울해진다. 마을에 좀 놀러 가는 것뿐인데 다른 사람에게 폐를 끼치게 된다니.

"나도 강해지고 싶다……."

휴, 하고 한숨을 쉬었다. 겸사겸사 주먹을 불끈 쥐어봤다. ……이것도 주먹이라고 쥔 거냐. 니카 씨의 어깨 위에서 혼자 그러고 있었더니 케이 씨가 푸핫, 하고 웃음을 터트렸다.

"메구는 정말 귀엽다니까! 나 어제부터 몇 번을 웃었는지 모르겠어."

"오오, 별일이네. 케이."

"으음, 어린아이는 보물이야, 벨로니카. 실감 나지?"

한쪽 눈을 찡긋 감고 그렇게 말하는 케이 씨는 여느 때의 미스테리어스한 느낌이 사라지고 왠지 귀여워 보였다. 이런 면도 있구나.

몸이 공중에 뜨더니 니카 씨의 품에 안겼다. 역시 목말이 아니어도 충분히 높네요.

"메구. 서두를 필요는 없어. 누구나 너처럼 아이였던 시기가 있지. 처음부터 강한 녀석은 없으니까!"

"맞아, 메구. 지금부터 노력해야겠다는 생각을 할 줄 알면 얼마든지 강해질 수 있어. 나도 계속 노력했기 때문에 지금이 있는 거야."

두 사람의 말이 따뜻해서 가슴에 은은히 퍼져나갔다. 알맹이는 어른이기 때문에 아무래도 조급해진단 말이지. 나는 자꾸 이런단 말이야.

현실을 알 때마다 어떻게든 해야 한다고 초조해하고, 격려받고, 또 조금씩 열심히 하겠다고 결의한다. 이걸 몇 번이나 반복하며 고민했다가 기운 냈다가. 참으로 단순해서 난감하다.

하지만 사람은 이렇게 거듭 격려를 받거나 스스로를 고무하면서 안심하는 생물이 아닐까. 응석받이인 것뿐인지도 모르지만.

"근데 재능도 필요하긴 해. 재능이 없는 녀석은 남들의 두 배는 더 노력해야 하니까."

"으음, 그거 나에게 해당하는 말인데."

"크하하! 나도 그래!"

둘 다 노력파구나. 지금의 두 사람만 아는 내가 보기에는 신기하다. 종족 특유의 강점을 살려서 필사적으로 노력했을 것이다.

……음, 나도 필사적으로 해야지!

그건 그렇고 케이 씨는 남자 앞에서는 평범한 사람이구나. 여자 앞에서만 플러팅맨으로 변신하는 건가?

"기다리셨습니다! 죄송해요, 메구. 오래 기다렸나요?"

길드의 문이 딸랑, 하는 소리를 내나 싶더니 슈리에 씨가 나타나 조금 빠른 발걸음으로 나에게 다가왔다. 급해 보이는 그 모습에서 서둘러 왔다는 걸 알았다.

"으음, 슈리엘레치노. 여유 없는 얼굴도 아름다운데?"

"……당신은 좀 입을 다물고 있는 게 좋을 것 같습니다."

남자를 상대로도 케이 씨는 케이 씨였다. 아니, 슈리에 씨가 특별한 건가? 아름다우면 그만이라는 케이 씨가 특이한 건가? 아마 둘 다겠지.

뭐, 그런 건 됐다. 지금은 서둘러 온 슈리에 씨에게 말을 거는 게 먼저지!

"다녀오셔써요! 슈리에 씨! 별로 안 기다려써요!"

이어서 '수고하셔쯥미다!' 라고 신나게 발음이 꼬이면서도 웃는 얼굴로 말하자 슈리에 씨가 움직임을 멈췄다. 응? 뭐지? 왜 그래? 주위를 두리번두리번 둘러보자 니카 씨와 케이 씨, 그리고 은근슬쩍 이쪽을 보고 있던 길드 안의 다른 사람들도 마찬가지로 굳어 있었다. 뭐, 뭔데? 긴급 사태?

"……아아, 피로가 날아가네요."

"으음, 나도 듣고 싶다……."

"그런가, 이게 힐링이란 건가!"

너, 너무 호들갑스러운 거 아니야? 그렇게 수고했단 말을 들을 일이 적었나? 묘한 기분을 맛보고 있었더니 슈리에 씨가 손을 뻗었기에 나도 손을 내밀었다. 우락부락한 니카 씨의 팔에서 부드러운 슈리에 씨의 품으로 자리 이동. 재미있는 운동기구에서 요람으로 이동한 것 같은 감각이다.

"제게 할 말이 있다고 들었어요. 저녁 먹은 뒤에 듣도록 할까요?"

"! 네!"

"아아, 마음이 정화되는 기분이에요……."

오늘 일이 어지간히 힘들었나 보다. 슈리에 씨가 나를 꼭 껴안으면서 지친 듯이 중얼거렸다.

다들 늘 고생이 많구나. 격려 좀 했다고 이렇게 기뻐하다니,

미력하게나마 내가 인사하고 다녀야겠다고 결의했다. 우선 슈리에 씨! 사람들이 쳐다보니까 슬슬 멈추지 않으시겠어요! 하지만 이득 본 기분이기도 하고……. 이렇게 된 거 슈리에 씨의 좋은 냄새라도 맡자. 킁킁.

그 후에 어떻게 되었냐 하면. 의무실에서 돌아온 레키가 싸늘한 눈빛으로 '뭐 하는 거야.'라며 말을 걸었기 때문에 현실로 돌아왔습니다.

괜찮아. 슈리에 씨의 좋은 향기를 실컷 맡았으니까. 자각은 있으니 안쓰러운 아이를 보는 눈빛은 거둬줘, 레키!

"그럼 메구. 내일은 아침 먹고 나서 여기서 기다려줄래? 미리 준비는 끝내둘게."

"알겠슴미다! 기대대요."

"후후, 나도 그래."

준비라는 건 호위할 사람 등을 말하는 건가? 웃으면서 약속하자 케이 씨는 내일 보자며 떠나갔다. 아직 저녁 먹을 시간이 아닌 걸까.

"메구, 무슨 일 있으면 말해. 언제든지 힘을 빌려줄 테니까."

"니카 씨, 감사함미다! 저녁 안 드세요?"

"크하하! 밖으로 술 마시러 갈 거거든! 또 보자, 메구."

니카 씨는 술! 크, 좋겠다. 나도 맥주 마시고 싶어! 이 몸으로 마실 수 있는 날은 한참, 아주아주 한참 남았겠지……. 에구구.

"어? 오늘은 레키도 같이 먹나요?"

"어쩔 수 없잖아. 이것도 시험의 일환이라고 하니까."

그런 이유라도 없으면 같이 먹지 않을 거라며 쌀쌀맞은 레키. 오호라, 그렇다면 같이 저녁을 먹는 건 귀중한 체험이구나! 운이 좋았다고 생각하자. 나는 긍정적인 어린이……

"정말 솔직하지 못한 소년이군요."

"누가 소년이야! 이젠 성인이라고!"

"알고 있답니다, 소년. 자, 갈까요. 배고프죠?"

생글생글 웃으면서 레키를 굴리는 슈리에 씨. 분한 듯 노려보는 레키. 괘, 괜찮은 거야? 저녁 맛있게 먹을 수 있을까?

결론부터 말하자면 쓸데없는 걱정이었습니다!

"으음! 마시써요!"

늘 똑같은 감상을 뱉으면서 뺨을 누르고 먹고 있습니다! 어휘력이 없어서 죄송합니다. 하지만 정말로 맛있다고! 설마 이세계에 와서 생선구이를 먹을 수 있을 줄은 몰랐단 말이야. 카츠가 있질 않나 된장국이 있질 않나 해서 혹시나 하긴 했지만……, 간장도 있었습니다! 아아, 행복해! 일식 최고!

"맛있게 먹는군요. 메구는 편식하는 게 없으세요? 생선을 싫어하는 사람은 꽤 있는데요."

그런가? 생선 맛있는데요. 최근엔 안 먹었으니까 더욱더! 고기보다 비교적 비싼 데다, 다듬는 것도 많이 가잖아. 정식집에서는 가끔 먹지만 자꾸 고기를 고르게 된단 말이지. 왜냐고? 점심에 에너지를 보급하지 않으면 못 버티기 때문이야! 고기가 필요하다고!

앞을 힐끔 쳐다보자 레키가 조금 싫다는 표정을 지으면서 생선을 쿡쿡 찌르고 있었다. ……여기에도 생선을 거부하는 사람이 있었군.

"레키, 생선 시러해요?"

"……고기를 더 좋아하는 것뿐이야."

레키가 건드리지 말라는 듯 나를 노려보았다. 미안하다.

"레키는 울그종이니까요. 레오거종인 니카도 생선은 먹은 것 같지 않아서 싫다고 말하더군요."

울그? 레오거? 잘 모르겠지만 육식동물이라는 거겠지. 생선도 먹을 수는 있지만 부족한 느낌인 걸까. 그 마음을 이해하지 못하는 건 아니다.

"저는 생선 마니 좋아함**냐**!"

분위기 전환을 위해 힘차게 생선 사랑을 외쳤더니 혀가 힘차게 꼬였다. 젠장, 내 입 속에 고양이라도 살고 있는 거냐.

""""크흡!!""""

"?!"

그러자 식당 여기저기에서 사레들린 사람이 속출! 그, 그렇게 이상했나? 미안해! 하지만 웃을 거면 한 번에 부탁합니다. 그렇게 못 참겠다는 듯 어깨 떨지 마……! 나에게 정신적인 데미지가. 크헉.

"너……, 참 악질이다."

"그런 말은 하는 거 아닙니다, 레키. 일부러 하는 건 아니니까요. 귀여운 건 죄가 아니에요."

"……그게 악질인 거잖아?"
알았어, 알았으니까 둘 다 이 이상의 추가 공격은 하지 말아줘. 이미 빈사야! 회복하기 위해서도 묵묵히 밥을 먹기로 했습니다. 킁.
"그럼 제게 할 말이 뭐였는지 슬슬 들어볼까요?"
내가 식사를 마치는 걸 기다려준 슈리에 씨가 입을 열었다. 분위기를 파악한 레키가 우리가 먹은 식기를 혼자 치우려고 했기 때문에 말을 걸었지만, 신경 쓰지 말고 빨리 대화나 하라는 대답이 돌아왔다. 배려할 줄 아는 츤데레, 이것이 레키……!
"그게, 오늘 레키랑 길드 2층을 탐험해떠니 신경 쓰이는 정령님이 있어써요."
"와, 벌써 찾으셨어요?"
눈을 크게 뜨는 슈리에 씨에게 목소리의 정령과 나눈 대화에 대해 처음부터 설명했다. 슈리에 씨는 말없이 내 이야기를 끝까지 들었지만, 정령이 슈리에 씨가 무섭다고 말했다는 부분에서 살짝 눈썹을 찡그렸다. 목소리의 정령아, 미안해……! 하지만 제대로 다 말해야 하는 거니까 용서해줘.
이야기를 전부 마치자 슈리에 씨는 아주 잠깐 눈을 감고 무언가를 고민한 뒤, 바로 눈을 뜨고서 말하기 시작했다. 꿀꺽.
"결론부터 말하겠습니다. 메구는 분명 그 목소리의 정령에게 운명을 느낀 거예요. 메구의 첫 정령이 될 가능성이 가장 높다고 할 수 있죠."
역시 그랬구나. 마음이 시키는 대로 따랐을 때부터 대충 그럴 것 같다고 예상했었지만.

"하지만 정령님은 시러할지도 몰라요……."

내가 시무룩해져서 그렇게 말하자 슈리에 씨는 웃으면서 '그렇지는 않아요' 하고 대답했다.

"메구. 제 의견을 말하자면 목소리의 정령을 메구의 첫 정령으로 삼는 건 조금 불안하다는 게 솔직한 심정입니다. 다른 자연을 다루는 정령보다 마법의 위력도 그리 강하지 않거든요."

자신의 몸을 지키기 위해서는 목소리면 좀 어렵겠지……. 나도 그렇게 생각한다. 다른 정령과도 계약을 맺을 수 있으니까 마법을 쓸 수는 있겠지만, 첫 정령만큼 정령의 힘을 끌어내기는 어려울 것이다.

"저는 메구가 소중합니다. 그렇기 때문에 최대한 위력이 강하고, 메구를 지켜주는 정령이 적절하다고 생각해요."

슈리에 씨는 진지한 눈빛으로 그렇게 단언했다. 읏, 역시 그렇겠지. 하지만 그 아이가 마음에 걸린다고!

내가 혼자서 표정을 휙휙 바꿔대는 걸 보고 얼굴이 풀어지는 슈리에 씨. 아주 조금 난처한 듯 눈썹을 팔자 모양으로 휘면서 말을 이었다.

"하지만 가장 중요한 것은 메구와 정령의 마음이 통하고, 서로 꼭 이 상대와 계약하고 싶다고 강하게 바라는 것이랍니다. 메구는 아마 이 가장 중요한 관문을 클리어한 거예요."

살며시 내 손을 잡은 슈리에 씨. 따뜻한 손에서 바람의 정령 네프리의 힘도 느껴졌다.

"자신을 가지세요, 메구. 제가 이러쿵저러쿵 참견을 하지만, 그건 어디까지나 이상론입니다. 이상대로 할 수 있는 사람은 거의 없죠. 그보다 당신의 마음이 시키는 대로 따르세요."

"갠차는 거예요……?"

"네. 그것이 메구의 정답이니까요."

황록색 새가 눈앞을 부드럽게 지나갔다. 슈리에 씨의 첫 정령, 네프리다. 격려해주는 것 같아서 기운이 났다.

"저는 그 목소리의 정령님이랑 치내지고 싶어요!"

"네, 발견하면 또 말을 걸어볼까요? 그때가 오면 알려주세요."

슈리에 씨가 말하는 그때란 계약할 때를 말하는 거겠지. 힘이 쏙 빠져서 비실거린다고 했었던가.

"네! 알겠슴미다!"

망설임이 사라지고 해야 할 일이 보였다. 좋아, 다음에 보면 주저하지 말고 팍팍 말을 걸자. 그 자신감 없는 목소리의 정령에게.

"대화 끝났어? 땅콩은 슬슬 잘 시간인데."

절묘한 타이밍에 돌아온 레키. 식기를 치운 뒤에는 조금 떨어진 위치에서 기다릴 줄도 아는 유능한 소년이다. 소년이라고 말하면 실례인가.

"알겠습니다. 메구, 푹 주무세요. 또 무슨 일이 있으면 접수처에 전언을 남기시면 됩니다. 반드시 그날 내로 대답해드릴게요."

"네! 감사함미다!"

"레키도 치워주셔서 감사합니다."

"아니……."

시선을 피하며 퉁명스럽게 대답하는 레키였지만 슈리에 씨에게 고맙다는 말을 듣고 기뻐 보였다. 슈리에 씨도 그걸 알아차린 건지 입꼬리를 조금 올리고 있다. 그래, 이해해. 솔직하지 않지!

그 후 나는 슈리에 씨에게 잘 자라고 인사한 다음 레키와 함께 의무실로 향했다. 오늘은 그렇게까지 졸리지 않으니까 내 다리로 갈 수 있어!

의무실에 도착하자 이미 루드 선생님이 기다리고 있었다. 우리를 보더니 서류를 적던 손을 멈추고 웃으면서 이쪽으로 고개를 돌렸다.

"둘 다 수고했어. 레키는 아침까지 해야 하지만. 그럼 메구, 레키의 안내는 어땠어?"

아차, 그랬었지. 오늘의 나는 래키의 안내에 대해 생각한 바를 보고하는 임무를 받았다. 안 잊었거든?

"네. 하디만 그전에요, 레키는 간호사가 되려는 거죠?"

"응, 그래."

내 질문에 루드 선생님이 바로 대답했다. 레키에게 시선을 보내자 레키도 고개를 끄덕였다.

"그러면 위압감을 주는 태도는 문제라고 생각함미다."

내 첫 평가에 레키는 얼굴을 찡그렸지만, 짐작 가는 바가 넘쳐나는 건지 아무런 말도 하지 않았다. 하지만 내가 하고 싶은 말은 그다음 말이다.

"좀 아까워요."

"아깝다고?"

루드 선생님이 확인을 위해 되물었다. 하지만 표정을 보면 내가 무슨 말을 하고 싶은 건지 알아차렸다는 게 보였다.

"길드 설명도 이해하기 쉬워써요. 꼼꼼하고, 질문에도 바로 대답해줘써요! 게다가 중간에 제가 너머져쓸 때도 바로 치로해주고……. 태도는 쌀쌀마자서 무서웠지만, 쪼끔도 안 아팠어요!"

어떻게든 열심히 내 생각을 전달하기 위해 노력했다. 나 이렇게 어휘력이 부족했던가. 하지만 레키에게 나쁜 평가가 내려지는 건 막고 싶었기 때문에 필사적이었다. 그렇다고 태도가 안 좋았는데 거짓말하고 싶지도 않았고. 저, 전해져라!

"그렇구나. 메구, 레키를 잘 관찰했잖아. 충분해, 고마워."

"그런가요……?"

"당연하지. 첫 임무는 제대로 소화했다고 보고할게. 그럼 목욕 준비는 다 해놨으니까 목욕하고 와. 아니면…… 도와줄까?"

"호, 혼자 할 수 있슴미다!"

그런 수치 플레이는 거부한다! 허둥지둥 목욕하러 달려가자 등 뒤에서 쿡쿡 웃는 루드 선생님의 목소리가 들렸다. 크, 속았다!

"목욕물이 따끈따끈! 흐흐흐흥."

나도 모르게 욕조 안에서 노래가 나왔다. 일식에 이어 욕조에 몸을 담그는 문화까지 있다니, 이 세계는 나를 영주시킬 마음으로 넘쳐나나 본데.

어제도 목욕은 했었겠지만, 너무 졸려서 거의 기억나지 않는다. 습포와 반창고를 찍찍 떼는 건 아팠다. ……하지만 흉터가 거의 없어진 걸 보고 놀랐다. 역시 이세계. 약효도 차원이 다르다. 뜨거운 물을 트는 법이나 비누의 위치는 기억하고 있었던 나 자신 칭찬해. 자그마한 몸으로 씻느라 고생이었지만.

어? 혼자서 목욕하는데? ……라고 하고 싶지만 아무리 그래도 어린아이 혼자 목욕시켜주지는 않더라고요. 접수사무 담당이라는 여성 길드원이 흐뭇하게 웃으며 지켜봐 주고 있습죠. 게다가 등도 밀어주시더라. 신세 집니다!

『목욕물이 따끈따끈!』

"! 목소리의 정령님?"

슬슬 욕조에서 나오려고 생각한 그때 어디서인지 **내 노랫소리**가 들렸다. 아마 목소리의 정령일 것이라는 생각에 말을 걸자 '맞아!' 하는 대답이 돌아왔다. 힐끔 목욕 보조 언니를 쳐다봤지만 어리둥절해 하는 걸 보면 내가 혼잣말을 하는 것처럼 생각하는 모양이다. 아, 아니거든……!

"목소리의 정령님. 나는 정령님이랑 친해지고 시퍼. 안 돼?"

하지만 모처럼 또 만난 거니까 나는 작은 목소리로 정령에게 말을 걸었다. 그러자 당황하는 듯한 감정이 흘러들어왔다. 고개를 갸웃거리며 반응을 기다리자 정령이 작은 목소리로 말했다.

『나는 반쪽짜리 정령이야. 네 도움이 안 돼.』

그 목소리는 무척 슬프고, 당장에라도 사라질 것 같았다.

"나는 친해지고 싶다고 했는걸? 친구 사이에 도움이 되고 안 되고는 상관업써!"

『친, 구……?』

그렇다. 친해지고 싶어 할 때 이해득실 같은 건 따지지 않는다. 설령 손해만 본다고 해도 나는 친구가 되고 싶다고 정령에게 털어놓았다.

『하지만 우리는 도움이 되는 것이야말로 보람이야……. 기쁘지만, 정말 기쁘지만…… 역시 무리야!』

"아, 기다려."

목소리의 정령은 내가 부르는 목소리도 듣지 않고 또 어디론가 가 버렸다. 아아, 조금만 더 대화하고 싶었는데. 물어보고 싶은 것도 있었는데 기회를 놓치고 말았다. 으음.

하지만 그 아이 쪽에서 먼저 다가와 주었다. 이건 좋은 경향이라고 말할 수 있는 건지도 모른다. 긍정적으로 받아들이고 고개를 끄덕인 다음 나는 그제야 욕조에서 나왔다. ……조금 너무 오래 있었던 느낌이 든다.

"메구, 물속에 오래 있었어? 뺨이 새빨간데."

목욕하고 나와서 루드 선생님이 있는 곳으로 비틀비틀 돌아가자, 아니나 다를까 그런 지적이 날아왔다. 제대로 생활 마법으로 찬물을 만들어서 마시고 바람을 불게 해 식혔는데 말이지. 아직 자연 마법을 쓰지 못해서 소꿉장난 수준이었지만.

"이리 와. 머리카락을 말리자."

'어쩔 수 없는 아이구나'라는 듯 루드 선생님이 웃었다. 조금 민망해져서 얌전히 루드 선생님 앞에 앉았다.

"……자."

"아, 감사함미다!"

루드 선생님이 머리카락을 말려주던 도중에 레키가 애프리수를 가져왔다. 그냥 물보다 더 온몸에 잘 퍼지는 느낌.

그 후로 내가 직접 양치질을 한 뒤에 마무리 양치질까지 받은 다음 침대로 갔다. 뜨겁게 익어있던 몸도 많이 식은 느낌이 든다. 그렇게 되자 졸음이 밀려왔다. 으윽, 졸려.

"그럼 잘 자, 메구. 오늘은 레티도 아침까지 있을 거야. 레키, 데려다줘."

"네. ……가자."

레키가 그렇게 말하며 나에게 손을 내민 걸 보고 눈을 동그랗게 떴다. 어? 레키가 손을?!

"……왜."

"아, 아무거또 아니에요!"

다른 쪽으로 고개를 돌린 채 퉁명스럽게 말하는 레키였지만 얼굴이 빨갛고 나에게 내민 손도 거두지 않았다. 뭐지? 반전 매력으로 누나를 죽여 버릴 생각이니? 루드 선생님은 재미있어하는 듯한 얼굴로 이쪽을 보고 있잖아.

하지만 모처럼 이렇게 된 거 그 손에 내 손을 올렸다. 레키의 손은 살짝 따뜻했다.

"오늘은 감사했슴미다. 레키의 설명 이해하기 쉬워써요."

침대에 누운 뒤 다시금 레키에게 감사의 인사를 했다. 졸려서 목소리는 작아졌지만.

"알았으니까 그만 자. 몸은 피곤할 거다."

목욕하는 동안에 루드 선생님에게 무슨 말을 듣기라도 한 걸까. 계속 느껴지던 삐죽삐죽한 분위기가 조금 사라진 것 같다. 여전히 솔직하지는 않지만!

"네. 안녕히 주무세요……."

가슴이 따뜻해지는 걸 느끼며 기쁜 마음으로 잠들었다. 누군가가 머리카락을 살살 쓰다듬어 주는 듯한 느낌이 들었지만 지금 여기 있는 사람은 레키 뿐이니까 착각이었을지도 모른다.

Welcome
to the
Special
Guild

5 꿈

【레키】

“레키. 오늘 시험은 합격이다.”

“어?”

그 땅콩이 목욕하러 간 후, 루드 선생님에게 그런 말을 듣고 놀랐다. 스스로는 포기하고 있었기 때문이다.

솔직히 시험 이야기를 들었을 때는 땅콩은 신경 쓰지 말고 적당히 잘해서 합격할 생각이었다. 하지만 작고 약해 보이고, 그런데도 헤실헤실 웃는 땅콩이 영 거북해서 차가운 태도를 보였다는 자각은 있었다.

“어째서…….”

그래서 그만 그런 말이 튀어 나가고 말았다.

“오늘 하루만 따진다면 완전히 꽝이야. 먼저 예상했던 대로 태도가 엉망이었고, 메구가 다치기 전에 미리 막지 못하는 수준이어선 옆에 있던 의미가 없어. 설령 치료가 완벽했다고 해도.”

“네……?”

그렇다면 어째서 합격인 걸까. 이해할 수 없다. 어떻게든 합격하고 싶었지만 이해할 수 없는 결과는 싫었다.

“왜 합격한 것이냐. 그건 환자가 그렇게 바라기 때문이다.”

“!”

뜻밖의 대답에 눈을 부릅떴다. 동시에 여전히 이해하지 못해서 머릿속이 혼란스러웠다. 루드 선생님은 말을 이었다.

"실력만 좋으면 환자에게 굳이 세세한 설명을 할 필요는 없다, 환자의 비위를 맞춰줄 필요가 없다. 그렇게 생각하는 의료종사자는 꽤 있지. 그 모든 걸 부정할 마음은 없지만, 나와 길드의 방침과는 안 맞아. 알지?"

그렇다. 사실 이 세계에선 확실하게 치료할 수 있는 사람은 꽤 귀중하다. 그렇기 때문에 의사와 간호사는 무슨 착각을 하는 건지 거들먹거리는 녀석이 많다. 나는 그런 인간들이 아주 싫었고, 여기의 방침이 그렇지 않다는 걸 알기에 여기서 배우고 있다. 그런데도 영 태도가 쌀쌀맞아지는 건 스스로도 고민거리긴 했다.

"메구는 어려. 하지만 레키, 넌 어린아이를 상대로도 제대로 설명했다잖아. 그 자세는 훌륭해."

"어? 하지만 물어보니까 대답한 건데. 그건 당연한 거잖아."

"그래. 하지만 어린아이를 상대로 설명해봤자 이해할 수 없을 것이라며 설명을 생략하는 사람도 많아."

땅콩의 질문에도 이해하기 쉽게 설명했다는 이야기를 들었으니까 그 점을 높게 평가했다고 루드 선생님이 말했다. 그런 당연한 걸로? 아직 조금 이해할 수 없었지만, 그 당연한 행동을 하지 못하는 사람이 많다고 한다. 그건 그거대로 재수 없는 어른들뿐이라고 신물이 났다.

"메구는 나이 치고는 똑똑하지. 그래서 레키가 어린아이라고 대충 설명했다면 메구도 바로 알아차렸을 거야. 메구를 네 시험에 동행시킨 건 참 잘한 일이라고 생각해."

그렇군. 하지만 나는 너무 당연한 행동이었기 때문에 맥이 빠진다. 얼떨떨해하고 있었더니 루드 선생님이 진지한 눈빛으로 바꾸며 나를 쳐다봤기 때문에 나도 자세를 고쳤다. 온화해 보여도 사실은 무척 엄한 사람이다.

"하지만 계속 너의 그 태도를 용인할 마음은 없다. 그러니까 '오늘의 시험은' 합격이라고 한 거야. 네 과거에 대해 느끼는 바가 있으니 배려하고 싶은 마음도 있어. 하지만 그렇기 때문에 극복하길 바라."

"……그건 당연해. 나도 그 점에 대해서 동정받고 싶지 않아, ……요."

어색한 말투에 루드 선생님이 웃었다. 으, 역시 공손한 말투는 못 해 먹겠다.

"그럼 그런 레키에게 과제를 주마. 그 아이에게 손을 내미는 거야."

"손을?"

"자세한 이야기는 야간근무 시간에 말할 거지만 그 아이는 많은 걸 안고 있는 아이거든. 하지만 그 기억이 없지."

기억상실……. 그 사실에 경악했다. 그렇게 헤실헤실 웃었는데, 그렇게 생각하니 뭐라 말할 수 없는 기분이 들었다.

"그렇기 때문에 우리는 그 아이가 뭘 품고 있는 건지도 파악하지 못했어. 그 아이는 불안정해. 그러니까 손을 내밀어줘."

그런 이야기를 들어서 그런지, 목욕하고 나온 그 녀석을 침실로 데려갈 때 손을 잡고 갔다. 자연스럽게 내민 손에 나 자신도 놀랐다. 물론 손을 내민다는 게 그런 뜻이 아니라는 건 알지만…… 조금은 다가가려고 생각했다. 그뿐이다.

나와 비슷한 유년 시절을 보내길 바라지 않는다. 아직 늦지 않았다. 그렇게 생각했을 뿐이다.

"그럼 다녀올 테니까 이변이 생기면 알려줘."

"알았어."

그 녀석이 잠들고 많은 이야기를 들은 뒤, 루드 선생님은 회의실로 향했다. 길드 중진이 모여서 열리는 회의다. 지금 조사하러 나간 기르 씨도 그림자를 통해 회의에 참가한다고 한다. 물론 의제는 저 땅콩에 대해서. 기르 씨가 정보를 얻었다며 긴급회의가 열렸다.

그러는 동안 나는 혼자서 야간근무다. 땅콩이 있으니까 방심할 수 없다. 어젯밤 이야기는 들었지만 실제로 몽유병 증상을 보는 건 처음이니까 긴장된다. 뭐, 오늘도 그 증상이 나타날지는 모르는 거지만. 그래서 회의하는 중에도 루드 선생님에게 이변을 알릴 수 있도록 루드 선생님의 실을 받아두었다.

루드 선생님은 투명실거미 아인이다. 이름 그대로 투명한 실을 조종하는 희귀한 거미 아인이다. 실은 투명하기만 한 게 아니라, 마음만 먹는다면 물리적으로도 마력으로도 감지할 수 없는 신기한 실이 된다. 그런 데다 무언가가 건드리면 루드 선생님에게 전해지니 적으로 돌리면 무척 성가시다. 기르 씨도 찾아내는 게 어렵다고 들은 적이 있다.

그 실 끄트머리만 눈으로 볼 수 있도록 만든 뒤 내 책상에 붙여두었으니 이변이 일어났을 때 손가락으로 가볍게 세 번 튕기기로 했다. 한 번이나 두 번 정도면 무언가에 걸려서 울릴 때도 있기 때문이다.

루드 선생님은 이 보이지 않고 느끼지 못하는 실을 길드 안, 상황에 따라서는 마을에도 뻗어놓는다고 한다. 마을 바깥까지는 범위가 미치지 못한다고 들은 적이 있지만 그래도 충분히 위협적이다.

그래서 루드 선생님에게는 비밀을 만들 수 없다. 그 모든 것을 늘 감시하는 건 피곤하다고 하지만. 그것도 당연하지. 하지만 오늘 시험은 아마 주시하고 있었을 거다. 그 멍청한 오니와 이중 감시가 붙어 있었다는 뜻이 된다. 나를 위해서가 아니라 아이를 위해서. 참 애지중지 싸고돈다며 짜증이 났지만, 땅콩의 과거를 들은 지금이라면 그것도 수긍할 수 있었다.

그럼 보고서를 다시 보고 땅콩의 모습이라도 한 번 살펴보러 갈까 생각했던 때였다. 이변이 일어났다.

머리로는 알고 있었다. 하지만 실제로 눈앞에서 그걸 보자 조금 공포를 느꼈다. 어째서인지는 모르지만, 이 녀석이 이 녀석이 아닌 느낌이 들었기 때문일 것이다.

방에서 조용히 나오나 싶더니 비틀비틀 불안정한 발걸음으로 의무실 안을 걸어 다니는 땅콩. 무언가를 찾는 것처럼 보이기도 했다.

"종이와 펜인가……? 루드 선생님에게 알려야지."

바로 실을 세 번 튕긴 다음 땅콩 앞에 종이와 펜을 내밀어봤다.

그러자 땅콩은 아무런 주저 없이 그걸 받더니 탁자에 종이를 놓고 무언가를 열심히 쓰기 시작했다. 키가 작아서 힘들어 보였지만 딱히 개의치 않아 하는 듯했다.

정확하게는 무표정이라서 아무 생각도 없는 것처럼 보이지만.

이렇게 땅콩의 불가사의한 행동을 말없이 관찰하고 있었더니 서둘러 돌아온 듯한 루드 선생님과, 어째서인지 회의에 참가하고 있었을 길드원 전원이 모조리 집결했다.

그야 궁금하겠지. 그렇게 생각하며 나는 그들에게 눈짓으로 땅콩을 가리켰다.

【슈리엘레치노】

메구에 대한 긴급회의가 열리게 되었습니다. 기르가 가져온 정보와 제가 조사한 내용을 조합하자 터무니없는 사실이 드러났기 때문입니다.

아직 가능성의 영역에서 벗어나지 못하지만, 거의 틀림없다고 봐도 될만한 중대한 정보. 이걸 길드 안의 대표자들과 공유해야 한다고 사우라에게 전하자, 오늘 밤 회의가 열리게 된 겁니다.

『그래서, 메구는 어떻지?』

검은 독수리 모양의 그림자에서 기르의 목소리가 들립니다.

이건 기르의 마법으로, 생물이 아니라 기르의 마력이 담긴 그림자입니다. 목소리를 전달해줄 수 있죠. 참고로 비슷한 방법으로 무기물이라면 물건을 전송할 수도 있습니다. 거리와 양, 그 외에도 제한이 있다고 하지만 충분히 반칙 수준으로 편리한 힘이죠. 따라서 그 사실을 아는 사람은 여기 있는 길드원과 두목 정도일 겁니다.

"건강하게 잘 지내! 날 무서워하지 않더라고, 메구 녀석!"

『……그런가.』

니카의 가벼운 대답에 다소 만족스러워하는 기르. 정말 그걸로 만족하는 겁니까. 아무것에도 관심이 없어 보였던 기르지만 메구에 대한 것이라면 이야기가 달라집니다. 사소한 정보라도 만족스러워하는 걸 보면 메구에게 푹 빠져있나 보네요.

물론 그 마음도 이해합니다. 저도 마찬가지니까요. 아니, 메구와 만나본 이 길드원은 다들 같은 마음일 겁니다. 그렇지 않았다면 이렇게 중진만 모은 회의도 열리지 않았을 테고요.

"자, 시작한다! 빨리 끝내자. ……졸려!"

"사우라디테는 정말 자는 걸 좋아하는구나. 우리는 다들 5일 정도는 자지 않아도 괜찮은데."

"그런 소릴 하면 2, 3일간 먹지 않아도 괜찮은데 먹잖아. 요컨대 오락이야!"

케이의 질문에 지당한 대답을 하는 사우라. 먹는 것도 자는 것도 이성에게 느끼는 성적 욕구도, 우리 아인은 크게 절실하지 않습니다. 인간만큼은 아니라는 것뿐이라 필요하긴 하지만요. 다만 많은 아인은 자는 걸 아까워하며 계속 활동하곤 합니다. 이 길드에선 3일에 한 번은 할 수 있는 한 수면을 취하는 것을 규칙으로 정해놓았지만요. 두목의 알 수 없는 집착 중 하나입니다.

"그럼 기르부터! 파바박 말해!"

『알았어. 이 이틀 동안 조사한 결과인데…….』

이렇게 회의가 시작되었습니다.

기르의 보고를 요약하자면 이렇습니다. 기르가 문제의 던전으로 돌아갔을 때, 역시 정보가 거의 남아있지 않았다고 합니다. 그래도 미약한 마력의 잔해를 바탕으로 메구에게 마법을 건 것으로 추정되는 장소까지 더듬어갈 수 있었다고 하네요. 여기에 상당한 시간과 집중력이 필요했으리라는 건 설명할 필요도 없을 정도입니다.

『호크레이 국경 부근까지 타고 갔지만, 그 너머 어느 쪽 방면에서 메구가 온 건지는 대충 알았다.』

호크레이란 던전이 있는 나라인 센트레이 국보다 북쪽에 있는 나라입니다. 오르투스가 있는 릴트레이 국과는 상당히 멀리 있죠. 이동만으로도 고생이었을 텐데, 이 남자에게선 그런 건 조금도 느껴지지 않습니다. 역시 대단하네요.

"거기까지 알았으면서 왜 그 이상 추적하진 않은 건데?"

케이에게서 타당한 의견이 나왔습니다. 호크레이와 센트레이의 국경은 이 대륙에서 가장 높은 산의 기슭입니다. 산이 통째로 호크레이의 영토가 되죠.

따라서 타국에서 호크레이로 가기 위해서는 산을 넘어야만 합니다. 그러기 위한 루트는 세 가지 있는데, 그중 두 가지는 정규 루트라고 불리는 비교적 안전한 루트입니다. 그리고 다른 하나는 우회 루트. 위험한 루트라서 보통은 선택지에 넣지도 않는 길이죠.

『……정규 루트가 아니라 우회 루트로 왔기 때문이다.』

"그거……."

우회 루트도 쓰는 사람이 없는 건 아닙니다. 그 루트를 써야만 하는 이유로 생각할 수 있는 건 두 가지.

하나는 소위 사정이 있는 사람입니다. 누군가에게 쫓긴다거나, 야반도주거나. 남들의 눈을 피해 국경을 넘기 위해서 어쩔 수 없이 사용하는 사람이 있습니다. 정규 루트는 절차를 거쳐야 하기 때문에 누가 지나갔는지 조사하면 바로 알 수 있으니까요.

다만 무사히 통과할 수 있는 사람은 거의 없습니다. 설령 통과한다고 해도 만신창이, 여기저기 다쳤을 겁니다. 따라서 상처가 거의 없었던 메구는 그쪽 이유는 아닙니다.

그리고 또 한 가지 이유야말로 메구의 비밀을 대답해주는 것. 무사히 던전에 도착할 수 있었던 것도 그렇고, 제가 조사한 결과를 봐도 틀림없다고 여겨지는 그 이유. 그것은——.

『그럴 사정이 있었던 거지. 메구는…… 아마도 하이 엘프다.』

""""?!""""

하이 엘프. 그건 우리 엘프의 상위종이라고 불리는 종족으로, 엘프보다 고도의 마법을 다루며 수명도 훨씬 길다고 합니다. ……우회 루트 끝에는 그 하이 엘프의 비경이 있습니다. 아무도 찾아간 적이 없다고 소문이 자자한, 말 그대로 비경이므로 그 존재조차 동화책 속 이야기가 아니냐는 말이 나올 정도입니다. 하지만 하이 엘프는 실제로 존재하고, 하이 엘프들이 사는 마을도 우회 루트 끝에 있다는 걸 저는 알고 있습니다. 제 고향, 엘프 마을은 하이 엘프에 대해 기록된 서적이 있어서 그걸 읽은 적이 있기 때문이다. 물론 여기 있는 길드원도 그걸 알고 있습니다.

"하이 엘프라면 그, 다른 종족은 다 적으로 간주하고 가차 없이 배제한다는 무시무시한 종족이지? 그게 메구라고?"

"그렇게 착한 아이가 그런 종족이라니……. 도저히 그렇게 보이진 않는데."

그렇습니다. 하이 엘프는 긍지 높은 종족. 그 수준은 도가 지나칠 정도입니다. 우리 엘프조차 하이 엘프와 같은 종족으로 절대 인정하지 않으니까요.

남쪽 고도에 있는 엘프 마을과 정반대에 위치한 북쪽 비경에 있는 하이 엘프의 마을. 이 거리부터 봐도 하이 엘프가 특히 엘프를 혐오한다는 건 전해질 겁니다. 아마 엘프를 본다면 가타부타 없이 죽이려 하겠죠. 마치 해충을 구제하듯이.

엘프와 하이 엘프의 결정적인 차이가 발생한 역사적 순간. 하이 엘프는 그걸 계속 기억하고 있으며 우리 엘프를 특히 증오합니다. 거의 같은 종족인데도 결코 서로를 이해할 수 없는 상대인 거죠.

몇만 년이라는 시간을 살아가는, 이 세계에서 가장 수명이 긴 종족 중 하나이므로 그 영지는 가늠할 수도 없습니다. 그렇기 때문에 다른 종족과 엮이는 걸 거부한다고도 합니다. 긴 삶을 살아가는 사이에 생각이 진리에 도달한 건지, 일그러진 건지. 알 방법은 없지만요.

"……그런데 하이 엘프, 심지어 어린아이라니. 그야말로 환상종 수준이잖아. 그것도 그런 곳에 있었다니, 얼마나 기적에 기적이 겹친 거야?"

사우라의 말대로 그렇지 않아도 출생률이 낮은 우리보다도 훨씬 출생률이 낮은 게 하이 엘프입니다. 몇천 년 동안은 태어나지 않았을 텐데. 그 정도로 귀중한 동족을 하이 엘프들이 마을 밖에 내보내다니, 천재지변이라도 일어난 게 아닐까요.

"어지간한 사태가 없는 한 말이 안 됩니다. 그 **어지간한** 사태라는 게 대체 무엇인지…… 무시무시한데요."

『자칫 잘못하면 하이 엘프와의 전쟁이다.』

하이 엘프와의 전쟁. 머릿수만 따지면 우리의 압도적 승리일 겁니다. 하지만 하이 엘프가 지닌 영지와 자연 마법은 완전히 재해 수준입니다. 그것도 한 명 한 명이 지닌 힘입니다. 가까스로 승리를 거둔다고 해도, 이 세계가 반 이상 사라져도 이상하지 않은 사태가 될 테죠.

세계가 휘말릴 정도로 중대한 사건이 되기 시작했습니다. 그 계기가 그렇게 어린아이라니, 이 자리에 있는 누구도 생각하고 싶지 않은 일이었겠죠. 그 아이의 운명은 태어난 순간부터 가혹했던 건지도 모릅니다.

"시급히 두목에게 전해야겠어. 우리들만으로 감당할 수 있는 일이 아니야."

"……그래. 상황에 따라선 마왕에게도 힘을 빌려달라고 해야 할지도 몰라."

사우라와 루드의 의견에는 아무도 끼어들지 않았습니다. 두목과 마왕에게 의지하는 것. 그건 최종수단이기도 합니다. 하지만 지금이 바로 그 시기입니다.

아무래도 회의장의 분위기가 무거워집니다. 어쩔 수 없죠.

『하지만…… 메구는 최대한 평화롭게 지내게 해주고 싶다.』

작게 흘러나온 기르의 한마디에는 다들 동의했습니다. 그 아이의 정체가 거의 확정되었는데도, 신기하게 그 아이를 적대시하거나 밀어내는 마음은 들지 않았습니다.

"그러고 보면 메구가 첫 정령으로 선택하려고 하는 정령은 무척 약한 개체였습니다. 잠재능력을 생각하면 더 강력한 개체도 마음껏 선택할 수 있었을 텐데."

설령 약하다는 걸 알면서도 메구는 그 정령을 선택하겠죠. 그런 그 아이의 성격을 생각하면 무심코 웃음이 새어 나옵니다. 그 아이는 하이 엘프 특유의 사고방식을 일절 지니고 있지 않으니까요. 회의실에 부드러운 분위기가 흐르기 시작했습니다. 메구, 당신은 정말 신기한 아이군요. 다양한 의미로 정말 기적 같은 아이입니다.

"!"

별안간 루드가 표정을 심각하게 바꾸고 자리에서 일어났습니다. 그 행동으로 인해 다시 긴장감이 감돌았습니다.
"왜 그래? 루드."
"……메구에게 이변이 일어난 모양이야. 레키에게서 연락이 왔어."
그 한마디에 다들 안색을 바꾸고 일어났습니다. 그림자에서 기르의 동요도 전해집니다.
"마침 이야기하려고 생각했던 참이야. 잘됐네. 다들 의무실에 와 줘. 단, 내가 괜찮다고 할 때까지 어떤 액션도 일으키지 마. 입도 열지 말고."
의사의 얼굴이 된 루드의 한마디에 다들 굳게 고개를 끄덕였습니다. 거스르는 자는 없습니다. 이 상태의 루드를 거역하는 게 얼마나 위험한지 다들 알기 때문입니다.
그 후로 우리는 말 없이 자리에서 일어나 빠른 걸음으로 의무실로 향했습니다.

【메구】

나는 새하얀 세계를 천천히 걷고 있었다. 바로 꿈이라는 걸 깨달았다.
꿈인데도 내가 생각하는 대로 몸이 움직여지는 게 아니라 몸이 알아서 움직이는 상황. 꿈이라면 뜻대로 움직여줄 수도 있지 않냐며 마음속으로 혼자 투덜거렸다.
그거다. 가위눌린 것 같아. 몸은 움직이지만 내 의사와는 다르니까. 그래서 좀 괴롭다.

일어나고 싶다. 눈을 뜨고 싶다. 자, 일어나라 메구! 하지만 전혀 눈을 뜰 기척이 없었다.

몸은 자기 마음대로 걸어 다니면서, 아무것도 없는 공간에 마치 탁자가 있는 것처럼 기대질 않나 무언가를 그리기도 했다. 뭘 그리고 있는 건지는 내 몸인데도 모르겠다.

어? 내 몸?

아니야. 이 아이의 몸이다. 그렇구나, 아이의 의식이 몸을 움직이는 건지도 모른다. 그렇다면 방해꾼은 나인 거 아니야? 내가 사라져야 하는 건가?

그렇게 생각했더니 이 세계에서 신세 졌던 사람들의 얼굴이 잇달아 떠올라 무척 슬퍼졌다. 이 몸을 빼앗을 마음은 없다. 하지만 역시 외롭다.

게다가 내가 이 몸에서 사라지면 나는 어떻게 되는 거지?

무섭다. ……하지만 받아들여야만 한다. 그런 갈증에 마음이 점점 괴로워진다.

괴로워, 괴로워.

부탁할게, 몸의 주인아. 내 기이심이라는 건 알아. 하지만, 그렇지만. 아주 조금만이라도 나에게 시간을 주지 않겠니? 마음의 준비를 하게 해줘. ……할 수 있는지는 모르겠지만. 그때는 더는 안 된다고 나를 버려도 괜찮아. 조금만 더. 오랜만에 애정을 듬뿍 받아서 행복하다고. ……정말 제멋대로지.

……? 다 그린 건가? 뭘 그렇게 열심히 그린 거지. 보고 싶은데.

그렇게 생각했더니 거기에는 아무것도 없었는데 지금은 한 장의 종이가 놓여 있었다. 그 그림을 본 순간 나는 내 몸을 끌어안았다. 그렇다. **나의 의사로.**

이 그림의 의미를 **나는 알고 있다.**

"아, 아……, 싫어……."

나는 내 몸을 껴안으며 필사적으로 떨림을 억누르려 했다.

『……! ……구! 메구, 메구!!』

들어본 적 있는 목소리가 들렸다. 이 목소리는――.

『메구!!』

"으응……, 기르 씨?"

눈을 떴다. 잠시 상황을 파악하지 못하고 멍하니 있었다.

어라? 여긴 의무실인가? 어째서인지 다들 모여있는데, 어떻게 된 거지?

"……아침이에요?"

그런 것치고 창밖은 어둡고 아직 졸리다. 손을 들어 눈을 북북 비볐다.

"아니, 아침이 아니야. 깨워서 미안해. 가위에 눌리는 것 같아서 걱정했어."

그렇게 말하며 나를 안아 든 루드 선생님. 가위에 눌렸다고? 내가?

"그래. 무서운 꿈이라도 꿨어? 괜찮아?"

루드 선생님의 품에 있기 때문에 사우라 씨가 아래쪽에서 올려다보며 질문을 던졌다. 걱정하는 얼굴. 하지만 죄송합니다. 전혀 기억나지 않는단 말이죠.

"으음……, 모르게써요. 까먹었나 봐요."

그 대답만 하고 흐암 하품을 했다. 걱정 끼쳐 놓고 참으로 성의 없는 태도다. 죄송합니다, 너무 졸려서 못 버티겠어!

"그래. 그럼 됐어. 미안하다, 또 푹 자도록 해."

루드 선생님이 그렇게 말하며 자기 품 안에 나를 기대게 한 뒤 등을 토닥토닥 두드려주었다. 도저히 저항할 수 없다. 말씀하신 대로 잠들겠습니다.

『……잘 자라.』

"안녀이, 주무세요……."

어라? 기르 씨의 목소리가 들리는데. 잠에 취해서 그런가. 하지만 행복한 환청이다. 인사는 똑바로 돌려준 뒤 천천히 눈을 감았다.

안녕히 주무셨어요! 으음, 잘 잤다. 밤중에 한 번 일어난 것 같지만 그 뒤엔 꿈도 꾸지 않고 푹 잤다. 덕분에 오늘도 메구는 기운이 넘쳐납니다!

침대 위에서 기지개를 켜자 방문을 노크하는 소리가 들렸다.

"네."

"메구, 안녕히 주무셨어요. 메어리라예요!"

메어리라 씨! 벌써 출근했구나. 일찍 왔네. 일도 쉬엄쉬엄하세요. 뭐, 전직 사축이 할 말은 아닌가. 그런 생각을 하면서 들어오라고 대답하자 메어리라 씨는 종이봉투를 안고 방으로 들어왔다.

"메구, 푹 주무셨어요?"

"네! 오늘도 건강함미다!"

방긋방긋 웃으면서 물어보는 메어리라 씨에게 만세를 하며 건강함을 어필하자 흐뭇한 듯 잘 됐다는 대답을 들었다. 헤헤.

"어제는 휴일이었는데, 쇼핑하러 갔더니 옷가게 주인이 말을 거시더라고요……. 이걸 주셨습니다! 분명 이것도 어울릴 거라면서요. 서비스래요!"

"와아!"

그렇게 말하며 봉투에서 꺼낸 것은 팔랑팔랑한 하얀색 에이프런 드레스였다. 와, 무슨 동화책 속 공주님 같아! 알맹이는 20대 후반인 나는 차마 입을 수 없어도, 프리티 러블리한 이 어린이에게는 틀림없는 베스트 매칭!

"하늘색 드레스 원피스는 어제 빨았으니까요! 자, 옷을 갈아입고 아침밥을 먹으러 갑시다. 메구를 기다리는 사람이 있어요."

"기다리는 사람?"

"후후, 그것은 만날 때의 즐거움인 것으로!"

으음, 누구지? 오늘은 케이 씨와 외출할 거니까 케이 씨인가? 그렇게 짐작하며 서둘러 갈아입기 시작했다.

"아아……! 너무 잘 어울려요, 너무 귀여워요!"

옷을 다 갈아입자마자 나를 물끄러미 바라본 메어리라 씨가 이마에 손을 짚고 휘청거리면서 그렇게 말했다. 어린아이가 잔뜩 꾸민 모습은 정말 귀엽지! 이해해! 그래서 서비스를 하듯 그 자리에서 빙그르르 돌아봤다. 에이프런 드레스의 프릴이 샤랄라하게 흔들렸다. 이 옷에는 하얀 양말과 검은 구두가 어울릴 것 같군.

"귀여워어어어……!"

메어리라 씨가 바닥에 손을 짚고 떨기 시작했다. 그 정도로 귀엽습니까. 귀여운 걸 좋아하는 듯한 메어리라 씨에게는 자극이 너무 강했나 봅니다. 미안해. 언니가 너무 신이 났다.

정신을 차린 메어리라 씨와 손을 잡고 의무실을 통과했다. 인사했을 때 루드 선생님에게는 크게 칭찬을 받았지만, 레키는 말없이 서 있기만 했다. 관심이 없었나 봐. 미안.

그 후 가볍게 폴짝거릴 듯한 기세의 메어리라 씨와 식당까지 가는 도중 많은 사람에게 칭찬을 받은 나는 기분이 하늘을 날아갈 것 같았다. 자연스럽게 방실방실 웃게 된단 말이지! 헤헤헤, 고마워! 감사의 인사를 하면서 손을 흔들며 걸어갔다. 음, 좋은 아침이다!

하지만 몇 명 코피를 흘리는 사람이 있었는데. 훈련 때문에 다치기라도 한 건가? 몸조심하세요…….

6 재회, 그리고

식당에 도착한 나는 몇 번이나 눈을 비벼야 했다. 왜냐고? 그야 거기서 날 기다리던 사람이——.

"다녀왔어. ……메구."

"기, 기르 씨!"

꿈이 아니야! 진짜다!! 너무 기뻤던 나는 기르 씨를 향해 달려갔다. 어제 목소리를 들은 것 같은 느낌이 들었는데 꿈이 아니었던 건가? 아니면 예지몽인 걸지도. 아니, 그런 건 아무래도 상관없어! 으랏차, 다이빙!

"기르 씨! 어서 오세요!"

"그래. ……착하게 잘 지냈어?"

"네!!"

달려들면서 그 기세 그대로 점핑 어택을 가한 나를 가뿐하게 받아내며 왼팔에 안아 든 기르 씨는 부드러운 미소를 지으며 말을 걸어주었다. 이 안정적인 승차감은 틀림없는 진짜 기르 씨다!

나도 모르게 한껏 들떠 있다가 퍼뜩 정신을 차렸다. 허둥지둥 기르 씨의 몸을 여기저기 찹찹 더듬었다. 결코 음흉한 속셈이 있었던 건 아니다. 끝내주는 근육이었지만.

"뭐지……?"

"으응, 기르 씨, 안 다쳐써요?"

그렇다. 일하고 돌아온 거니까 어디 다치진 않았는지 걱정이

었다. 하지만 기르 씨가 무척 강하다는 걸 알고 있으니 그 정도로 심각하게 걱정한 건 아니다. 그래도 가족을 잃은 나로서는 믿을 수 있는 상대의 안부가 아무튼 마음에 걸린단 말이지.

"어?"

물끄러미 기르 씨를 올려다보며 대답을 기다렸는데, 커다란 손으로 뒤통수를 누르는 바람에 기르 씨의 가슴에 얼굴을 파묻게 되었습니다. 무슨 일이지.

"……괜찮아. 다치지 않았다."

"다행이에요!"

그대로 머리를 부드럽게 토닥토닥 쓰다듬어 주는 기르 씨. 쑥스러워서 그러나? 걱정 받는 게 수줍었던 건지도 모른다. 게다가 나 같은 어린아이가 걱정할 일도 아니란 느낌이겠지.

"기르 씨가 쑥스러워하다니……!"

근처에 있던 메어리라 씨가 신기한 걸 본다는 듯 놀라고 있었다. 역시 희귀한 반응이구나. 이 기회에 만끽해놔야지. 해피, 해피!

"지금부터 아침인가?"

"마자요! 기르 씨는요?"

"나도 지금부터 먹으려고."

그렇다면 같이 먹는 게 인지상정! 그런 고로 오늘 아침은 메어리라 씨와 기르 씨와 셋이서 먹게 되었습니다! 기르 씨라면 메어리라 씨도 불평하지 않았고. 역시 쥬마가 특별히 싫은 거였겠구나. 불쌍한 쥬마.

"안녕! 오, 메구. 오늘은 기르 씨와 같이 왔네?"

"안녕하세요! 마자요!"

"기뻐 보이는데. 역시 보호자는 다른가."

아무래도 길드 안에서는 기르 씨가 내 보호자로 정착된 모양이었다. 나를 데려온 사람이 기르 씨였으니까 그럴 만도 하지.

"메어리라는 메이드라는 느낌이고, 슈리에 씨는 스승님이잖아? 나는 급식 아줌마라고 해야 하나?"

아하하 웃으면서 그런 말을 하는 치오리스 언니는 오늘도 건강해 보였다. 그리고 대체로 맞는 말이라는 느낌이 들긴 하지만, 치오리스 씨는 아줌마가 아니라고! 맏언니 체질이긴 해도 아직 젊을 텐데!

"제, 제가 메이드예요? 언니가 좋은데요!"

"으음? 언니 포지션은 사우라 아닐까?"

"으윽, 언니를 노릴 겁니다! 포기 안 할 거예요!"

이해할 수 없는 투지를 불태우는 메어리라 씨. 충분히 친절한 언니라고 생각한다. 나이 자체만 따지면 내가 훨씬 어리겠지만, 뭐라고 해야 하나. 인간과 같은 나이로 환산하면 내가 연상이라는 느낌은 든다. 그래서 심정적으로는 동생 포지션에 가깝거든? 미안해.

"자, 기다리셨습니다! 오늘의 아침 메뉴는 콩소메 수프, 샐러드, 소시지, 크루아상 샌드위치야!"

"마시써 보여요!"

"무너지기 쉬우니까 메구 거는 한입 크기로 잘라놨어."

"감사함미다!"

오늘도 역시나 맛있어 보이는 메뉴다. 지금까지 먹은 식사도 맛있었으니까 틀림없겠지! 그런데 좀, 식기도 다 어린이 사이즈로 바뀌지 않았나? 여태까지는 티스푼 같은 걸로 먹고 그릇도 그냥 좀 작은 그릇이었는데 이건 완전히 어린이용 식판이다. 숟가락과 포크도 작은 손으로 들기 쉽도록 귀여운 손잡이가 달려 있어!

"알아차렸어? 후후, 다들 메구가 너무 귀여워서 안달이 났거든! 식기와 의자, 그 외에도 어린아이 전용 사이즈가 필요한 걸 단철 담당인 커터와 공예 담당 마이유가 준비해줬어. 의자도 있었지? 그것도 그래."

세상에! 나중에 꼭 고맙다고 인사해야겠다. 듣자 하니 그 두 사람은 각각 담당 분야의 리더라고 한다. 높으신 분이 일부러 시간을 내서 만들어 주다니 참으로 사치스럽군.

"사우라 녀석……, 진심이군."

"그러게. 메구가 쓰는 물건이니까 타협할 수 없었던 거 아닐까?"

설마 지시한 사람이 사우라 씨야? 정말 나를 너무 싸고돌잖아!

크루아상 샌드위치를 먹어보자 기대를 저버리지 않을 만큼 바삭바삭했다. 그 후에 바로 부드러운 식감과 버터의 풍미가 입안 가득 퍼져서 행복했습니다. 빵 사이에는 양배추와 달걀과 치즈를 끼워 넣어 씹는 맛도 넘치고! 하지만 이 빵은 아무래도 자꾸 해체 쇼를 벌이게 된다. 한입 크기로 잘라줬는데 나도 참! 그래도 기르 씨가 그걸 즉시 깔끔하게 정리하는 모습에 자꾸만 면산을 보게 되었습니다.

"제, 제가 손을 댈 틈이 없어요……!"

메어리라 씨가 패배 선언을 했다. 기르 씨, 애 보기 스킬이 장난 아닌데!

그 후로 동글동글 통통한 소시지를 먹었는데 토도독 씹히는 소리가 끝내줬다! 더 먹고 싶지만 수프와 샐러드도 있어서 배가 가득하다. 크게 만족하며 식후의 우유를 마시고 있었더니 메어리라 씨가 오늘의 일정을 물어보았다.

"으음, 오늘은 케이 씨랑 데이트임미다!"

명랑하게 그렇게 대답하자 식당에 있던 사람 전원이 일제히 움직임을 멈추더니, 싸늘한 기운이 감돌기 시작했다. 뭐, 뭔데……?

"안심해. 내가 호위로 따라갈 예정이다."

하지만 기르 씨의 그 한마디에 냉기가 흩어지고 여기저기에서 안도하는 한숨 소리가 들렸다. 메어리라 씨도 '다행이다, 정말 다행이다……' 하며 눈물을 흘릴 기세였다. ……어째서.

하지만 나는 그걸 신경 쓸 때가 아니다.

"기르 씨, 가치 가시는 거예요?"

"그래. 어젯밤에 보고할 때 호위를 찾는다고 들었으니까. 서둘러 돌아왔다."

사실은 내일 돌아올 예정이었는데, 남은 일을 정리하고 밤중에 돌아왔다나. 업무처리 속도가 빠르고 유능하다는 건 알았지만 과보호도 이 정도쯤 되면 상을 줘야 하지 않을까.

"하지만 기르 씨가 같이 가시는 거면 안심이에요! 메구, 즐겁게 놀다 오세요."

"네! 기대대요!"

그래도 기쁜 건 기쁘다. 케이 씨와 기르 씨 셋이서 데이트!

응? 케이 씨와 기르 씨……? 두 사람이 대화하는 모습은 별로 상상이 안 가는데. 어, 어떻게 되려나. 기르 씨도 미남이니까 케이 씨는 평소랑 같을까? 사이가 나쁜 건, 아니, 겠지?

……오늘도 무사히 끝나게 해주세요!

아침식사를 마치고 쓸쓸한 눈빛으로 쳐다보는 메어리라 씨와 가까스로 헤어진 뒤, 나는 기르 씨와 함께 홀로 향했다. 아침을 먹은 뒤에 홀에서 케이 씨와 만나기로 약속했기 때문이다. 그 전에 궁금한 걸 일단 물어보려고 한다.

"기르 씨."

"뭐지?"

"케이 씨랑은 사이 조으세요?"

"………………."

침묵의 시간이 흘렀다. 무, 물어보면 안 되는 말이었나. 기르 씨는 턱에 손을 짚고 무언가 생각에 잠긴 것 같은데…….

"……오래 알고 지냈지."

그 결과 무난한 대답이 돌아왔습니다. 결국 두 사람이 만날 때까지 진실은 미궁에 빠진 채 홀에 도착했다. 두근두근.

우리가 홀에 도착하자 그곳에는 이미 케이 씨가 기다리고 있었다. 휴게실에서 컵을 기울이던 케이 씨는 우리가 온 걸 알아채더니 싱긋 웃고 일어나 이쪽으로 다가왔다.

"안녕, 메구. 기르난디오도 호위를 부탁해서 미안해."

오늘의 케이 씨는 패션 스타! 원래 스타일리시했지만 쉬는 날의 모습도 멋있었다.

목이 가려지는 디자인의 심플한 검은색 줄무늬 셔츠에 검은색 스카프를 둘렀고, 그걸 눈동자 색과 똑같은 빨간색 돌로 된 장신구로 고정해놨다. 하얀 스키니팬츠는 케이 씨의 예쁜 다리를 강조해주었으며 검은 하이컷 부츠가 두드러졌다. 속이 비치는 검은색 민소매 상의를 걸쳤으며 무릎까지 오는 긴 겉옷은 걸을 때마다 흔들려서 우아한 분위기를 연출했다.

"상관없어. 신경 쓰지 마."

"뭐, 호위 일이 없었어도 너는 돌아왔겠지만. 역시 보호자, 걱정이 많지?"

"……입 다물어."

케이 씨가 쿡쿡 웃으면서 기르 씨를 놀리는 건가? 무슨 뜻인지는 잘 모르겠지만. 아무튼 인사!

"안녕하세요, 케이 씨. 머시써요!"

뭐야, 두 사람의 관계는 아주 평범하구나. 메어리라 씨가 쥬마에게 보인 반응이나 다른 사람들이 케이 씨에게 보이는 반응을 봤기 때문에 경계했는데, 괜한 걱정이었네! 안심도 되고 아주 멋진 케이 씨의 모습을 보자 자연스럽게 칭찬하는 말이 튀어나왔다.

"고마워. 귀여운 메구에게 그런 말을 듣다니 영광이야. 오늘은 더 귀여워지자."

"……케이."

케이 씨가 늘 그랬듯이 자연스럽게 달콤한 말을 하자 아주 낮은 목소리가 케이 씨의 이름을 불렀다. 아마 어린아이를 상대로 그런 말을 하지 말라는 의미가 담겨있는 거겠지만, 정작 케이 씨는 이해하지 못한 모양이었다. 고개를 갸웃거리며 진심으로 의아하다는 듯 '왜 그래? 기르난디오'라고 물어보는 걸 보면.

"하아. 됐다."

"그래? 기르난디오는 참 이상하다니까."

……케이 씨, 무서운 사람.

이렇게 무사히 합류한 우리는 마을로 향했다. 양손의 미남! 아니, 기르 씨가 양손의 꽃인가? 아니, 하지만 둘 다 미남이긴 한데…… 으윽, 복잡해!

길드 밖은 뭐라고 해야 할지, 완전히 이세계였습니다. 예전에 슈리에 씨와 나왔을 때도 느낀 거지만 그때는 그렇게까지 생각할 여유는 없었으니까. 너무 심하게 주목을 받아서! 예상했던 대로 지금도 주목받고 있지만! 게다가 이번에는 양 사이드에 잘생긴 보호자가 있다. 뻔뻔해져서 관찰하기로 했다.

"우와……! 다들 귀가 폭씬!"

그렇다. 길을 걷는 사람들은 다들 동물 귀나 꼬리가 달려있었다! 아, 폭신폭신하지 않은 사람도 있다. 파충류 꼬리가 달렸거나, 뿔이 달렸거나……. 비늘 달린 사람도 있다!

"응? 혹시…… 반마형은 신기하니?"
"반마?"
나도 모르게 중얼거린 말을 들은 케이 씨가 조금 놀란 표정으로 그렇게 물어봤기 때문에 되물었다.
"그래. 아인은 마물형, 반마형, 인간형으로 모습을 바꿀 수 있어."
일반적으로 반마형의 모습이 제일 자연스러운 모습이라나. 인간에 가까운 모습이 이래저래 편리하다고 한다. 그렇겠지. 발바닥 젤리나 발굽이 달린 채 섬세한 작업은 못 할 테니까. 진화 과정에서 그렇게 된 게 아니냐는 가설이 있다고 한다.
"새삼 생각해 보면 아인이란 신기한 생물이야. 이성적일수록 인간에 가깝고, 본능에 충실할수록 본래의 마물 모습이 되지. 모습은 자신의 의지로 바꿀 수 있지만, 감정에 좌우될 때도 있으니 조심할 필요가 있어."
"따라서 정신이 미성숙한 어린 아인은 곧잘 마물형이 되어 난동을 부린다. 아인의 육아는 상처가 끊이지 않는다고 하지."
"메구는 엘프라서 다행이야. 뭐, 메구만큼 똑똑한 아이라면 잘 제어했겠지만."
상처……! 육아는 그렇지 않아도 고생한다고 하는데, 아인의 육아는 더 힘들어 보여! 즉 육식 동물형 아인이면 히스테릭해져서 깨물거나, 하늘을 날 수 있는 아인이면 날아다니면서 도망치기도 하는 거잖아. 게다가 부모가 같은 종족이라는 보장도 없고. 초식동물형 아인이나 날지 못하는 아인이 그런 아이의 부모가 된다면…… 윽, 생각만으로도 동정심이 솟구친다.
"뭐, 아이 자체가 귀중하니까 육아가 어렵다고 해도 지역 전체에서 지켜보긴 해."
그렇구나. 부모가 감당하지 못한다고 해도 주위에서 도와주는 거군. 그렇다면 조금 안심이 되지만, 고생한다는 건 변함없다. 아인은 정말 신기하네.
"참고로 단순한 힘이라면 본래의 모습이 더 강해. 힘을 마음껏 발휘할 수 있거든. 다만 조금 야생의 성격이 되지."
"그것도 훈련에 따라 제어할 수는 있다. 리스크가 크니까 평소에는 굳이 마물형이 되려고 하지 않아."
"하지만 가끔 만취한 녀석이 마물형이 되기도 하니까 골치 아프단 말이지. 보기 안 좋은 주정이라서 나는 좋아하지 않아."
오오, 술 마시고 만드는 흑역사도 장난이 아니구나. 회사의 상사가 과음하는 바람에 울면서 가족 뒷담을 주절주절 늘어놓는 건 귀여운 수준이겠어. ……그 사람, 가정에서 본인의 자리를 되찾았을까.
그 후에도 케이 씨는 다양한 설명을 해주었다. 이야기에 따르면 인간이란 가장 약한 생물이라고 하는 모양이다. 이렇게 다양한 힘을 지닌 아인이나 마물이 있다는 걸 고려하면 이해가 간다. 최강의 무기라고 할 수 있는 지혜나 교활함은 아인도 갖고 있고, 번식력이라면 쥐가 더 뛰어나다는 느낌인가?
아무튼, 아인은 그 최약체인 인간의 모습으로 완벽하게 의태할 수 있다. 즉 약한 그릇에 강한 힘을 수납하는 게 인간형이다.

대량의 짐을 수트케이스에 어떻게든 쑤셔 넣는 것과 비슷하다. 조금만 자극을 받으면 가방이 터져서 안에 있던 게 흘러나오듯이, 감정이 크게 흔들리면 반마형이나 마물형이 된다는 거군.

그렇기 때문에 완전한 인간형이 되는 건 실력자의 증표라고도 할 수 있다고 한다. 약한 그릇에 자신의 힘을 숨겨둘 수 있을 정도의 실력. 대체로 힘을 다 숨기지 못하고 마물의 특색이 튀어나온다. 즉 귀나 꼬리가 남아버린다는 것이다. ……삐죽 튀어나온 힘이 귀나 꼬리라. 왠지 귀여워 보이는데. 기르 씨나 케이 씨도 문득 날개가 튀어나오거나 꼬리가 튀어나오거나 할까? 이 두 사람은 그런 실수를 저지르지 않을 것 같지만.

"그러니까 메구. 인간형은 눈에 띄어. 실력자거나…… 엘프 같은 희소종족밖에 없거든."

"인간형은 표적이 되기도 쉽다. 우리 같은 실력자 말고는…… 고가로 팔 수 있으니까."

그래, 그렇구나. 그야 이 세계도 아름다운 측면만 있진 않겠지. 레키에게서도 살짝 들었지만, 인신매매가 존재하는구나……. 마대륙에선 인간도 희귀하니까 팔린다는 이야기를 들었을 때는 나도 모르게 미간을 구겼다. 그전에 마에 속한 자가 사는 대륙과 인간이 사는 대륙은 바다를 사이에 두고 따로 떨어져 있다는 사실에 놀랐다.

"하지만 걱정하지 않아도 된다. 그렇기 때문에 오르투스의 길드원은 다들 완전한 인간형으로 지내는 것이 규칙이니까."

"네……?"

인간형으로 지내는 게 규칙? 왜 그런 거지?

"사우라디테나 슈리엘레치노, 그 외에도 인간형 종족이 있잖아? 또 마을에도 인간형 종족이 소수이지만 존재해. 그런 사람들을 지키기 위해서야. 겉으로 쓱 봤을 때는 실력자인지 희소 종족인지 알 수 없으니까."

"우리는 오랜 시간을 들여서 실력자는 인간형이라는 인식을 전 세계에 퍼트렸다. 조금이라도 희소 종족을 지키기 위해서."

엘프나 소인족, 드워프처럼 원래 인간형인 희소 종족. 여기 말고 외부에도 적은 수나마 존재하고 있을 터이다. 그리고 그 모두가 자신을 지킬 수 있을 만큼 강한 건 아니다. 오르투스는 그런 사람들을 지키기 위해서 움직였던 것이다.

"오르투스는 인신매매를 좋게 보지 않아. 정식으로 인권을 인정하는 조직이라면 괜찮지만, 비합법은 절대 용서하지 않지."

"그런 조직에 잡혀있던 사람들도 여럿 오르투스에 소속되어 있다."

그렇게 말하는 기르 씨와 케이 씨가 자랑스러워하는 게 보여서, 왠지 오르투스가 어떤 길드인지 조금 이해한 기분이 들었다.

이렇게 대화하면서 걷는 사이에 목적지에 도착했다. ……가는 길에 '케이 님이야!', '케이 님!', '기르 님도 계셔!' 하며 꺅꺅거리는 목소리가 BGM으로 따라붙었지만. 이 마을에서 오르투스 길드원의 인지도는 상당히 높은 모양이다.

참고로 가장 난감했던 건 이거였다.

"케이 님, 기르 님! 그 귀여운 아이는 누구예요?"
"아아, 이 아이는 메구야. 우리 아이지."
""""?!""""

그 후의 비명이 정말 어마어마했다. 고막이 찢어질 뻔했지 뭐야. 설마 그럴 리가?! 하는 것부터 너무 잘 어울린다는 것도 있었고 그중에는 BL적 의미로 좋아 죽으려는 사람도 몇 명 있었던 걸 감지했다. 성별만 따지고 보면 남녀인데 BL 필터가 씌워진다니 업보가 깊구나…….

참고로 케이 씨가 '우리 아이'라고 발언한 것은 놀리는 목적이 아니라 지극히 진지한 대답으로, '오르투스=우리'라는 의미였지만 그걸 올바르게 이해한 사람은 그 자리에 없었던 것으로 추정된다. 아무도 잘못한 사람이 없는데 발생한 비극……. 그 기르 씨가 '오르투스 전체에서 보호하는 아이라는 뜻이다!'라고 소리친 것도 어쩔 수 없는 반응이다.

하지만 이 소동 덕분에 마을에서 나라는 존재가 인지되고, 오르투스라는 빽이 있다는 게 알려져서 내 몸의 안전이 조금 확보된 모양이었다. 기르 씨가 피곤한 표정으로 그렇게 알려주었다. ……기르 씨의 (정신적인) 희생으로 얻은 포지션이니 소중히 하겠습니다.

"자, 도착했어. 내가 추천하는 가게인 '라그랑 키라링 테라 숍'이야."

파던? 지, 지금 뭐라고? 잘못 들은 게 아니라면 저 간판에 적힌 별 모양을 '키라링'이라고 읽지 않으셨나요? 케이 씨는 생글

생글 웃으면서 안에 있는 점주를 부르러 갔다.

"……기르 씨."

"왜 그러지?"

"저거…… 키라링이라고 일거요?"

"……그래."

그렇구나…… 음. 아무 말도 하지 말자. 묘한 분위기가 흐르는 가운데 기르 씨와 둘이서 기다리고 있었더니, 안쪽에서 케이 씨가 돌아오는 게 보였다. 그리고 케이 씨 뒤에서도 인영이. 근데…… 크, 크다.

"어머! 어머, 어머, 어머. 어서 와. 라그랑 키라링 테라 숍에 잘 왔어!"

케이 씨의 뒤에서 꿀렁꿀렁 움직이며 굵직한 목소리로 인사한 사람은 노란색과 검은색 반점 무늬가 들어간 긴 머리카락을 틀어 올리고, 긴 꼬리를 사뿐사뿐 흔드는 거구의 남성? 이었다. 어음, 트랜스젠더인 건가?

"세상에! 정말 귀엽구나! 힘 좀 써야겠어. 어떤 옷을 찾는 거니?"

뭐라고 해야 하나, 휘황찬란한 사람이다. 귀와 꼬리, 머리카락의 모양을 보면 호랑이 아인인가? 그리고 이 배색도 선천적인 거겠지. 그런 거구의 남자(?)가 전신에 쨍하고 반짝반짝한 드레스 같은 옷을 입고 꾸며놨기 때문에 더욱더 화려해 보였다. 하지만 신기하게도 잘 어울렸다. 역시 옷가게 주인이라고 해야 하나.

앗, 이런. 인사해야지!

“안녕하세요, 메구임미다! 지난번에는 아주 예쁜 옷을 만드러 주셔서 감사함미다. 엄청 입끼 편해요!”

옷 감상도 똑바로 말해야지! 물론 빈말이 아니라 진심이다. 좋은 옷감으로 만든 건지 정말 착용감이 끝내줬습니다.

“어머나, 세상에. 참 착한 아이구나! 나는 라그랑제야. 란이라고 불러주면 좋겠어. 메구의 옷은 아동복이라서 남는 옷감으로 만들 수 있으니까 가격이 확 낮아진단다. 후후후, 외모도 성격도 이렇게 귀여운 아이라면 오늘도 서비스 잔뜩 줘야겠다.”

점주, 란은 희희낙락 몸을 비틀면서 윙크했다. 찡긋, 하는 소리가 날 것 같은 윙크다. 속눈썹이 길고 곱게 화장도 한 트랜스젠더의 윙크는 파괴력이 어마어마하다.

“라그랑제, 바로 옷을 고르려고 하는데. 괜찮겠어?”

“물론이지!”

이리하여 현실 옷 갈아입히기 인형 놀이가 시작된다……! 나는 케이 씨와 란에게 잡혀서 가게 안쪽으로 질질 끌려갔다. 어라라.

“……괜찮아? 메구.”

“네헤…….”

체감 2시간 정도 지난 것 같은 느낌이 든다. 무지막지하게 들뜬 란과 시종 기뻐 보이는 케이 씨에게 누가 거스를 수 있을까. 아니, 뭐 귀여운 옷을 입는 건 즐겁긴 한데. 한도라는 게 있잖아. 덕분에 내 체력은 바닥을 드러내서 현재 기르 씨에게 안겨

있습니다. 후우, 역시 기르 씨가 안아주는 게 제일 편안하다.
"너희……, 너무 과했어."
"응, 반성 중이야. 미안해, 메구."
"그러게. 너무 귀여운 나머지 그만 이성을 잃어버렸지 뭐야. 메구, 미안해."
케이 씨와 란이 면목 없다는 듯 사과했다. 과했다는 자각은 있는 모양이다.
"으으응, 갠차나요. 예쁜 옷이 마나서 재미이썼어요. 하지만…… 이렇게 마니 받아도 갠차는 거예요?"
그렇다. 눈앞에는 산처럼 쌓아 올린 옷더미. 물론 전부 깔끔하게 개어놓은 옷이지만, 그렇기 때문에 이 산더미는 압권이었다.
"으음, 내가 선물하고 싶어서 그래. ……안 될까?"
"나나 종업원도 오랜만에 아동복을 만드는 거라 영감이 팍팍 흘러넘치더라고. 꼭 입어줬으면 하는 마음에 열심히 만들었어. 우리도 선물로 주는 거라고 생각하고 받아줘."
윽, 그런 말을 들으면 거절하지 못하잖아! 으음, 하지만 공짜로 받는 건 내키지 않는다. 케이 씨에게는 나중에 갚겠다고 했지만 그렇다고 해도 이렇게 많은 양은 좀.
"제가 도와드릴 수 있는 일이 뭐 업쓸까요……? 이렇게 마니 받다니, 역시 조금 미안해요."
"으음, 메구는 정말 착한 아이구나."
"그러게. 하지만 마음은 이해하니까 존중해주고 싶어."

란은 그렇게 말한 뒤 검지를 입에 대고 잠시 생각에 잠겼다. 유난히 박력이 넘치는 거구의 트랜스젠더인데도 섹시했다. 그 후 무언가를 떠올린 듯 표정이 확 밝아졌다.

"그래! 메구, 가끔 우리 가게에서 마스코트 해보지 않을래?"

"""마스코트?"""

그 제안에 의도치 않게 세 사람의 목소리가 하나가 되어 되물었다.

"그래! 오늘 맞춘 옷을 매일매일 갈아입고, 가게 앞에서 손님을 맞는 거야. 귀여운 메구를 보고 오는 손님에게 옷을 팔 수 있지 않겠어?"

란은 '물론 옷값만큼 일한 뒤에는 돈도 줄게'라며 의욕적이었다. 어? 고작 그런 걸로 괜찮아? 하지만 확실히 이 옷은 전부 다 귀엽고, 외모만큼은 귀여운 지금의 나는 홍보모델 마스코트에 딱 맞는 건지도 모른다.

"그건 안 돼."

"응, 안 되겠네."

내가 조금 긍정적으로 검토하고 있었더니 보호자 두 사람에게서 반대하는 대답이 돌아왔다. 역시 아까 말했던 대로 위험하기 때문인 걸까.

"메구를 길드 밖에서 일하게 할 순 없다."

"맞아. 너무 귀여워서 위험하니까. 아니면 오르투스의 호위도 고용하겠어?"

"윽, 그건 재정상 어려워……."

좋은 아이디어라고 생각했는데 아쉬워라, 하며 뺨에 손을 올리고 한숨을 쉬는 란. 으으, 보호자가 필요한 연약한 어린이라서 죄송합니다!

"하지만 마스코트라는 건 괜찮을지도 몰라. 귀여운 메구에게는 적임이라고 봐."

어깨를 축 떨구는 란에게 케이 씨가 그렇게 말했다. 이 사람은 이런 격려가 참 자연스럽다니까.

"그러니까, 메구는 이 가게가 아니라 오르투스의 마스코트가 되면 되지 않을까?"

"오르투스의……?"

길드의 마스코트? 고개를 갸웃거리자 란이 다시 기뻐하며 소리쳤다.

"와! 그거 좋은 생각이야! 거기서 겸사겸사 가게 홍보도 해주지 않을래?"

"그래. 매일 다른 옷을 입고 길드에 오는 사람을 맞아주면 라그랑제의 가게를 선전하는 효과도 있을 거야. 어때? 메구."

"흠. 길드 안이라면 반드시 누군가가 있을 테니 문제없군."

세상에, 뜻밖의 타이밍에 내 일자리가 정해질 것 같잖아! 내가 할 수 있는 일이라면 어떤 일이든 할 생각이었으니, 나는 씩씩하게 '할래요!' 하고 대답했다. 하지만 여기서 결론을 내린다고 즉시 실행할 수 있는 건 아니기 때문에, 길드에 돌아간 뒤 사우라 씨에게 확인해야 한다.

그런 고로 이 이야기는 일단 보류가 되었다. 허락이 나오면 좋겠다!

"그럼 슬슬 결론도 나왔겠다, 메구! 오늘은 어떤 옷을 입고 갈 거니?"

두근거려하는 나에게 란이 그런 식으로 말을 걸어서 고개를 갸웃거렸다. 어? 오늘 입고 온 이 공주님 같은 에이프런 드레스면 안 되나?

"으음, 그 옷도 무척 귀엽고 잘 어울리지만 말이야. 모처럼 새로 옷을 맞췄으니 새 옷을 입고 마저 데이트하지 않겠어?"

또 온갖 옷을 입어보는 옷 갈아입기 타임인 거냐. 내심 움찔움찔하고 있었더니 마음을 읽은 건지 케이 씨가 쿡쿡 웃은 뒤 한 벌만 입으면 된다고 말해주었다. 그 말에 안도한 것도 잠시.

"그럼 이 프릴과 리본이 달린 분홍색 원피스를……."

"후후후, 발랄하게 오렌지색 튜브톱과 쇼트팬츠가……."

내가 지금 뭘 입을지 케이 씨와 란 사이에서 의견 대립이 일어나는 바람에 웃는 얼굴로 전투가 벌어지고 말았다. 어, 언제 끝나는 거지……!

"좋아. 심플하지만 잘 어울려. 또 다른 옷을 입었을 때는 보여주러 와."

"으음, 귀여운 아이는 뭘 입혀도 귀엽구나. 최고야, 메구."

그 후 비교적 빠르게 기르 씨의 일갈이 터져 나온 덕분에 두 사람은 바로 얌전해졌다. 처음에는 내가 옷을 고르기로 했지만, 두 사람의 뜨거운 시선을 감당하지 못하고 결국 울상이 되어 기르 씨에게 골라 달라고 했다. 기르 씨는 피곤하다는 듯 한숨을 쉬면서 이 옷을 골라주었다. 그때 '미안하다, 메구'라는 말을 들었는데, 기르 씨도 참 고생이 많다는 느낌이다.

아무튼 지금 내가 입은 옷은 검은색 바탕에 하얀색 도트무늬가 들어간 반소매 셔츠와, 검은색 호박 바지를 멜빵으로 고정하고 멜빵 집게와 등 쪽의 교차되는 부분에 하얀 하트 장식이 달려있다. 양말은 셔츠와 같은 무늬의 니하이 삭스고 신발은 걷기 쉬운 검은색 스니커 같은 디자인. 마무리로 란이 그 자리에서 흑백 하트 모양 머리핀을 만들어 머리 왼쪽에 달아 주었다. 멋진 흑백 패션이라 기르 씨가 선택한 옷이라는 느낌이 든다. 전신이 까만 기르 씨와도, 오늘 케이 씨의 패션과도 비슷한 배색이라 약간 단체로 맞춘 느낌이다.

"후후, 진짜 부모 · 자식으로 보일지도 모르겠어. 기르난디오도 제법 센스가 좋은데?"

"적당히 고른 거였다만……."

이렇게 무사히 옷을 갈아입고 가게를 뒤로했다. 란에게는 길드의 마스코트 건이 정해지면 또 보고하러 가기로 했다. 근데 새삼스럽지만 마스코트가 일인가? ……아마 길드 입구에서 간단한 설명 정도는 할 수 있게 되어야겠지. 아직 마스코트를 할 수 있을지 아닐지도 모르지만!

"중요한 용건은 끝났으니 이번에야말로 마을을 안내할게. 내가 자주 다니는 장소뿐이지만……."

"잘 부탁드림미다! 기대대요!"

"후후, 그럼 갈까."

그렇게 말하며 케이 씨가 손을 내밀었기 때문에 그 손을 잡았다. 케이 씨와 둘이 사이좋게 손을 잡고 걷기 시작했다. 데이트라는 분위기가 나나? 미아가 되지 않도록 보호해주는 것뿐이겠지! 뒤에서는 기르 씨도 따라오고 있고. 조금 언짢아 보이는 건 내 착각일까? 라그랑 키라링 테라 숍에서 많은 일이 있었으니까…….

"와, 사람이 마나요! 게다가 다들 케이 씨랑 기르 씨를 보고 이써요."

손을 잡고 있어서 다행이다. 인파로 북적이는 노점가에선 미아 직행 코스였겠는데. 그리고 스쳐 지나가는 사람들이 다들 이쪽을 보고 있다. 역시 두 사람은 유명인이구나, 라는 생각에 그렇게 말한 거였는데.

"으음, 이 시선은 다들 메구를 보고 있는 걸 거야."

"네?!"

"후후. 메구는 귀여우니까 다들 관심이 가는 것 아닐까?"

설마 내가 원인이었다니. 아니, 아마 이 유명인 두 사람이 나라는 어린아이를 데리고 있으니까 그런 거겠지만. 저 어린애는 대체 누구? 하는 시선이겠지. 이해가 간다.

"……아까 같은 짓은 하지 마."

"응? 아까 같은 짓……?"

"하아. 오해를 부르는 발언 말이다. 제대로 보호하는 아이라고 말해."

"오해? 으음, 잘 모르겠지만 알았어."

다소 걱정이 되는 반응이었다. 기르 씨, 오늘 하루 만에 위에 구멍이 뚫리지 않으면 좋겠는데……. 불쌍해라.

그 후엔 포장마차 대로를 돌면서 꼬치구이와 고기만두 비슷한 음식을 먹으며 여유로운 시간을 보냈다. 포장마차를 순회하는 점심시간도 제법 좋은데! 아, 케이 씨. 그 타코야키 비슷한 거 하나 주세요! 아앙. 뜨거, 아뜨뜨! 하지만 맛있어!

이렇게 우리는 셋이서 즐거운 데이트를 했는데……, 그런 행복한 시간은 강제로 끝을 맞게 되었다.

갑자기 사건이 일어났기 때문이다.

"위험해! 기르!!"

상공에서 쥬마로 추정되는 노성이 들렸나 싶더니, 갑자기 대량의 거품이 나타났다. 부드럽고 새하얀 거품과 비눗방울 같은 거품까지. 아무튼 거품, 거품, 거품의 세계. 근처에 있었던 기르 씨와 케이 씨의 모습이 전혀 보이지 않게 되었다. 뭐지?!

"메구!! 어디야?!"

"! 기르 씨! 여기요……, 흐아악!?"

무사하다는 걸 전하기 위해 큰 소리를 내자마자 누군가가 내 몸을 드는 걸 느끼고 나도 모르게 이상한 비명을 지르고 말았다. 질끈 감았던 눈을 살며시 뜨자 거품투성이였던 시야가 맑아지고 그곳에는 충격적인 광경이!

우, 우와! 어? 어떻게 된 거야? 나 비눗방울 속에 있잖아?!

와, 누구나 한 번쯤은 꿈꾸는 팬시한 상황이구나! 하고 태평한 소리를 하고 있을 분위기가 아니야! 비눗방울 같이 생겼는데 사람이 들어가 있어도 터지지 않다니……. 이건 틀림없이 누군가의 마법이지? 뭐야, 마법은 이런 것도 가능한 거야?

"흐하하하하! 이거 놀랐는데. 엘프 어린애잖아!"

내가 놀라서 눈을 동그랗게 뜨고 있었더니 심술궂은 목소리가 들렸다. 누, 누구지? 불안해져서 눈에 눈물이 고였다.

"에핑크! 이 자식, 메구를 놔!!"

그 목소리를 듣고 쥬마가 으르렁거리듯이 소리쳤다. 그렇다, 으르렁거렸다. 말을 하긴 했지만 그 목소리가 말 그대로 포효하는 것처럼 들리고 공기가 찌릿찌릿 떨렸다.

기르 씨와 케이 씨는 무기에 손을 올리고 전투 준비에 들어갔으며, 쥬마는 이미 커다란 검을 뽑고 언제든지 베어버릴 수 있도록 자세를 잡고 있었다. 다들 눈이 이글거려서 먹이를 잡은 야생동물 같은 빛을 뿜고 있는 게 조금 무서웠다.

하지만 그게 나를 향한 게 아니라는 걸 알고 있기에 무서움도 그렇게 크지는 않았다. 살기를 받고 있는, 에핑크라 불린 이 사람은 아주 조금 식은땀을 흘리면서도 여유를 잃지 않는 미소를 짓고 있다. 그건 이 사람이 상당한 강자라는 뜻이다. 이렇게 강한 세 사람의 살기를 받으면서도 여유롭다니.

주위에 있던, 도망치는 게 늦어진 마을 사람 중 몇 명이 살기를 견디지 못하고 기절한 것 같았다. 완전히 마른하늘에 날벼락이지. 세 사람도 그럴 상황이 아니라는 건 절실히 이해합니다만, 조금만 더 주변을 신경 써주면 안 될까요. 진정해!

어? 나? 왜 이렇게 침착하냐고? 좀 다른 것에 정신이 팔려서……. 그렇지만 비눗방울 속에 있는 나는 말이지.

이 에핑크라는 사람의 배 부근에 있는 주머니에 쏙 들어가 있단 말이야! 캥거루냐고 딴지를 걸게 되지 않겠어? 캥거루의 주머니에 들어간 어린아이. 젠장, 귀엽잖아. 긴장감 돌려줘!!

아무튼 그런 헛생각을 하고 있을 때가 아니다. 저는 아무래도 적으로 추정되는 사람에게 잡혀버린 모양입니다.

환영 파티

"심부름이요?"

그건 평소와 똑같은 아침에 일어난 일이다. 복도에서 만난 케이 씨와 함께 아침을 먹으려고 식당에 도착했을 때, 사우라 씨가 나에게 말을 걸었다. 깔끔하게 올린 포니테일을 찰랑거리며 바쁘게 다다닷 달려온 사우라 씨는 왠지 피곤해 보였다.

"그래. 오늘은 다들 바빠서……. 마을 외곽에 있는 꽃집에 주문하러 다녀왔으면 해. 뭐라고 일을 하고 싶다고 했었잖아? 어때?"

듣자 하니 이번에 열리는 파티에 장식할 꽃을 주문하고 싶다고 한다. 대략적인 이야기는 해 두었고, 나머지는 프로에게 맡기면 전부 OK라고. 하지만 메인인 꽃장식의 꽃을 그 자리에서 보고 골라야 한다나. ……어?! 그런 중요한 역할을 내가 담당해도 되는 거야?!

"문제없어. 귀여운 꽃을 고르기만 하면 그만이거든. 그러니까 그렇게 주눅 들지 마. 메구가 좋아하는 꽃을 골라도 되니까. 오히려 그게 파티 손님도 기뻐할 거야."

"하, 하디만 저는 그런 센스는 업능데요……."

내가 당황하면서 그렇게 말하자 사우라 씨는 생긋 웃으며 괜찮다고 내 손을 잡았다.

"메구, 그거 알아? 사실 너는 유명인이란다."

"네?!"

"맞아. 오르투스만이 아니라, 지금은 마을 사람들이 메구를 한 번이라도 보고 싶어 해. 귀여운 여자아이가 있다는 소문이 마을 구석구석까지 퍼졌지 뭐야."

사우라 씨의 말에 놀라고 있었더니 케이 씨가 설명해주었다. 모, 몰랐어……. 정말 여기에선 어린아이가 귀중하구나. 그렇게 소문이 널리 퍼질 정도니까 어지간한 수준인 거겠지? 게다가 케이 씨는 다들 자기 딸이나 손녀 같은 마음인 거라고 알려주었다. 그렇다면 한 번쯤 보고 싶어 하는 마음도 이해를 못 하는 건 아닌가?

"아직 제대로 만난 적도 없는데 이렇게나 사랑받는 메구가 골랐다고 하면 아무도 불평하지 않을 거야."

"오히려 감동해서 우는 사람이 속출하는 거 아닐까."

그, 그 정도로? 하지만 듣고 보니, 어린아이가 열심히 만든 종이접기 작품이나 편지는 겉보기엔 어설퍼도 다들 기뻐하는 법이지. 나도 기뻐하고. 오히려 운다.

"으음, 그럼 열씨미 예쁜 꽃을 고를게요!"

그런 이유라면 나도 기합을 넣어야 한다. 심부름이라고 해도 이건 어엿한 일이라고 생각하고 제대로 완수해야지! 주먹을 불끈 쥐고 사우라 씨에게 어필했다.

"윽, 귀여워……. 혼자 보내는 게 걱정이야."

"나 일 쉴까……."

"그, 그건 아무래도 안 돼……. 하지만 그것도 고려를……."

두 사람이 진지하게 고민하기 시작했잖아?! 모처럼 받은 내 일이!

"호, 혼자서 할 수 이써요! 따라오면 안 대요!"

전가의 보도, '혼자서 할 수 있거든!' 발동! 이걸 할 때마다 20

대 후반인 내 정신력이 깎여나가지만 수단 · 방법 따지고 있을 때가 아니다. 무슨 일에든 대가는 필요한 법이다.

"케이, 나 메구에겐 거역하지 못하겠어……!"

"대단한 우연이네, 사우라디테. 나도 마침 그 생각을 했어."

둘 다 손으로 얼굴을 가리며 고개를 축 떨궜다. 효과 있었나? 다 큰 어른이 고식적인 수단을 써서 죄송합니다. 양심이 아프다.

이렇게 눈에 보이지 않는 각종 대가와 맞바꾼 덕분에 나는 무사히 혼자서 심부름을 하게 되었습니다! 열심히 해야지!

"명심해, 메구. 모르는 사람이 말을 걸어도 인사 말고는 하면 안 된다?"

"절대 따라가면 안 돼."

"맛있는 과자를 준다고 해도 안 됩니다."

"무슨 일이 있으면 바로 불러라."

아침 식사 후, 길드 입구 앞에는 오르투스의 주요 멤버가 우르르 모여 있어서 참으로 장관입니다. 사우라 씨, 케이 씨, 슈리에 씨, 그리고 기르 씨가 저마다 주의사항을 늘어놓았다. 참고로 아직 끝나지 않았지만 귀에 딱지가 앉을 기세이기 때문에 미안해하면서도 흘려듣고 있다. 뭐야, 심부름 가는 나를 배웅하는 것뿐인데 왜 이렇게 된 건데?

"내가 실을 뻗어놓았으니 어디 있는지는 바로 알 수 있어."

"그림자새를 붙여놓았다. 길 안내를 해줄 거야. 무슨 일이 있으면 내가 바로 이 녀석이 있는 장소에 갈 거다."

지켜보는 시스템도 철저하게 구축해놨군요. 무척 든든하지만 말이야! 내 머리 위에서 빙빙 돌고 있는 그림자새는 기르 씨의 그림자 마법으로 만든 새라서 기르 씨와 바로 연락할 수 있다고 한다. 크기도 자유자재이기 때문에 지금은 참새 정도 크기다. 미니어처 그림자독수리라서 왠지 귀엽다. 모처럼 길동무가 되었으니 잘 부탁한다고 인사해봤다. 날개를 쫙 펼치고 대답하는 그림자새. 역시 귀엽다.

"알겠쯥미다. 조심할게요! 그럼 다녀오겠슴미다!"

"조심해! 잘 다녀와!"

손을 흔들고 걸어가자 다들 각양각색의 목소리로 인사했다. 고맙긴 하다. 고맙지만 몇 달은 못 볼 여행을 떠나는 거냐는 기분이 들어.

눈물을 훔치는 사람이나 걱정스럽게 쳐다보는 시선에 마음이 흔들렸다. 돌아보면 안 돼……. 육체 나이에 영향을 받아 눈물이 날 것 같았다. 아아, 무사히 돌아올 수 있을까…….

아니지, 그냥 심부름이라고! 이크. 분위기에 휩쓸릴 뻔했다. 정신 차리자, 20대 후반의 나. 실제로 메구의 나이였다면 울어도 이상하지 않겠지만 나는 아니거든. 나는 눈물을 거두고 앞을 보며 성큼성큼 나아갔다.

"그림자새도 있잖아."

내가 작게 그렇게 말하자, 그림자새가 어깨에 올라와 끄륵하는 울음소리를 내서 대답해주었기 때문에 살며시 깃털을 쓰다듬었다.

마치 시골에서 갓 상경한 사람처럼 주위를 두리번두리번 둘러보면서 걸어갔다. 혼자서 걷는 거리는 무척 신선하고 조금 긴장되지만 두근거리기도 했다. 그렇잖아. 우선 마을 사람은 다들 동물 귀나 꼬리나 비늘이 달렸으니까 그것만으로도 풍경이 다르다. 오르투스 사람들은 다들 인간과 비슷한 외모고 말이지.

"그림자새야, 마을에 사람이 참 만타."

심심하면 말을 거는 나. 기르 씨의 새니까 내가 무슨 말을 하는 건지도 이해할 거라고 생각하니 무심코 그렇게 된단 말이지. 봐, 또 뀨륵뀨륵하면서 대답해준다. 하아, 귀여워라. 쓰담쓰담.

그리고 길을 가는 사람도 나에게 웃으면서 말을 걸었다. 빵집 주인이나 과자집 주인이 때때로 맛있어 보이는 시식을 권했지만…… 안 돼, 유혹에 지지 말자! 지금은 일하는 중이니까 임무를 수행해야 해!

"장하구나. 다음에 손님으로 왔을 때 서비스해줄게!"

"심부름이라고? 열심히 해!"

마을 사람들은 다들 친절하다니까! 성원을 받으면서 걷는 건 조금 쑥스럽기도 했습니다. 헤헤헤.

상점가를 지나가자 이번에는 주택가로. 정원에 나와서 물과 바람 마법으로 빨래하는 사람, 장을 보고 집으로 돌아가는 사람 등으로 상점가만큼은 아니지만 그럭저럭 사람이 많았다. 이따금 오르투스에 자주 오는 사람도 얼핏얼핏 보였다. 배달 중인 건지 짐을 안고 이쪽을 쳐다봤기에 손을 흔들기도 했다. 헉, 넘어졌다! 일하는 중에 말을 걸어서 죄송합니다.

참고로 꽃집은 이 주택가를 빠져나간 뒤 언덕길을 끝까지 올라간 곳에 있다고 한다. 왜 그런 곳에 있는 거지? 라는 의문이 들었는데, 그곳은 이웃 마을과 가깝고 장소도 넓어서 꽃을 키우기에 딱 좋다고 한다. 상점가에는 작은 지점도 내놓은 모양이지만 이번처럼 규모가 큰 주문은 본점에서 다룬다나. 그렇구나.

"으으, 언덕이다……."

어느새 눈앞에는 끝이 보이지 않는 언덕길이. 여기까지는 순조로웠으니, 여기를 첫 번째 난관이라 부르려고 한다.

"그럼 출발! 오!"

그림자새를 향해 소리친 뒤 셀프로 대답했다. 나 뭐 하는 거람. 하지만 조용히 가는 것도 쓸쓸하지 않아? 나는 혼자 살았던 기간이 길다 보니 혼잣말의 달인이다. 관엽식물에 대고 말을 걸었던 시기도 있었지만, 너무 바빠서 제대로 돌보지 못하는 바람에 죽어버린 씁쓸한 추억이 있다. 그 시절을 생각하면 대답해주는 대화상대가 있다는 것만으로도 행복이다.

이렇게 기합도 팍팍 넣은 나는 바로 언덕길에 도전했다.

언덕길은 제법 강적이었다. ……나 체력 너무 없는 거 아니냐. 헉헉 숨을 몰아쉬면서 가까스로 등반한 나는 크게 심호흡을 반복했다. 스읍, 하아.

"그림자새야, 헉헉, 꽃집, 허억, 여기?"

숨을 헐떡이며 물어보자 그림자새는 긍정하듯 날개를 펼쳐서 한 번 뀨륵 울었다. 왜 긍정하는 건 줄 알 수 있냐고? 이 질문은 솔직히 의미가 없기 때문이다. 보면 여기가 꽃집이라는 걸 바로 알 수 있으니까. 그렇다면 왜 물어봤냐고? ……말을 걸고 싶었으니까! 사실 모르는 장소에 혼자 있다는 건 좀 불안하단 말이야. 큼.

"예쁘라……."

호흡이 어느 정도 안정된 뒤에 새삼 주위를 둘러봤다. 시야가 전부 꽃으로 뒤덮인다는 건 이런 걸 말하는 거구나. 튤립 같은 꽃, 거베라 같은 꽃. 유채꽃 같은 꽃도 있고 팬지 같은 꽃도 있다. 단정형이 아닌 이유는 아마도 이름이 다를 테니 그랬다. 방심해서 말하지 않도록 조심해야지.

꽃밭 안쪽에 작은 건물이 있으니 아마 거기로 가면 될 것이다. 휴식을 마친 나는 아장아장 건물을 향해 걷기 시작했다. 잘 보니 꽃밭은 꽃의 종류에 따라 구역이 나뉘어 있고, 희미하게 마력으로 된 벽이 보였다. 그 벽을 눈으로 좇아가자 네 귀퉁이에 작은 사각형 도구가 설치되어 있었다. 어쩌면 온실 같은 걸 만들어내는 마도구인 건지도 모른다. 각각 꽃에 맞는 환경을 만들어낸다거나? 마법 짱인데.

"그림자새는 밖에서 기다려."

건물 앞에 도착하자 나는 그림자새에게 그렇게 말을 걸었다. 실내에 동물이 들어가도 괜찮은 건지 모르니까. 그림자새는 알겠다는 듯 근처에 있는 나뭇가지로 날아갔다. 그걸 지켜본 다음 드디어 문을 노크했다. 콩닥콩닥.

"네, 누구세요? 어머나!"

"오르투스에서 꽃을 주문하러 왔슴미다! 메구임미다!"

안에서 나온 사람은 안경을 쓴 예쁜 여성이었다. 등에 잠자리 날개가 파닥거리고 있으니 그쪽 아인인 건가? 아무튼 이런 건 첫인상이 중요하니까 겉보기 연령 어린이답게 발랄하게 인사! 발음은 영 엉망이지만.

"이야기는 들었어. 정말 혼자서 왔구나. 장해라!"

어째서일까. 처음 만나는 사람인데 이미 울먹이고 있잖아. '장하구나, 잘 왔어.' 하고 연노랑색 앞치마에 달린 주머니에서 손수건을 꺼내 눈가를 훔치는 여성. 어쩌지? 하고 당황하고 있었더니 안쪽에서 또 다른 사람이 나타났다.

"무슨 일이야? 지젤……, 아하. 너구나? 이야기는 들었어. 메구라고 했던가?"

"앗, 네!"

문 앞에서 더욱 눈물을 그렁그렁 쏟는 여성을 지젤이라 부른 남성은 키가 크고 말랐으며 선량해 보이는 생김새였다. 점주인가? 호리호리하지만 지젤 씨의 어깨를 안는 팔은 근육질이다. 마른 근육. 그리고 머리에는 촉각이 돋아있다. 곤충계 아인인가?

"미안해, 지젤은 감수성이 풍부하거든. 툭하면 울지만 신경 쓰지 않아도 돼."

"하, 하지만 라이언. 이, 이렇게 어린 아이가 혼자서 심부름을 하다니이이이이이."

"그래, 그래. 일단 안에 들이자."

라이언이라 불린 남성이 쓴웃음을 지으며 나를 집 안으로 안내해주었다. 지젤 씨, 너무 많이 울어요!

안으로 들어가 탁자 앞에 앉은 나는 간신히 침착해진 지셀 씨와 꽃집 주인인 라이언 씨에게 설명을 들었다. 나에게 준 차를 마시려 했더니 그것만으로도 또 지젤 씨가 울상이 되는 바람에 아주 조마조마했다고!

"그럼 일 이야기를 할까. 리스 타입과 여기저기에 두는 꽃병용, 자잘한 꽃장식은 완성해놨어. 그러니까 남은 건 메인이 될 큰 장식인데……."

"베이스 컬러를 핑크로 잡고 만들려고 해. 그러니 어떤 종류의 꽃으로 할지를 정하기만 하면 되는데. 부탁할 수 있을까?"

사전에 들은 대로 메인 꽃장식에 쓸 꽃을 고른다는 일이 틀림없었던 모양이다. 오오, 역시 책임이 막대하잖아. 괜찮을까?

"같이 창고에 가서 골라줄래? 그럼 나머지는 내가 꾸밀 테니까."

"네. 열심히 하겠슴미다!"

기운이 넘쳐서 그만 벌떡 일어나며 대답했더니 지젤 씨가 또 눈물을 흘리기 시작했다. 그래, 이제 됐다. 이 사람은 우는 게 디폴트라고 생각하자. 신경 썼다간 버틸 수 없다는 걸 깨달았어! 뻔뻔해진 나는 또다시 쓴웃음을 짓는 라이언 씨의 뒤를 따라 창고로 향했다.

"와아아…… 대다나다."

창고는 뒷문으로 나오자 바로 코앞에 있었다. 라이언 씨가 창고를 열자 그곳에는 아름답게 장식된 꽃이 시야를 가득 채웠다. 나도 모르게 감탄하자 라이언 씨가 기뻐하며 웃었다.

"고마워. 기쁜데."

"어린아이는 아주 솔직하니까, 정말…… 흡, 기뻐……."

아아, 또 울려버렸네. 하지만 정말로 대단하니까 이건 어쩔 수 없고, 기뻐해 주면 나도 기쁘다. 마음껏 감격하자.

이리하여 드디어 내 일이 시작되었다. 그래도 이 안에서 좋아하는 꽃을 고르는 게 끝인 간단한 일입니다. 괜찮은 걸까? 라는 생각을 하면서도 내가 고른 꽃을 보고는 '그거 좋은데', '센스가 괜찮아'라는 말을 듣고 우쭐해졌다는 자각은 있다. 둘 다 칭찬을 너무 잘해!

결국 나는 큼직한 꽃잎이 달려서 존재감이 넘쳐나는 분홍색 꽃과, 작은 연분홍색 꽃, 그리고 작은 안개꽃 같은 하얀 꽃과…… 그리고 군데군데 더할 귀여운 물방울 모양의 파란 꽃을 골랐다. 물방울 모양의 꽃이 신기하고 귀여워서 도저히 눈을 뗄 수가 없었다.

"핑크가 메인인데 파랑은 이상할까……?"

라이언 씨가 흐음, 하고 생각에 잠기는 바람에 그게 영 걱정이었지만.

"후후, 전부 라이언에게 맡겨."

지젤 씨가 그렇게 말하며 윙크했으니 이다음은 프로의 영역일 것이다. 무모한 요구였다면 죄송합니다!

그렇다 보니 고작 수십 분 만에 내 일은 끝나버렸습니다. 정말

이래도 괜찮은 거야?!

당황하는 나에게 이렇게 어린데도 열심히 일하다니, 하며 눈물을 흘리는 지젤 씨. 두 사람의 권유를 받으며 집 안으로 돌아왔다.
"슬슬 점심시간이니까 같이 먹자."
"네? 그치만 폐가 되는데……."
지젤 씨는 같이 점심을 먹자고 했지만, 아무리 그래도 이렇게 간단한 일을 해놓고 점심까지 얻어먹을 수는 없었다. 나는 두 손을 앞에 내밀고 사양하는 포즈를 취했다. ……하지만.
"귀, 귀여운 아이랑 같이 먹을 수 있다고…… 흑, 기, 기대했었는데…… 흐윽."
"머, 머글게요! 같이! 먹어요!"
우는 바람에 어떻게 할 수가 없었다. 나도 모르게 그렇게 대답하는 바람에 점심을 얻어먹게 되었습니다. 뭐지, 이 죄책감!
라이언 씨는 일에 집중해서 한동안 돌아오지 않는다고 하기에 지젤 씨와 함께 점심을 먹었다. 이런 일은 자주 있다면서 누군가와 같이 식사하는 것 자체가 오랜만이라며 기쁨의 눈물을 흘리는 지젤 씨. 혼자 먹는 밥이 얼마나 적적한지는 나도 잘 아니까, 어영부영 정하긴 했지만 결과적으로는 같이 먹길 잘했다는 생각이 들었다.
그렇게 점심을 먹었더니──.
"어라, 메구. 졸리니?"

수마! 아아, 진짜! 거래처에서 졸다니 이 무슨 추태를! 하지만 어린아이는 체력이 없다 보니 저항도 하지 못한다. 눈을 감으면 순식간에 꿈나라로 떠나버릴 만큼 졸리다.

"으응……, 하지만, 돌아가야……."

그렇다. 내 일은 이제 끝났다. 원래대로라면 지금쯤 오르투스에서 낮잠을 자고 있어야 했다. 어떻게든 돌아가야지!

"안 돼. 그런 상태로 돌려보냈다가 다치거나 사고를 당하면 큰일인걸. 오르투스 사람들도 같은 말을 할 거야."

하지만 지젤 씨의 말이 맞다. 아무튼 자라는 말을 들을 게 분명하다.

"오르투스에는 이쪽에서 연락해둘게. 알았지? 지금은 푹 자고, 이따 일어난 뒤에 돌아가자."

"으, 제송해요……."

"사과를 다 하다니……. 어, 어쩜 이렇게 착하지! 흑."

실제로 이 상태로 무사히 돌아갈 자신이 전혀 없었기 때문에 대단히 면목 없지만 호의를 받아들이도록 하겠습니다. 또다시 지젤 씨가 우는 기색을 느꼈지만 죄송합니다. 저는 이미 한계인가 봐요. '어머나' 하는 목소리와 부드럽게 안아주는 감촉을 느끼면서 나는 살며시 눈을 감았다.

……으음. 끄응. 아! 맞다!

몽롱하게 눈을 뜨고 천천히 머리가 돌아간다. 여태까지 있었던 일을 빠르게 떠올린 나는 벌떡 일어났다.

꿈도 꾸지 않고 푹 잠들었던 모양이다. 그만큼 그 언덕길은 이 몸에는 고달팠던 거겠지. 으음, 진지하게 운동 부족을 어떻게든 해야겠는데.

"일어나야해!"

그렇다. 지금은 그런 건 나중으로 미루고. 누워있던 침대에서 끙차끙차 내려와 이불과 베개를 정돈했다. 그 후 허둥지둥 방에서 나왔다.

"어라, 일어났구나?"

"제송함미다……. 침대 써서……."

문을 열자 처음 안내받았던 거실이 바로 나왔다. 탁자에 차를 올려놓고 느긋하게 쉬고 있었던 듯한 지젤 씨가 나를 알아보더니 말을 걸어서 조건반사적으로 사과했다. 나는 죄송합니다가 입에 붙은 전직 사축이다.

"에이, 그런 일로 사과하지 마. 훌쩍. 푹 잤니?"

맞다, 이 사람 눈물샘이 약했지. 자다 깬 머리로 떠올린 나는 허둥지둥 말을 바꾸기로 했다.

"네! 아주 푹 자써요! 감사함미다!"

"그래? 다행이다……. 아아, 귀여워…… 흐으윽!"

어차피 눈물은 흐르는구나. 응, 대충 그럴 것 같았어.

울면서 일단 앉으라는 말을 들었기에 고분고분 따르자, 따뜻한 홍차를 타 주었다. 디저트로 한입 크기의 초콜릿이 하나. 저녁을 먹기 전이니 마침 딱 좋지. 하아, 당분이 끝내준다!

"맞아, 오르투스에 연락할 때 전언을 받았어. 기르난디오 씨가 일하고 돌아가는 길에 여기에 들른대."

오오! 내가 자는 동안에 연락해놓은 모양이었다. 혼자 갔다가 돌아오는 것까지 임무인 거라며 속상한 마음 반, 기르 씨가 와준다는 기쁨 반이 내 안에서 전쟁을 벌였다.

"라이언도 배달하러 갔으니 기르난디오 씨가 올 때까지 같이 수다 떨어주지 않을래?"

살짝 눈물을 글썽이며 그런 제안을 하는 지젤 씨는 정말 부탁하는 기술이 대단하다. 아마 라이언 씨는 이런 점에 반한 거겠지. 나도 반할 것 같아! 좀 너무 많이 울지만!

즉, 그런 지젤 씨를 거절할 수 없었던 나는 기르 씨가 올 때까지 티타임을 즐겼다. 이걸로 정말 괜찮은 걸까.

티타임은 그리 길지 않았다. 체감적으로는 15분 정도? 홍차를 다 마시고 한숨 돌리자 문을 노크하는 소리가 들리더니, 그 너머에서 낯익은 기르 씨의 목소리가 났다.

"나갑니다……, 올블랙?!"

데리러 왔나 봐, 하고 생글생글 웃으며 문을 연 지젤 씨는 새카만 후드에 마스크를 착용해서 수상한 모습인 기르 씨를 보고 무척 놀랐다. 음, 그럴 만도 하지.

기르 씨도 그걸 알아차린 건지 바로 마스크를 내렸다. 별로 보이고 싶지 않다는 듯했지만……, 놀라게 하는 건 본의가 아니니까.

"헉?! 미남?!"

하지만 역시 놀랐다. 어쩔 수 없지!

"신세졌슴미다!"
"나야말로, 훌쩍, 무척, 흐윽, 즐거웠어……. 또 오렴! 훌쩍."
"네."
혼란이 가라앉자 기르 씨와 손을 잡고 인사했다. 지젤 씨는 오열하면서도 웃는 얼굴로 배웅해주었다. 얼굴이 엉망이었지만 그걸 지적하면 안 되겠지.
……음. 또 놀러 오자. 이 마을에서 놀러 갈 수 있는 장소가 늘어나는 건 왠지 기쁘다. 그때까지 언덕길에 지지 않는 체력을 만들고!

"피곤하지 않나?"
돌아가는 길. 이번에는 내리막길이기 때문에 데굴데굴 굴러갈 기세인 걸 기르 씨의 손을 잡고 버티고 있었더니 기르 씨가 그렇게 물었다.
"낮잠 자쓰니까요. 제송함미다. 일하는 중에 자버리다니……."
큰 실수다. 시무룩해 하면서도 다리는 살짝 달리다시피 해서 우스꽝스러운 게 유감이다. 그러자 몸이 허공으로 붕 뜨는 게 느껴졌다. 기르 씨가 안아 들었기 때문이다.
"너는 어린아이다. 자는 것도 일이라고 여러 번 말했을 텐데."
난처하다는 듯 기르 씨는 눈을 가늘게 휘고 내 머리를 쓰다듬었다. 지금은 마스크를 쓰고 있어서 알 수 없지만, 나한테는 미소 짓고 있다는 게 느껴졌다.

"게다가 일은 제대로 끝냈잖아."

"어? 누군가에게 들으셔써요?"

"……연락을 받았을 때."

대답하는 데 잠시 딜레이가 있었다는 게 마음에 걸리지만, 지젤 씨가 연락을 넣을 때 알려준 것이라고 생각하면 이해가 간다. '그렇구나, 칭찬받았구나……' 하는 생각에 얼굴이 풀어졌다. 별로 대단한 일도 아니었지만!

"돌아가면 저녁을 먹자."

"네!"

결국 이대로 기르 씨의 품에 안겨 오르투스까지 돌아가게 되었다. 그건 그렇고 내가 한 일이라곤 꽃을 고르고 점심을 먹고 낮잠을 잔 뒤에 차를 마신 게 끝이잖아? 갈 때는 걸어갔지만 돌아올 때는 보다시피……. 그걸 깨달은 나는 언젠가 제대로 된 일을 하고 싶다고 은밀히 투지를 불태우게 되었다.

살 게 있다는 기르 씨를 따라서(라고 해도 안겨있기 때문에 자동이지만) 마을을 돌아다녔기 때문에 오르투스에 도착할 무렵에는 해가 기울기 시작했다. 어째서인지 가는 곳마다 마을 사람들이 악수를 요청하는 바람에 어쩔 수 없었다. 내가 무슨 아이돌인가요. 평소에는 그럴 때면 나를 감싸는 기르 씨도 오늘은 오히려 적극적으로 응해주었다. 내 머릿속은 물음표로 가득해졌다.

왠지 밀도가 높은 하루였구나. 그런 생각을 하고 있었더니 오르투스의 문 앞에서 기르 씨가 나를 살며시 내려놓았다. 뭐지?
"메구, 문을 열어주겠어?"
어? 뭐지? 두 손이 막혀있는 것도 아닌데 이상하네. 하지만 문을 여는 것 정도는 어렵지 않기 때문에 순순히 수락했다.
"아라써요…… 어, 앗……!"
고개를 갸웃거리면서 문을 열자——.
"잘 다녀왔니? 메구!"
"오르투스에 어서 오세요!!"
"어? 어?!"
펑, 하는 건조한 소리와 함께 색색의 종이 꽃가루 같은 게 반짝반짝 허공을 날았다. 잘 보니까 마법으로 만든 빛 방울이다. 마법사용 폭죽?!
"환영회다."
환영회? 기르 씨 쪽을 돌아본 나는 눈을 깜빡이며 당황했다.
"메구가 동료가 되었으니까. 오늘은 메구를 환영하는 파티야! 깜짝 놀랐어?"
사우라 씨가 윙크하며 그렇게 말했다. 어? 내 환영회?!
"마을 사람들에게도 메구에 대해 알리는 게 좋을 것 같아서. 전원을 부르지는 못했지만 몇 명 정도 초대했어."
오고 싶어도 오지 못한 사람들과는 돌아오는 길에 악수했지? 라고 말을 덧붙이는 케이 씨.
"오늘을 위해 다 함께 몰래 준비했답니다."
꽃집 부부도 협력자라고 알려주는 슈리에 씨. 보아하니 중앙에 장식된 커다란 꽃장식 앞에 라이언 씨가 서 있었다. 사용된 꽃도 내가 골랐던 그 꽃이고, 내 모습을 본떠 만들었다는 게 한눈에 보였다. 그 꽃이 이런 식으로 완성되다니……!

"놀랐어? 메구! 서프라이즈 파티다!"

이를 드러내며 씩 웃는 쥬마.

그리고 다들 다정하게 웃으며 나를 보고 있다.

나를, 위해서……? 이런 건 대체 몇 년 만일까.

"메구……?"

굵은 눈물이 뚝뚝 흘렀다. 나도 참, 지젤 씨의 눈물이 옮았나.

"……샤. ……감샤, 함미다. 너무, 기뻐……!"

아마 내 얼굴은 엉망일 것이다. 하지만 최대한 웃도록 노력했다. 꼴사나운 얼굴이었을 텐데 다들 표정이 따뜻하고, 그게 정말로 기뻤으니까.

"자! 시작한다! 메구! 많이 먹고 많은 사람과 대화하렴."

사우라 씨의 신호로 파티가 시작되었다. 음식은 전부 다 맛있었고, 사람들과 대화하고 노래하면서 무척 즐거운 시간을 보냈다. 사람이 너무 많아서 누가 누구인지는 전혀 몰랐지만.

오늘이라는 날은 계속 잊을 수 없는 추억이 되었다. 다 함께 먹는 밥, 다 함께 보내는 시간은 어쩜 이렇게 행복한지.

이미 나는 이 행복 속에서 빠져나갈 수 있을 것 같지 않다.

Welcome
to the
Special
Guild

환영 파티의 이면에서

오늘은 예전부터 은밀히 예정했던 메구의 환영 파티 결행일이다. 오르투스의 길드원 전원이 오늘은 그 환영 파티 준비에 총력을 기울이기로 해두었다.

"갔어? 갔지……? 자! 모두 서둘러 작업을 진행해!"

다 함께 메구를 배웅한 뒤 사우라의 호령에 따라 각각 움직이기 시작했다. 지금부터 메구가 돌아올 때까지 환영회 준비를 끝내야 한다. 꽃집 주인에게는 메구를 잡아두도록 부탁해두었다. 점심을 먹고 낮잠을 재운 뒤, 차를 마시고 돌아오게 될 테니까 시간은 충분할 터이다. 하지만 메구의 성격상 사양하고 중간에 돌아오는 게 아닌지 걱정이었다.

"메구를 지켜보는 서포트 팀은 지금 당장 출발해! 알았지? 어디까지나 일하는 척하는 거야. 들켜도 괜찮아. 오늘은 일 때문에 **다들 바쁘다**고 해 놨으니까!"

세세한 뒷공작까지 여념이 없다. 그런 점까지 철저하게 준비해놓는 점이 역시 사우라라고 할 수 있겠다. 게다가 서포트 팀은 메구와 별로 만날 기회가 없었던 멤버로 구성되어 있다. 위화감 없이 지켜볼 수 있고, 이 녀석들에게도 이득이다. 인선도 꼼꼼히 생각했군.

"기르, 지금 메구는 어때?"

지금 막 길드 밖으로 나갔는데. 뭐, 나는 상황을 알 수 있으니까 그렇게 생각하는 것뿐인지도 모른다. 마음은 이해하기 때문에 대답해줬다.

"문제없다. 그림자새에게 말을 걸고…… 쓰다듬는군."

"그림자새에게?! 어떡해, 메구 너무 귀여워……!"

"그림자새는 기르나 마찬가지인데 말이지. 그걸 알면 얼굴이 새빨개질 것 같아."

지나가던 루드의 말대로 그림자새는 내 분신이라 할 수 있다. 다만 그림자인 데다 크기도 작아서 공격을 받는다고 해도 데미지는 거의 없다. 메구는 그 그림자새를 사역마 같은 걸로 생각하는 경향이 있다. 말을 거는 내용이나 쓰다듬는 감촉도 나에게 전해지고 있다만…… 나쁘지 않으니까 상관없다.

"기르는 정기적으로 메구의 상황을 알려줘. 루드도! 자! 나는 파티장 지휘를 하겠어!"

그렇게 말한 사우라는 뛰어서 그 자리를 떠났다. 남은 루드와 눈을 마주치고, 각각 말없이 고개를 끄덕인 뒤 나도 움직이기 시작했다. 루드는 파티장팀이고, 나는 초대 손님에게 줄 안내장 배포 담당이다. 그렇다고 해도 마을 사람에게만 뿌리는 것이니 그림자새에게 시키면 순식간에 끝난다. 뭐, 내 본래의 일은 조금 더 지난 뒤에 있으니까.

아. 또 쓰다듬는다.

완성된 초대장을 받기 위해 사우라가 향한 접수처로 가자 지금 막 추첨회가 열리는 중이었다. 초대할 사람을 선출하는 추첨으로, 1주일 전 메구에게만 비밀로 모집했더니 거의 전원이 응모한 게 아닌가 하는 생각이 들 만큼 많은 신청이 모여들었다. 단기간에 용케 모였다고 감탄했지만 관리하는 접수팀에서는 비명을 질렀다.

"휴……. 무사히 정해진 모양이야. 이 선택받은 30명은 몇 년치 행운을 다 써버린 거겠지. 다들 수고했어! 바로 다음 준비 부탁해!"

잠깐 기다리자 드디어 정해진 모양이다. 사우라가 초대장을 들고 내 쪽으로 왔다. 그걸 나에게 건네면서 접수팀에 지시를 내렸다. 나는 그걸 말없이 받은 다음 수신인을 확인하면서 그림자를 보냈다. 이젠 그림자새가 전부 전해줄 것이다.

"이봐, 사우라! 나는 뭘 하면 돼?"

"아, 쥬마. 너는 힘 쓰는 일을 해줘. 파티장팀인 루드에게 물어봐서 시키는 일을 해."

"물어봤는데, 지금은 할 일이 없다고 하더라."

"그럼 거기 서 있어. 움직이지 마. 쓸데없는 일이 늘어나니까. 부르면 바로 갈 것. 알겠지?"

"어째 욕을 먹은 기분이 들지만 알았어."

의외로 날카로운 쥬마는 시키는 대로 머리 뒤에서 깍지를 낀 채 한가한 시간을 보내기 시작했다.

"사우라 씨, 요리 메뉴는 이거면 될까요? 치오리스에게 리스트를 받아왔는데요!"

"고마워, 메어리라. 보여줘. 으음, 좋아. 하지만 이것만으로 충분할까? 50인분 더 늘릴 수 있어?"

오르투스의 길드원만으로도 40명 정도 있고, 초대손님을 넣어도 사람 수만 따지면 넘치는 양이라고 본다만…… 많이 먹는 사람은 정말 많이 먹으니까 타당한 제안이겠지.

"컥, 이게 뭐야! 술 금지?!"

옆에서 리스트를 들여다본 쥬마가 이론을 주장했지만, 자료를 둥글게 말아서 쥬마의 뒤통수를 시원하게 후려갈긴 사우라가 선언했다.

"당연하잖아! 이건 메구의 환영회라고! 술 취한 어른들의 흥겨운 연회와는 다르단 말이야. 메구를 즐겁게 해주는 게 목적인데 주정뱅이가 나오면 판이 다 깨지잖아!"

"내성이 있으니까 쉽게 안 취한다고. 조금, 조금만……."

사우라가 쥬마를 세 번 더 때렸다.

"흥, 기분 좋게 취할 수 없는 술을 맛있다고 말할 수 있어? 응……?"

"윽."

"술을 마시는 이유는 취하기 위해서인 것도 크잖아. 조금? 바보 같은 소릴. 만약 한 모금이라도 마셨다간 앞으로 평생 취할 수 없는 몸으로 만들어줄게……."

"안 마시겠습니다! 죽어도! 안 마시겠습니다!"

이해하면 됐다며 팔짱을 끼는 사우라. 환영회에서 누가 술을 마셨는지 아닌지를 알 수 있는 건지, 앞으로 취할 수 없는 몸으로 만들 수가 있는 건지 전부 의아하지만, 사우라가 그렇게 말한다면 농담이 아닐 것이다. 이것만큼은 절대적이라고 스스로 정한 규칙을 깨면 철저하게 짓밟는 것이 사우라다. 거역하지 않는 걸 권장한다. 쥬마도 경험으로 이해한 건지 순순히 물러났다.

"그럼 기르. 지금 메구는 어때?"

정말 틈만 나면 묻는군. 아까 대답한 지 얼마나 지났다고. 하지만 어차피 지금 할 일도 없는 나는 물어보는 대로 대답한다는 선택지밖에 없다.

"지금은 언덕길을 올라가려는 중이다. ……혼자 기합을 넣고 있어."

"푸흡, 혼자서?! 메구 녀석, 진짜 웃긴다!"

"베리베리 큐트해요, 메구! 직접 보고 싶어요!"

"하아…… 치유된다. 이렇게 귀여운 메구를 위해서 다들 완벽한 환영회로 만드는 거야!"

오오! 하고 길드 안에 우렁찬 소리가 울렸다. 다들 메구를 위해서라면 뭐든 할 생각이다. 나도 예외는 아니지만.

눈을 감고 메구의 현황에 한 번 집중해봤다. 음, 아무래도 열심히 언덕을 오르는 중인 모양이다.

메구에게는 상당히 가파른 언덕길이라는 건 알고 있었다. 저렇게 숨을 헐떡이다니……. 하지만 포기하지 않고 열심히 걷는 모습이 가슴을 울렸다. 도와주고 싶은 마음은 있지만 참아야만 한다. 이 언덕길 때문에 피곤해져서 점심을 먹은 후 푹 낮잠을 자게 하기 위해서라도, 여기서 도와줬다간 계획이 어그러지기 때문이다.

간신히 꽃집에 도착한 메구가 무사히 꽃집 주인인 라이언과 지젤을 만난 걸 확인한 나는 안도로 가슴을 쓸어내렸다. 그 후 마음속으로 힘내라고 응원을 보냈다.

『저기, 오르투스 쪽 사람이시죠……? 들리시나요?』

오후, 메구와 함께 있는 그림자새를 통해 이쪽에 보내는 메시지를 수신했다. 여성의 목소리니 아마도 지젤 쪽일 것이다.

"그래, 들린다. 나는 오르투스의 기르난디오다."

바로 그렇게 대답했더니 '아아, 다행이다'라며 안도하는 목소리가 들렸다. 그 후 자신은 꽃집의 지젤이라고 이름을 밝힌 뒤 말을 이어나갔다.

『이런 식으로 사람과 대화하는 건 처음이라서……. 으음, 메구 말인데요. 점심을 먹고 바로, 그러니까 방금 전인데요. 잠들었습니다.』

그림자새 같은 존재는 거의 없으니 당황하는 것도 당연하다. 사전에 말을 걸면 된다는 것만 들었던 지젤로서는 다소 불안했을 것이다.

『잠든 얼굴이 너무너무 귀여워서…… 훌쩍. 아, 죄송합니다. 메구는 일도 제대로 끝냈는데요, 그러고도 이걸로 충분한 건지 걱정해서요…… 아아, 정말 착한 아이예요! 훌쩍.』

물어보지도 않았는데 메구의 상황을 이야기해주었다. 어차피 물어볼 예정이긴 했지만. 그건 그렇고 이 부인은 눈물샘이 약한 모양이군.

"연락해줘서 고맙다. 메구가 눈을 뜨고 잠시 지나면 데리러 가지."

『예정대로군요. 알겠습니다. 눈을 뜬 뒤에 잠시 차를 마셔도 괜찮을까요?』
“상관없어. 하지만 저녁을 먹어야 하니까 간식을 너무 주지는 마.”
모처럼 환영회에서 호화로운 식사를 준비해 놨다. 원래 그리 많이 먹지 못하는 메구가 괜히 더 못 먹게 되면 아깝다.
『네, 명심하겠습니다. 쇼코롱 하나 정도라면 괜찮을까요?』
“그래, 문제없다. 그럼 뒷일을 부탁하지.”
『알겠습니다. 해가 저물기 전에는 꽃장식도 도착할 거예요.』
메구가 고른 꽃으로 만든 꽃장식이라. 지금부터 보는 게 기대된다. 나는 그림자새로 지젤과의 대화를 끝낸 뒤, 사우라에게 보고하러 갔다.

“꽃장식 배달왔습니다!”
슬슬 저녁이라 부를 수 있는 시간대로 접어들 무렵 오르투스의 입구에서 그런 목소리가 울려 퍼졌다. 지금 메구가 있는 꽃집의 주인이다.
“라이언! 기다렸어. 결과는 어때?”
“지금부터 토대를 만들어서 최종 마무리에 들어갈 겁니다. 어디에 메인을 장식할까요?”
사우라가 바로 맞으러 가서 꽃을 장식할 장소를 의논하기 시작했다. 메인 꽃장식은 접수처 바로 옆에 두기로 정하고, 그 외의 장식은 오르투스의 길드원들이 장식했다. 커다란 장식은 힘이 센 니카와 쥬마가 운반하는 모양이었다. 니카는 그렇다 쳐도 쥬마, 너는 좀 더 신중하게 옮겨라.

"메구가 낮잠을 잔다는 이야기는 기르에게 들었어. 아직 자는 중이야?"

"메구라면 푹 자고 있습니다. 무척 피곤했던 모양이에요."

역시 그 언덕길의 효과가 대단했던 모양이다. 그래도 슬슬 눈을 뜰 법한 시간이다. 꽃장식 설치가 적당히 마무리되고 나면 데리러 가려고 머릿속으로 계산했다.

"메구는 바로 돌아오려고 하지 않았을까. 이상하게 염려하고 사양한단 말이지."

"하하, 정말 착한 아이더라고요. 하지만 괜찮습니다. 지젤은 감수성이 풍부하다 보니 울면서 같이 점심을 먹자고 하자 거절하지 못했던 모양이에요. 왠지 속이는 것 같아서 미안하더군요."

처음에는 사양했다가 지젤이 우는 바람에 결국 꺾여버린 메구가 눈앞에 선했다. 역시 예상했던 대로 행동한 모양이다.

"후후. 설마 자신을 위한 파티용 꽃을 고르는 줄은 몰랐겠지. 놀라는 얼굴이 기대돼."

꽃을 안고 지나가던 케이가 즐겁게 말했다. 그 말에는 동감한다. 아무것도 몰랐던 메구는 분명 놀랄 것이다.

"자, 봐 주세요. 이게 메구가 고르고 제가 만든 메인 꽃장식입니다."

라이언이 그렇게 말하며 수납 마도구에서 꽃장식을 꺼내자 길드 홀에 환호성이 퍼졌다. 라이언은 그걸 들으면서 웃고는 세세한 부분을 꼼꼼하게 다듬었다. 그 손놀림은 흐르는 물과도 같아서 꽃만이 아니라 작업하는 광경도 아름다웠다.

"이건……, 잘 만들어졌는데요. 메구의 귀여움이 가련한 꽃으로 잘 표현되었어요."

"메구가 마지막으로 이 파란 꽃을 골랐답니다. 색이 너무 다른 게 아니냐고 묻는 메구와 꽃을 보고 단숨에 영감이 솟았죠."

처음에는 그저 커다란 꽃다발처럼 만들 생각이었다며 웃는 라이언이었으나, 다들 그보다 훨씬 더 좋다고 생각할 법한 작품을 만들어냈다.

연한 분홍색 꽃으로 메구의 머리카락을, 하얀 꽃으로 투명한 피부를, 그리고 파란 꽃으로 메구의 눈동자를. 메구를 본뜬 꽃 장식이 접수처 옆에 멋지게 장식되었다. 누가 봐도 이건 메구라고 한눈에 알 수 있는 훌륭한 꽃장식이었다.

"이런 건 처음 만들어본 거지만 무척 재미있었습니다. 상품의 폭이 넓어진 느낌이에요. 오르투스 여러분과 메구에게 정말 감사합니다."

라이언이 개운한 미소로 그렇게 말하는 걸 보고 메구는 참 훌륭하게 임무를 완수했다는 생각이 들었다. 단순히 꽃을 고르는 것뿐이었는데 사람에게 영향을 주는 메구에게 감탄했다.

"아, 메구가 일어난 모양입니다."

문득 라이언이 그렇게 말했다. 아인은 짝, 소위 생애의 파트너가 되면 간단한 의사소통은 너무 먼 거리가 아닌 이상 서로에게 전달할 수 있다고 한다. 라이언은 짝인 지젤에게서 정보를 수신했을 것이다. 그림자새로 전달하는 나에게는 필요 없는 것이지만 그 감각은 흥미로웠다.

"기르, 예정대로 데리러 가줘."

"알았어."

사우라의 지시에 따라 바로 이동하려 했다가 멈췄다. 낮잠을 자고 나면 차를 마신다고 했었지. 아직 시간적 여유가 있다. 조금 천천히 향하기로 결심했다.

내가 데리러 가자 마침 차를 다 마신 모양이었다. 헤어지는 게 아쉬운지 펑펑 우는 지젤에게 손을 흔든 뒤, 나는 메구와 손을 잡고 귀로에 들어섰다. 조금 미련이 남아있는 듯한 메구. 아마 다음에 또 놀러 오게 될 것 같다.

"피곤하지 않나?"

내리막길에서 다리에 제대로 힘이 들어가지 않아 비틀거리는 메구가 위태로웠다. 넘어지지 않도록 단단히 손을 잡으며 그렇게 묻자, 일인데 너무 태평하게 놀았다며 조금 침울해했다. 정말이지, 너무 신경을 많이 끈다. 어린아이니까 애초에 일할 필요도 없는데. 오늘은 이후 즐거운 시간이 기다리고 있다. 걷다 지쳐서 잠드는 것도 불쌍하다고 생각한 나는 메구를 안아 들었다. 위험해 보인 것도 있었다. 게다가 지금부터 마을에 가서 메구를 보여주면서 돌아다녀야 한다. 너무 혼잡해서 메구가 인파에 치이기라도 하면 큰일이다.

"일은 제대로 끝냈잖아."

"어? 누군가에게 들으셔써요?"

"……연락을 받았을 때."

순간 괜한 말을 한 건지 당황했지만 잘 넘어간 모양이었다. 그림자새가 내 분신이라서 전부 다 알고 있다는 걸 알려주면 서프라이즈가 들킬 수 있고, 무엇보다 조금 아쉽다. 드디어 메구를 깜짝 놀라게 해줄 때가 왔다며 나답지 않게 긴장한 걸까. 나도 아직 멀었다.

여기서부터가 내 일이다. 추첨회에서 탈락해 메구를 만나지 못하는 마을 사람들을 위해 메구를 데리고 마을을 한 바퀴 돈다. 그렇다고 해도 넓은 마을의 구석구석까지 돌아다니는 건 아니기 때문에 중앙광장을 중심으로 대로를 걷는 게 전부다. 물론 이 정보는 사전에 마을 안에 널리 알려져 있다.

메구에게는 살 게 있다고 말해두고 태연한 얼굴로 대로를 걸었다. ……당연히 후드와 마스크는 장착해 놨다.

"이 아이가 메구구나! 듣던 것보다 더 귀여워!"

"잘 왔어. 또 언제든지 찾아와! 덤을 얹어줄 테니까."

"다 함께 지켜볼게. 곤란한 일이 생기면 바로 말해!"

사전에 고지를 했다고 해도 다들 메구를 한 번쯤 보기 위해 대로로 나와서 상당히 혼잡했다. 대로에서 떨어진 장소에 사는 사람도 많을 텐데. 그 추첨에 응모자가 쇄도했던 것도 이해가 간다.

악수를 청하는 사람도 많았다. 전부 응해줄 수는 없기 때문에 적당히 몇 명과 악수하게 해줬다. 메구는 영문도 모르고 손을 내밀었지만, 생글생글 웃는 걸 보면 싫어하지는 않는 모양이었다.

하지만 평소엔 메구가 사람들의 주목을 받지 않도록 행동하던 내가 왜 이러는 건지 의문을 느꼈겠지. 이 아이는 똑똑하다. 깊게 생각하기 전에 오르투스에 데려가야 한다.

북적북적하게 모여서 손을 흔드는 마을 사람들을 향해 고개를 갸웃거리면서도 손을 마주 흔드는 메구를 안고 나는 걷는 속도를 높였다.

"메구, 문을 열어주겠어?"

마침내 오르투스에 돌아왔다. 무시무시하게 오래 걸린 기분이 든다. 그렇게 사람 사이에 파묻히는 건 사양이지만 메구를 위해서이기도 하다. 무사히 임무를 완수하자 어깨에서 힘이 빠졌고, 동시에 메구도 아래로 내려주었다.

"아라써요……."

의아해하며 대답하는 메구. 아마 머릿속은 물음표로 가득할 것이다. 하지만 문제는 없다. 대답은 그 문 너머에 있으니까.

"어, 앗……!"

"잘 다녀왔니? 메구!"

"오르투스에 어서 오세요!!"

"어? 어?!"

메구가 문을 여는 것과 동시에 빛 마법이 날아다녔다. 오직 그 자리의 흥을 돋워주는 용도로만 쓰이는 마도구로 기억한다. 다들 메구를 주목하며 생글생글 맞아주자 메구는 눈을 동그랗게 떴다.

"환영회다."

내가 짧게 말하자 각각 메구를 맞아주는 말을 했다. 놀라서 눈을 부릅뜨고 있던 메구의 감색 눈동자에 서서히 눈물이 고이는 게 보였다.

"메구……?"

걱정이 되어 말을 걸자 메구는 눈을 북북 문지르고는 방긋 웃으며 입을 열었다.

"……샤. ……감샤, 함미다. 너무, 기뻐……!"

그렇게 말하고 또 펑펑 눈물을 흘리기 시작한 메구를 보고 마음이 따뜻해지는 걸 느꼈다. 서프라이즈가 성공한 모양이다. 여태까지 느낀 적이 없는 행복이 나를 감쌌다.

"자! 시작한다! 메구! 많이 먹고 많은 사람과 대화하렴."

사우라의 목소리를 계기로 환영회가 시작되었다. 저마다 요리를 가지러 가고 대화를 나눴다. 메구가 근처를 지나가면 다들 반드시 말을 걸었다. 메구를 받아들여 주는 말을.

그때마다 눈시울을 적시며 기뻐하는 메구를 보면 환영회를 열길 잘했다고 절절히 느꼈다. 큰맘 먹고 마을 사람과도 교류하게 해서 다행이라고.

"기르 씨, 가치 먹어요!"

기뻐하며 내 손을 잡아끌고 말을 거는 메구에게 웃어주었다. 무뚝뚝한 내가 제대로 웃고 있을지는 불분명하지만.

"……그래."

메구가 행복하게 웃으니 그걸로 충분하다.

후기

처음 뵙는 분은 처음 뵙겠습니다, 그렇지 않은 분도 안녕하세요. 후기 페이지에 어서 오세요! 아이 리이아라고 합니다. 이 책을 읽어주셔서 감사합니다! 저에게는 애착이 있는 작품이라서, 이렇게 책이라는 형태가 되어 여러분에게 전해드릴 수 있게 되어 아무튼 너무 기쁩니다. 이야기가 왔을 때는 진짜로 떨었다니까요. 이거 정말로 현실인가? 하고요. (웃음) 이런 체험은 처음이었습니다.

그 외에도 첫 체험이 더 있는데요. 평소 생활하는 도중에 특급 길드 캐릭터들이 머릿속에서 멋대로 떠들기 시작하며 이야기를 만들어나갑니다. 참으로 곤란했습니다. 운전 중, 일하는 중, 목욕 중, 꿈속 등 어째서인지 매번 바로 메모할 수 없을 때 좋은 스토리를 뽑아낸단 말이죠. 자유로운 것도 정도가 있지. 그걸 잊지 않도록 필사적으로 메모하면서 이 작품이 완성되었습니다. 작가인 저에게도 뜻밖인 언동을 캐릭터들이 저지를 때도 많이 있었답니다. 이래서 소설을 쓰는 게 즐겁고 그만둘 수 없네요.

장편을 완성하는 것도 처음이었기 때문에 여러모로 부족한 점도 있을 것 같습니다. 그래도 이 이야기를 읽고 재미있다거나 울었다고 말해주신 독자 여러분의 목소리는 정말로 감사했습니다. 그런 목소리가 있었기 때문에 지금이 있다고 절절히 느낍니다.

마지막으로 사이트에서 교류해주신 분들과 독자님들, 멋진 일러스트를 그려주신 니모시 님, 출판 제의를 해주시고 힘을 써주신 편집부 분들을 비롯한 모든 분들. 그리고 무엇보다 지금, 이 책을 읽어주신 당신에게 진심으로 감사의 인사를 드립니다. 정말로 감사했습니다! 그리고 부디 또 특급 길드의 길드원이 만들어내는 이야기와 함께해주시길 바랍니다.

특급 길드에 어서 오세요! 1 ~사랑받는 마스코트 엘프는 모두의 마음을 치유한다~

2021년 2월 14일 1판 1쇄 발행

저 자 아이 리이아
일러스트 니모시
옮 긴 이 현노을
발 행 인 유재옥
본 부 장 조병권
담당편집 정영길
편 집 1 팀 정영길 김민지 조찬희
편 집 2 팀 김다솜
편 집 3 팀 오준영 곽혜민 김혜주
편 집 4 팀 성명신
미 술 김보라 서정원
라이츠담당 김슬비 한주원
디 지 털 박상섭 이성호 최서윤
발 행 처 ㈜소미미디어
인쇄제작처 코리아피앤피
등 록 제2015-000008호
주 소 서울 마포구 토정로 222, 403호(신수동, 한국출판콘텐츠센터)
판 매 ㈜소미미디어
마 케 팅 한민지 이주희 우희선
물 류 허석용
전 화 편집부 (070)4164-3962, 3963 기획실 (02)567-3388
판매 및 마케팅 (070)4165-6888, Fax (02)322-7665

ISBN 979-11-6611-271-3 (04830)
ISBN 979-11-6611-270-6 (세트)